Antonio García Ponce

El macho de La Orchila

editorial Libros marcados

Primera edición: septiembre de 2012

ISBN: **978-980-408-003-6**
Depósito Legal: **lf 96120128002349**

Portada: Estatua de Marcos Pérez Jiménez, en la avenida Perimetral, a la entrada de Michelena, estado Táchira, obra de Byron Paz.

Los epígrafes de cada capítulo han sido tomados del libro *Gargantúa y Pantagruel*, de François Rabelais.

Editorial Libros Marcados, C.A
librosmarcados3000@yahoo.com
Pedidos Tlf. 0212-4145510
04166-112463

Impreso en Venezuela

A todos los que lucharon contra el Goliat acorazado,
hasta vencerlo.

PRIMERA PARTE

I

Las fanfarrias de Roma

Yo lo vi, aquel día de junio de 1955. Fue su momento cumbre: los ojos brillantes, los pómulos sonrosados, la papada que tiembla, el uniforme en su exacto punto marcial. Ya era General de Brigada. Se empinó ante el espejo y lanzó aquella frase de orgullo:

—Yo soy un general muy arduo.

Al oírla, quise reír, pero, de inmediato, ahogué el impulso y miré al suelo. Era sincero al decir aquello como lo dijo. Allí estaba encerrado su modo de ser: la simpleza del montañés rústico, el ansia del ambicioso y los modales metálicos del soldado. Conozco toda su vida, desde su niñez en Michelena. Durante toda su infancia fue imposible que lo llamaran Marcos, y ya. Le aplicaron, en cambio, todas las variantes que sugería el registro de su bautizo en la pobretona capilla de la iglesia de San Juan Nepomuceno, en Michelena, y no fue culpa de él, sino de las circunstancias. Al principio, fue Marquitos, un diminutivo tan frecuente que debió aceptar a regañadientes, sobre todo cuando su madre le explicó que todo se debía al cariño que sugería su baja estatura, aunque doña Adela nunca se atrevió a decirle que había nacido sietemesino, que pronto se le curvaron las piernas porque jamás le gustó exponerse al sol, y que una alimentación a base casi exclusiva de caldo de pichón de paloma, a causa de una ardorosa fiebre tifoidea contraída a los nueve años de edad, le infló la barriga, y —dice ella— aquellas tripas le curvaron el espinazo hasta el punto de perder —o dejar de ganar, advierte ella también— varios centímetros en su talla precaria. En sus estudios en la escuela primaria los registros asentaron, como era de rigor, su doble nombre de pila, y sus dos apellidos, el de su padre y el de su madre, pero en las listas donde se llevaban las asistencias a clases del alumnado, y en los diplomas que anotaban sus promociones, la holgazanería y la incuria proverbial de los empleados y de —no se crea— más de uno de sus maestros y profesores, producían un embrollo de contracciones, apócopes y sinónimos que para nada le agradaban. Pesó sobre él aquella costumbre de apelar a lo más rebuscado del santoral o de la antigüedad grecorromana para escoger los nombres de pila de la criatura, a fin de que resonaran con fuerza. La manía despedía un sabor pueblerino apenas disimulado, aunque ya con bastante olor a naftalina. *Marcos Evangelista,* así fue bautizado él, y sobre su tierna humanidad de recién nacido quedaron encasquetados los muy altisonantes nombres escogidos por su padre para seguir la onda tradicional en la cordillera, una suerte de tributo al Supremo Hacedor, a las sagradas personas y dramas de la Biblia, a los césares, tribunos y pontífices de Grecia, Roma y los tiempos benditos, no importa lo desmedido del homenaje. Poniendo a un lado el Juan Bautista tan usado, era fácil tropezarse en las tierras andinas con quienes mostraban desde el primer suspiro su apelativo retumbante: *Juan de Dios* Moncada, *José Resurrección* Pérez, *Espíritu Santo* Morales, *Juan Evangelista* Pérez, *José del Rosario* García, *Epifanio* Mora, *Escolástico* Guerrero, *Fídolo* Bustamante, *Azarías* Varela, *Hilarlo* Parra, *Maclovio* Prato, *Francisco Benedicto* Pérez, *Timoleón* Omaña, *Aristodemo* Sardi, *Sálvano* Briceño, Emilio *Constantino* Guerrero, Pedro *Cornelio* Gómez, *Eurípides* Briceño, *Leovigildo* Lobo, *Andrónico* Rojas, *Numa Pompilio* Croce, *Vitaliano* Monsalve, y hasta los estrambóticos

Buenaventura Macabeo Maldonado y *Tolentino Itálico* Terán. Tal costumbre de años resultó, además, muy pesada para su breve talla y su escasa verbosidad, de modo que, cuando ya la lumbre de sus charreteras despertó en él su destino manifiesto, dejar el solo Marcos fue una de las maneras de sacudirse el polvo del terruño. No incluyo aquí, por grosero, un vulgar sobrenombre que le acuñaron a mi General luego de su deposición.

Yo lo puedo repetir, teniente, porque una vez se lo espetaron unos venezolanos que lo reconocieron cuando su auto tuvo que detenerse unos segundos en la Gran Vía de Madrid, a horas en que el tráfico era pesado:

—¡Tarugo, tarugo!— le gritaron.

Y agrego, entre los trastornos que surgieron de los vapuleos de su onomástica, la amputación que le hacían los locutores rusos y españoles de Radio Moscú cuando en los años 50, al referirse a Venezuela, denostaban a más no poder de «la dictadura de Jiménez». La mención no acostumbrada del solo apellido materno disgustaba mucho a aquellos opositores que todas las noches sintonizaban sus emisiones en onda corta.

—¿Quién carajo es Jiménez?— maldecían.

Yo me he acostumbrado, Franklin, a llamarlo mi General, y punto.

II

El crisol de la contemplación

—Teniente, acompáñeme a Bradenton— dijo mi General.

Salimos de Miami a eso del mediodía. Fue un viaje tranquilo, por una autopista trepidante, llena de automóviles de los más variados modelos, y gigantescos camiones y gandolas de 5 toneladas. Dejamos atrás el Big Cypres Park, Everglades, Punta Gorda, Fort Myers. Nos cayó durante un corto trecho una lluvia con relámpagos que molestó la visibilidad. Descansamos un rato en Sarasota, al borde de la playa y contemplamos la puesta de sol.

—Ese sol de naranja me recuerda a Juan Griego— dijo mi General, nostálgico.

Sarasota es una ciudad pequeña, sin ruidos, sin peatones, ni autobuses, ni taxis; abundante su vegetación; jardines y parterres asombrosos; playas muy largas, casi sin olas, mar transparente. No tiene tesoros de siglos, pero no es un simple lugar de veraneo.

—Antes de seguir viaje, quiero mostrarle el Museo de Arte John y Mable Ringling.

Pasamos de largo sin ver sus salas de arte, y nos detuvimos un buen rato en los amplios espacios dedicados al circo. Como buen provinciano que era, al General le gustaba mirar con detenimiento sus innumerables muestras de payasos, vagones, carpas, máscaras y carteles, anomalías risibles o tristonas de enanos, jorobados, mujeres con barbas, todas mostradas con tal fidelidad que el General comentaba a cada rato las añoranzas de su infancia. Su puerilidad me asombraba.

—Ya llegamos —dijo.

Arribamos, por fin, a Bradenton, donde mi General había adquirido una casa, animado por el deseo de evitar el bullicio de Miami y, más que todo, el fastidio de las continuas llamadas de periodistas y el fisgoneo de muchos venezolanos cuando se hartaban del recorrido por tiendas y *malls*. Otro motivo, apenas comentado con malicia: esta casa era escenario de algunas de sus correrías, de las cuales no debía enterarse misia Flor. A veces, el compadrazgo anudado con fuerza en Caracas lo llevaba a prestarle la mansión a uno que otro de sus «hermanos de armas». La hermosa quinta, de casi 300 metros cuadrados y tres niveles, hermoseada por una palma real al frente, estaba situada en la 7ª avenida, constaba de 4 habitaciones, 3 baños, piscina, y un buen sistema de seguridad y alarmas.

—Nos esperan dos botellas de Laurent Perrier y dos de Johnny Walker, teniente. ¿Tiene sed?

Yo llevaba una de cava Freixenet. De inmediato, el General se viste con bermudas y camisa de colores, saca del garaje su Mercedes Benz descapotable, recorre algunos lugares, compra tonterías, y reposa un rato. Sin embargo, sus ojos relampaguean, creo que su mente relajada se traslada a otras épocas. Un trago, dos, y me cuenta.

III

Antidotarium animæ

Me desperté sobresaltado a las 3 de la madrugada. Había soñado que estaba atado a un botalón, que me azotaban unos soldados comandados por un general, que una mujer a ratos hermosa, a ratos sin cara, se acercaba una que otra vez y me humedecía los labios con un trapo que chorreaba agua helada. Sufría una enormidad y sentía la caricia intermitente de una mano bondadosa. Oí que me llamaron: «—¡Franklin Hinestrosa, a la reja, con sus corotos!». Intenté dormir, pero nada. No era la primera noche que tenía sueños pesados, angustiantes; volvía a dormir a los pocos minutos. Pero, esta vez no podía cerrar los ojos. Alargué la mano y toqué el botón *play*. Sonó el *Vals Triste*, de Sibelius. Me tranquilicé. Ahora recordaba:

Caminé, como lo hacía casi todos los días, por la calle —un boulevard, según el decir de los vecinos— bordeada de altos y frondosos tulipanes africanos, cuando oí un alarido que salía de la ventana de la casona derruida y áspera que hacía esquina. Vi, tras la celosía, a una mujer que se llevaba las manos a las sienes e inclinaba la cabeza.

—¡Déjame en paz!— lloraba.

Casi de inmediato, quizás por haber notado mi presencia (me había detenido y no pude sino clavar la mirada en aquella escena), descolgó con ruido la cortina. Oía, ahora, el murmullo de la voz de un hombre. Sus palabras sonaban como el agua de lluvia al bajar por el tubo de latón que la recoge del techo, un tintineo monótono, apagado si apenas llueve; una avalancha de peñascos cuando arrecia el aguacero. ¿Qué decía?

—¡Déjame en paz!

Volví a oír el quejido de la mujer, dos o tres veces. Todavía golpeándome en los oídos el grito de la mujer, me encaminé hacia el Seminario. Pasé por la Bajada de los Perros, crucé el puente Carlos III, doblé a la izquierda en la esquina de Las Dos Pilitas y al llegar a la esquina del Solitario tomé, no la amplia calle que subía casi en línea recta al Seminario, sino por la otra, estrecha, que me recordaba mi niñez, con sus curvas, y sus rechonchos arbustos enmarañados llamados cariaquito, que daban unos frutos minúsculos, rojos, jugosos, de muy buen sabor. Además, en su ladera terrosa, ocre, llena de huecos, abundaban alimañas y hormigas de variadas formas y tamaños. Las más grandes tenían su segmento trasero abultado, que al aplastarlo, mostraba una masa grasosa, muy adecuada, según todos mis compinches, para aumentar los bíceps si con ella se restregaban los brazos a diario. El seminario era muy grande. Se decía que al comienzo ocupaba un terreno estrecho, pero aumentó con el tiempo, porque si a los jesuitas les das una mano, te cogen todo el brazo. Yo acosaba de preguntas a mi madre.

—¿Es verdad, mamá, que los jesuitas son malos?

—No, malos no son, son ambiciosos. Saben lo que buscan, con paciencia e inteligencia.

—No sé.

Ahora, el Seminario era para mí el sitio de reunión con mis compañeros de la Confederación de Jóvenes de Venezuela. Recibí el informe acostumbrado de la situación y me entregaron un paquete y una hoja de papel para que con otros, realizara las tareas del momento allí explicadas. Pero, mi cabeza había quedado tan impactada por el grito y el llanto de aquella mujer que lo que recibí y lo que pude hablar se convirtieron en mi memoria en una nube indescifrable. Nada recordaba cuando regresé al boulevard. Es que tenía la obsesión de saber, ahora mismo, mañana mismo, quién era ella, por qué sufría y lloraba. Así fue como empezó, teniente, mi relación con Constance. Así fue como comenzaron a andar en paralelo mis sentimientos y mis responsabilidades, aunque los sentimientos se convirtiesen a veces en delirio, y las responsabilidades, al fin, en una simple oquedad.

IV

Decrotatorium scholarium

Doña Adela no requirió casi para nada los auxilios de la comadrona. Las contracciones se hicieron más dolorosas en la tarde del 25 de abril de 1914 y a los pocos minutos rompió fuentes y emergió la cabecita de su cuarto hijo. El olor de la lejía con que se habían lavado las paredes y fregado el piso del dormitorio combinose con el vaho del líquido amniótico que bañaba a la criatura y el agua de colonia que regaron en seguida varias manos. Marcos Evangelista lloraba con mucha fuerza y todos reían. El padre, Juan Severo Pérez Bustamante, llamó a Juan Justo y a Rosa para que conocieran y besaran a su hermanito, que ya dormía en un moisés de mimbre con asas, sábanas y velos de algodón con bordados de estambres, y adornos con cinta de yute, no muy nuevo porque era heredado de Juan Justo, nacido seis años atrás. La buena nueva corrió pronto de boca en boca. Los mayores alababan a don Juan Severo por sus dotes de hombre gentil, dotado, además, de probadas condiciones de recio macho. Tuvo un primer matrimonio, que lo fue con su prima hermana Bárbara Bustamante, y de ella tuvo once hijos, Rufo, Rosa, María Basilisa, José de Jesús, Lupicina, Pedro Bautista, José Resurrección, María Glaciela, Dacio, Alejandro y María Lucrecia. La prima Bárbara murió en 1900. La viudez duró apenas siete años, porque cuando cumplía los 63 se casó con la maestra cucuteña, que acababa de cumplir los 33. Como es costumbre endilgarle a hombres famosos la leyenda de haber tenido una cuna pobre y una infancia rodeada de escaseces, a mi General también le atribuyeron tal condición. Él mismo alimentó el lugar común, y decía que iba a la escuela con apenas una taza de guarapo en el estómago, y se acostaba a las 7 de la noche después de masticar un pedazo de panela. Es verdad que la vida en un minúsculo pueblo perdido en las alturas andinas no ofrecía mayores comodidades, sin luz eléctrica, ni radio, ni refrigeradora, ni calles o carreteras pavimentadas, pero los Pérez en Michelena eran una familia de postín. El tío abuelo de mi General, el presbítero José Amando Pérez Arellano, tonsurado en Pamplona en 1841, y doctorado en Teología en la Universidad de Los Andes, Mérida, en 1843, fue nada más y nada menos que el fundador de Michelena, en 1849, cuando a raíz del terrible terremoto que echó abajo toda la población de Lobatera, y luego de darles sepultura cristiana, con entierro cantado llano en la iglesia parroquial de Nuestra Señora de Lobatera, a los cadáveres de treinta y dos de sus habitantes, agarró a unas cuarenta familias con todos los macundales que pudieron salvar, y los llevó a una meseta sin mayores encantos llamada Sabana Grande, y dijo, con la precisa prosopopeya de un fundador, que allí comenzaba a existir un nuevo poblado, un nuevo caserío, y mandó trazar a cordel las calles, y lugares para plaza e iglesia. Escogió para la aldea que allí nacía un nombre, Michelena, que nadie entendió qué significaba. A sus amigos, y a algunas autoridades explicó el padre Pérez Arellano que así rendía homenaje a un eminente hombre público venezolano, Santos Michelena, asesinado de una puñalada cuando las turbas embriagadas por la furia que nacía de la sed de poder del presidente de la República, general José Tadeo Monagas, asaltaron, hacía un año, el recinto legislativo a fin de evitar el juicio que le quería seguir la bancada mayoritaria, dirigida por Santos Michelena, Fermín Toro y Juan Vicente González.

Pero su sobrino nieto no entendió la lección, teniente, porque siendo él también un militar hizo añicos con un golpe de Estado la investidura presidencial de un civil eminente, Rómulo Gallegos. Por la misma razón, podría eso llamarse un asesinato, en seco, sin sangre, en frío.

No exageres, Franklin, el ejemplo no viene al caso. Es mejor que me oigas callado, pero, ¿qué es esa música? Tiene que ser Pragedes, mi sobrina.

—¡Es la cantata *La Muerte de Orfeo*, de Berlioz, tío!

¡Habrase visto! ¿Por dónde iba?... La hazaña del padre Pérez Arellano es incomparable. De él se dijo que poseía la casta mansedumbre de San Luis Gonzaga, la prudencia de San Francisco de Sales y la caridad ardiente de San Vicente de Paúl... ejem! Toda la historia de Michelena, en lo adelante, está vinculada, de manera muy estrecha, a la presencia protagónica de los Pérez y la parentela colateral de los Becerra, los Vivas, los Arellano, los Golindano. ¿Quiénes ejercieron, como prefectos, la primera autoridad de Michelena? El abuelo de mi General, de nombre José Narciso Pérez, sus tíos carnales y políticos, a saber, Francisco Pérez, David Vivas, Narciso Arellano, y Leoncio Pérez; y un tropel de hasta siete primos hermanos, más otros primos segundos, primos terceros, y primos cuartos. Varios de estos parientes fueron también presidentes de la Junta Comunal de Michelena. No faltaba más, pero es que las principales sotanas de la población fueron también Pérez, es decir, su ya nombrado tío abuelo, José Amando Pérez, y Juan Isidro Pérez, el otro tío abuelo. El párroco José Lucio Becerra Pérez completa la lista familiar, porque no contamos a monaguillos y sacristanes. Los hubo también músicos y poetas y militares y comerciantes y ganaderos. Él provenía, entonces, de una verdadera aristocracia aldeana. Por supuesto, alejada a años luz de los Tudor o los Capeto, ¡válgame Dios!, pero orgullosa de la distancia que separaba a los Pérez de cualquier «pata en el suelo» hundido en el tiempo sin medida de un poblado tristón. Es cierto que los ancestros no trasmiten genio de manera gratuita, así que a falta de otros imponderables, Marcos pudo haber sido durante toda su vida un Marquitos palurdo, parado detrás del mostrador de una bodeguita o, en hora mejor, un ventrudo prefecto ahogado en eructos y en groserías por la permanente lidia con aquellos montaraces micheleneros que apenas rezaban el Ave María o leían a Vargas Vila. Una foto suya, cuando tenía 4 ó 5 años, lo muestra alegre, bien vestido, al igual que sus hermanos Rosa, Juan y Francisco. Pero, en otra fotografía, tomada años después, quizás en un estudio fotográfico, se le ve con un trajecito ciertamente dominguero, camisa de encajes blancos en cuello y puños, pantalones cortos al parecer de buen paño, bolso o cartuchera en bandolera, medias blancas, botines hasta las rodillas, gorrito blanco de alas caídas, con una mano acariciando un perrito blanco de raza mucuchíes, versión venezolana del perro ovejero de los Pirineos; y en la otra mano sosteniendo una escopeta *flower* más grande que él.

Era un presagio, teniente, del arma que lo encumbra y de la lealtad perruna que exige. Bueno, me callo, no quiero pasar por pesado.

Sus padres don Juan Severo y doña Adela fueron quienes lo encaminan por el buen sendero de la educación primaria y el amor a la naturaleza. Dice mucho del talante ilustrado de este Juan Severo, muerto a los 81 años, la estatua que ostenta su tumba en el cementerio local, en la que exhibe la prestancia de un profundo pensador. La conducción del muchacho recayó en doña Adela al morir su marido en 1925. Su padrino, Régulo Pacheco, fue una ayuda importante. El Marquitos de aquellos años era un mocito muy aplicado. Su maestro, don Daniel Rivas, hablaba maravillas de él. Tímido, de lengua no muy fluida, aprendía los números y las cuentas con rapidez. Fue bastante bien comentada su declamación de un poema en el acto cultural que fue montado cuando visitó Michelena el obispo de Mérida monseñor Antonio Ramón Silva. Y creció su prestigio al pronunciar unas palabras en otro acto, en celebración del centenario de la batalla de Ayacucho. Allí dijo:

Era un pífano aguerrido, que pudo subir la cresta, logró entrar por el ventanillo de la inmortalidad, aunque tuvo un suspiro último en Berruecos. Majestuoso, imberbe, la Historia lo esculpirá en cantos precisos, no obstante lo jocoso de su predestinación.

Ya huérfano de padre y entrando casi en la pubertad, no muestra buenas dotes de galanteo. Se dice que tuvo amores con una alumna que fue de la Escuela Federal de Niñas, llamada Chela Anselmi, pero el asunto no pasó de uno que otro beso de trompita, muy fugaz. Cuando unos muchachos depravados se fueron tras un gordito mulato por los vericuetos de Los Vegones, le cogió asco a la aventura y no soportó más nunca, en lo adelante, el olor a vaselina. La viudez sorprendió a la cucuteña doña Adela sin un soporte que la protegiera. Múdase a Lobatera, la aldea rival. Pasa luego a Colón y luego a San Antonio y va a terminar estas andanzas en su Cúcuta natal. Para mi General, es un cambio favorable, se trata de una ciudad con más de 20.000 habitantes, y logra inscribirse en el colegio «Gremios Unidos», donde permanece durante tres años, hasta 1930. Fue un alumno destacado. En el libro Nº 2, año 1927, del archivo del colegio aparece la siguiente relación:

Alumno Marcos Evangelista:

Primer Año:

Aritmética: 5; Geografía: 5; Gimnasia: 5.

Son las máximas calificaciones. Es un alumno sobresaliente, muy apegado a sus estudios. Hay pocos indicios de las influencias que pudo ejercer sobre su carácter la pasantía en territorio colombiano, pero algo quedó, por cierto. Cúcuta era una inmensa ciudad, si se la compara con Michelena, diez veces más pequeña. Y añádanse los viajes a esa otra ciudad de verdad, cuasi fronteriza, que es Bucaramanga, a donde llegaba la barahúnda del alumnado del colegio «Gremios Unidos» en sus frecuentes excursiones de labores extra cátedra. En un teatro bumangués quedó enternecido por las funciones lacrimosas de la Compañía Española de Dramas y Comedias «Esperanza del Barrero», pero no le atrajeron mucho las corridas de toros, ni siquiera cuando la ciudad quedó estremecida por las grandes faenas de Morenito de Zaragoza. Una vez comentó algo de la fuerte impresión que provocó en su mente dada a los transportes galácticos la noticia del vuelo de diez horas y media (7 am. a 5:30 pm.) de Charles Lindbergh, de Bogotá a Caracas. Y apenas acudió una sola noche a un baile colegial amenizado con una grafonola. Ningún comentario expresó sobre la agitada situación política colombiana, ni sobre el duro régimen de aquí de Eustoquio Gómez, primo hermano del dictador, al frente de la gobernación del estado Táchira. Pero, sus oídos no eran sordos por completo. Algo le atraía de la participación de los gremios de artesanos de Cúcuta y de los masones en la estructuración de su colegio, y mucho le quedó del verso acaramelado y tristón de Teodoro Gutiérrez Calderón, catedrático destacado del colegio donde estudiaba, nacido según algunos biógrafos en la tierra venezolana de San Cristóbal. Su poema *Suave Leyenda* le gustaba bastante, y no era para menos porque allí se cantaba, según decía un crítico, «el amor a la patria, a la bandera, al heroísmo, al cielo que nos cubre, al amor que sentimos, al aire que nos trae los olores de las mejores flores, al idioma que hablamos, y a la fe que aprendemos y enseñamos». Sus lecciones de gramática las bebía con entusiasmo, ¡no faltaba más!, porque el poeta las dedicó a sus alumnos con estas palabras:

Las apuntaciones gramaticales las ofrezco como regalo de estudio a la chiquillería inteligente y vivaz de las tierras gloriosas que holló la bota militar del semidiós de América, cuando nos enseñó a ser libres, a pensar alto, conforme al épico clarín de sus proclamas y demás fulguraciones de su verbo. Y a no cejar en la lucha ni desfallecer en la derrota.

¿No te parece, Franklin, que el chiquillo Marcos Evangelista, vivaz e inteligente, ya sentía que algún día podía también hollar con su bota militar su tierra gloriosa? Más todavía, creo que el estro retumbante del poeta Gutiérrez Calderón quemó con hondura su cerebro, mediante los siguientes versos que luego llegaron a ser el himno oficial del Departamento Norte de Santander:

Bolívar, cuyo genio
nos dio su llamarada,
la huella aquí estampada
dejó de su corcel.
La tierra es nuestro oro,
la paz es nuestro empeño,
la guerra nuestro sueño,
en busca del laurel.

¡La carrera de las armas ya estaba abierta de par en par! Ayudó en ese empeño el hecho de que ya la había emprendido su hermano mayor, Juan. Y, venido como anillo al dedo, contó también con el espaldarazo del coronel José Eulogio Becerra Pérez, miembro del clan Pérez.

—Era mi primo, mejor dicho, mi primo segundo —me contó—. La mamá de él, Micaela Pérez, era prima hermana de mi papá.

El coronel Becerra Pérez ejercía la dirección de la Escuela Militar de Venezuela, y le abrió las puertas al primo

Marquitos. Fuera de ese gesto de «palanqueo», Becerra figura como un hijo notable de Michelena. Tenía la estampa de un pundonoroso militar. Podría vérsele en los pasillos de Miraflores de los años 20 con su guerrera azul oscuro que llega hasta las rodillas, y doble fila de botones de plata, muy al estilo militar europeo de fines del siglo XIX y comienzos del XX, tal como luce con gravedad Erwin Rommel con su esposa Lucie Mollin en una foto de 1918. Es hombre de confianza del dictador Gómez, quien lo había puesto al frente de la Escuela Militar desde 1916 hasta 1918. Pero, en 1928, la protesta estudiantil y el subsiguiente conato de alzamiento militar descorazona al bisonte de La Mulera, cierra la Escuela y manda al carajo al coronel Elías Sayago, su director durante casi 10 años. Pasado el reconcomio, Juan Vicente Gómez reabre la Escuela Militar, con el nombre de Escuela de Aspirantes a Oficiales, pero en un caserón en Maracay, lejos de ese virus supercontagioso que son los estudiantes universitarios de Caracas, y llama a Becerra Pérez para dirigirla. ¿Qué supo de estos acontecimientos mi General? Nada. Las cartas y comunicaciones en solicitud de su ingreso datan de 1931. Con su maletica cuadrada, reforzada con tres vueltas de cabuya, y tras seis días de viaje, llega Marquitos a Maracay, se hospeda en una pensión pobretona por los lados de la plaza Girardot, y se dispone a estudiar con ahínco. Le gusta el medio, se siente como en casa, pues la mayoría de los cadetes son andinos, no se comen las sílabas y su trato es respetuoso.

Así es, casi todos eran paisanos tuyos, teniente. He leído que entre 1910 y 1935 entraron en la Academia 1.005 alumnos, y de ellos, más de la mitad, 550, eran andinos, y de éstos, 390 nacieron en el Táchira. ¡Puros toches, teniente!

En este caso, Franklin, mi General mereció con creces el ingreso. No obstante, siempre agradeció el empujón de su primo, a tal punto que 20 años después lo tuvo muy en mente cuando escogió a dedo a los parlamentarios que iban a integrar el Congreso del periodo 1953-1958, y le obsequió al coronel Becerra una espléndida canonjía: 5 años como senador de la República. No sé si con tales ingresos o con otros, Becerra salió millonario de la debacle en que naufragaron muchos de los Pérez micheleneros al caer mi General. Nadie se metió con él durante la turbamulta de enero de 1958, y pudo instalarse en su lar nativo a disfrutar de su tranquila vejez de solterón. Compró una casa en la fronteriza ciudad de Táriba, llamada «la Perla del río Torbes», según la ingenuidad de un poeta, le hizo varias refacciones a su gusto, entre ellas una amplia terraza que daba a la calle principal de la ciudad y alojó allí a sus hermanas, las ya célebres tías señoritas viejas Salvadora, Juana Antonia, y Teresa, quienes aún con más de 90 años a cuestas, metidas en carnes, la cabellera blanca recogida atrás en moño y peineta, el vestido de medio luto todo cerrado y hasta los tobillos, con sus anteojos y sus bastones, sentadas en sillas de mimbre y de baqueta, disfrutaban desde el balcón de aquel caserón todas las procesiones de la Semana Santa y de las ferias de Nuestra Señora de la Consolación, los 15 de agosto de cada año. Ya cadete, mi General descuella como un estudiante de esmerada aplicación. Las incomodidades del local, en vista de lo intempestivo de la mudanza de la Escuela, que pronto volverá a llamarse Escuela Militar y Naval, no son obstáculos para sus deseos de estudiar. Escucha las lecciones, lee los tratados que le indican, se lleva a la pensión algunos libros de los bamboleantes y desordenados anaqueles, estudia, estudia, en fin. En virtud de sus estudios de secundaria lo habían asignado, de entrada, al 2° año. Lo aprueba con una calificación de 8.8 puntos (de 10), la más alta entre sus 80 cadetes condiscípulos. Sube su calificación en el tercer año a 8.98, también la más alta, y termina la instrucción ocupando otra vez el primer puesto, con el consiguiente grado de alférez mayor. Viste con orgullo su uniforme de gala: blusa de paño verde aceituna, abierta hasta el segundo botón, pantalón recto de tela y color iguales a los de la blusa, cinturón con tahalí blanco con tiros, y sable, gorra de paño verde aceituna, escudo bronceado y escarapela tricolor, y guantes de hilo color marrón. Recibe las charreteras de subteniente al finalizar el año de 1934 y pasa a Caracas, cuando su Regimiento de Artillería «Ayacucho» N° 1 es trasladado en misión operacional. Ya su madre y el hijo varón menor habíanse mudado a Maracay, al tiempo que la hembra, Rosa, estudiaba, becada, en la Normal de Caracas. Es la única hermana que regresa, para siempre, al Táchira, después de graduarse y casarse. A fines del siguiente año ocurre la muerte en cama del dictador. Las calles de la capital se convierten en un hervidero. Al mando de un pelotón que sale a patrullar para poner orden, el imberbe subteniente, con ojos de sorpresa ante lo que está viendo, recibe el impacto de un suceso que lo impresiona de manera particular.

V

Los címbalos de las damas

Al fin, supe de ella. Mi tía Candelaria la conocía, aunque de manera superficial. Me dijo:

—Su nombre sonaba raro, Franklin, creo que es francesa.

Y me explicó los parajes del vecindario que solía frecuentar, es decir, la iglesia, el mercado, la plaza. La seguí, a distancia, a cada uno de estos lugares, hasta que, por fin, la abordé: «—¡Hola!, creo que somos vecinos».

Dime, Franklin, ¿quién era?

Se llamaba Constance, teniente. No era francesa, sino nativa de Luxemburgo. Francés era el marido. Había nacido en 1925, pero aparentaba más edad. Tenía dos hijos pequeños. De todas maneras, era hermosa, esbelta, un pelín más alta que yo, delgada, la tez bastante pálida, los ojos azulosos, grandes, pero su mirada reflejaba la languidez de un sufrimiento. Paso a paso, adoptamos la costumbre, sin quererlo, de sentarnos en un banco de la plaza, y conversar una o dos horas, mientras sus niños correteaban y la tarde teñía de cobre la fachada de la iglesia, una inmensa mole, si se la comparaba con la chatura de las casas alrededor de la plaza, unas viniéndose abajo de lo descuidadas que estaban, y dos o tres luciendo apenas sus esplendores pasados cuando las habitaron la madre del presidente Eleazar López Contreras y el ganadero Urdaneta Maya, fiel aliado y secretario del dictador Gómez. Su voz pausada, con acento, era tan tibia como la tarde:

—Nací en Luxemburgo, pero casi toda mi vida la pasé en Francia. Estudié en la École Normale de Bar-le-Duc, un tanto lejos de París, y empecé la carrera de arquitectura en la capital. Mi padre trabajaba en un banco —relataba Constance—. Desde que tengo uso de razón, sé que él siempre trabajó en un banco. Era un hombre metódico, trabajador, vivía inmerso en sus libros. No me enseñó nada práctico, no me enseñó a enfrentar la vida, ni a los demás, pero me daba siempre libros para leer y me pedía que le hiciera comentarios por escrito de lo leído. Había estado en la guerra, primero con el ejército francés frente a la invasión alemana; peleó en Argonne, su columna tuvo un encuentro exitoso con el enemigo, pero a los pocos días cayó prisionero de los alemanes, fue enviado a Núremberg, pero después del armisticio militó bajo las banderas de ese engendro que fue el gobierno de Vichy, hasta que las ciudades no fueron más que escombros. Un tío mío, también francés, hermano de mi madre, había emigrado hacía años a Italia y cuando lo sorprendió allí la guerra, fue reclutado y llegó a ser oficial de los Bersaglieri y peleó en Rusia. El invierno le congeló las piernas, tuvo muchos problemas de salud, cayó en el deterioro y murió al poco tiempo. Mis padres, en cambio, formaron un pequeño grupo para ayudar a los judíos, unos cuantos en una barriada del lugar. Después de la guerra, un familiar de aquellos protegidos vino a dar las gracias a mi padre, y le contó que uno de ellos no sobrevivió: cayó preso, lo torturaron, fue llevado a un campo de concentración y se suicidó. Guardo un recuerdo vago de mi madre, tenía yo 6 años cuando murió, de cáncer, como mi tía y como mi abuela. A veces tengo la falsa impresión de haber vivido siempre con mi madre Julienne y con mi adorable tía Georgette, y mi dulce abuela Joanne. En realidad, en mi familia hay que contar a mi hermana, mi padre, mi madre y luego mi madrastra y su hermana, y mi tía. Las relaciones con mi madrastra fueron buenas. Todos mis parientes ayudaron a reconstruir Francia y Luxemburgo junto a todos sus compatriotas. Papá era correcto en su trabajo, eterno, duro. Ni él ni la familia admitían debilidad ni histeria, ni siquiera en los niños. Es que la frágil juventud vivida en una guerra tan espantosa se les había escurrido con premura, al mismo tiempo que fueron hincadas agudas el dolor, el hambre y el miedo. El sufrimiento los dotó de una obstinada energía, una esencialidad en el concepto material de la vida y un orgullo que corría por sus venas para alimentar su propia y divina individualidad. Habían sido justos, habían sido muy severos. Me crié en un mundo donde se hablaba mucho de estos problemas de la guerra.

Pienso que mucho de esa época quedó grabado muy adentro en aquellos franceses, hombres y mujeres como mis padres. Todos tuvieron miedo y padecieron hambre. Mis recuerdos de niña en aquella guerra no son, en cambio, los de la sordidez de la matanza. Creo que comía buenos platos, vestía trajes bien cortados, de buena tela, y profesaba un respeto casi sagrado por los estudios y la escuela. Francia empezó a reconstruirse con rapidez. Mi padre ya se había casado otra vez, y volvió a su banco. Cada vez que regresaba a la casa ponía en mis manos un libro.

—Para que comprendas lo que es el mundo, decía.

—No me cabía duda de que mi padre me había llevado a la creencia según la cual la libertad y la plenitud de expresión hacen parte de la esencia de la vida, y mucho de esa creencia era alimentada en esencia por la lectura. Así que me fue tentador, después de tanto leer, no seguir escuchando sólo el murmullo del tráfico que entraba por la ventana, sino ponerme a andar por el mundo, y eso era posible hacerlo si me casaba. Yo escogí la carrera de arquitectura por estúpida. Era buena en matemáticas y excelente en filosofía. Mi padre decía: —Las opciones de una mujer son Leyes, Humanidades, Economía. Ante eso, yo me sulfuré y escogí una carrera de hombres. Al rato, no me gustó, aunque fui excelente estudiante. No podía cambiarme a otra clase, los padres eran en aquella época estrictos, y ya una vez le había desobedecido. ¿De qué me sirvieron esos estudios? Me disciplinaron la mente. Papá intentó durante toda mi época de estudiante explicarme por qué Francia había capitulado ante el nazismo. Yo tenía un profesor de filosofía, comunista, más bien anarquista. Era la época de De Gaulle, pero en la universidad dominaban los grupos socialistas, Léon Blum, Guy Mollet, Maurice Thorez, yo estaba allí. Leí mucho a Marx y a Sartre.

Combatíamos el neofascismo. Viví el renacimiento de las fuerzas de los sindicatos. Papá fue siempre un opositor. Al dejar los estudios quedé un tanto confundida. Hice un viaje a Besançon y allí conocí a Henri Laforge. Le dije a mi padre que quería casarme. Lo tomó como una tragedia. Yo insistí, me decía para mis adentros: soy mayor de edad, soy dueña de mi vida. Y me fui.

¿Te casaste?

—Sí. Yo era una muchacha pedante, apasionada, leía muchísimo, no me gustaban las fiestas, era tímida, me gustaba mucho reír, tuve varios novios. Recalco: era sumamente tímida. Como éramos apenas 30 mujeres estudiantes en el colegio, no me interesaba que fuese bonita o atractiva, ya que siempre estaba cortejada. Además, destacaba por mis tendencias intelectualoides. Me gustaba la historia, y claro, las matemáticas, esas cifras que papá manejaba como algo totalmente natural. Mi boda con Henri tuvo sus extravagancias, pues hacía apenas unos cuantos días que nos conocíamos. Yo, y creo que él también, concebía la convivencia como un sueño y nada más. Pienso que mi aire siempre tranquilo despertó en Henri la impresión de ser yo la compañera más favorable para tener hogar e hijos. Henri, de manera ingenua, confundió ese deseo con el amor. La verdad es que los dos nos queríamos, aun sin haber entendido en qué consistía nuestra propia personalidad. Por mi parte, aunque nunca fui feminista, trataba de afianzar en mis amigas mi personalidad, es decir, mi independencia de criterio. Con él, me vine a Venezuela, para consternación de mis padres, y también desdiciéndome sin quererlo, porque aquel matrimonio fue, no hay que mentir, el calco de la clásica imposición del marido. Lo supe después; en aquel momento no sabía lo que hacía. Con mi esposo viajé a Venezuela y aquí llegué en 1946. En Venezuela, Henri se sintió a gusto, porque se encontró con una sociedad que yo de inmediato la aprecié como antifeminista en muchos aspectos. Él no comprendió entonces, y nunca quiso aprender, que ser la mujer de alguien es un esfuerzo que salta de frustración en frustración. Lamentaba a veces su propia enajenación matrimonial, pero no sabía qué hacer, al no entender el porqué del problema. En los momentos en que los dos hacíamos nuestro papel de marido y mujer, Henri casi me perdonaba lo que no entendía de mí, y eso aplacaba su cólera injustificable cuando discutíamos por un asunto, a veces baladí. Yo, en mi cotidiano vivir, sabía que estaba atrapada, sabía que el medio donde vivíamos ahora se hallaba bajo un patriarcado, donde el poder, el dinero, las influencias eran de los hombres. A lo mejor, exagero. No niego que protestaba con énfasis a favor de mi derecho a valer tanto como un hombre. Henri, patriarca en una sociedad de patriarcas, deseaba que mis intereses, salvo los intereses perennes de la vida hogareña, fueran un eco de los de él, de modo que yo jugara el papel de soporte y de aliento, como todo buen soldado. Habíamos pasado la luna de miel en Roma y Viena. Partí de Francia con mi esposo, y llegamos a Maiquetía en 1946, una madrugada en que el calor no dejaba tregua. Pasamos luego a San Félix, una reserva muy poco explorada de hierro y oro, salvaje, con grandes ríos y caídas de agua, pero árida, con paisajes infinitos de selva y de sabanas salitrosas. En la época de sequía, el calor era insoportable, y desperdigados aquí y allá lucían prepotentes unos cuantos araguaneyes. La gente, muchos de ellos extranjeros, de variadas edades y un nivel educativo inclinado hacia lo técnico, formaban familias unidas, tenían una vida social típica de los campos mineros, con un sentido del trabajo muy arraigado, y una dignidad de superación, como nunca más encontré en otros lugares del país. Pero, había pobreza en los arrabales. La primera vez que entré en un rancho de un trabajador y abarqué aquel recinto con una rápida mirada, me asusté. ¿Por qué tanta miseria? Perdí el apetito durante varios días. Con los años comprendí que había que acercarse a esa gente y que la elevación de su nivel de vida costaría mucha lucha y sería muy lenta. Después de San Félix, la construcción de unas obras llevó a Henri a mudarse para la península de Paraguaná. Aquello no tenía ningún parangón con Europa. Era todo lo contrario de aquellas viejas tierras de una luz tamizada, verdes profundos, iglesias de piedra y yedra, corrientes de agua sosegadas. Casi me aplasta ese paisaje lunar, aceitoso, con el aire enrarecido por el calor y la sequedad. Es algo agobiante, pesado; pero la gente no era, paradójicamente, el reflejo de aquel panorama desolado. Vi a una gente alegre, abierta, ingenua, que tuteaba a todo el mundo. No hacían antesala, no creían en jerarquías y lo hacían todo con desorden e indisciplina, pero lo hacían. Aquello empezó a gustarme. No fue una pasión instantánea sino un sentimiento que fue abriéndose paso poco a poco, a través de las dificultades y desarraigos que abatían las fibras sentimentales de una muchacha que hasta hace poco vivía dentro de las normas de la severa tradición histórico-cultural europea. El impacto de aquel cambio fue la mejor fragua para una nueva actitud ante la vida. Viví los momentos felices del matrimonio. No en vano todo esto sucedía en Venezuela. Estaba naciendo también el ánimo de ser algo muy ligado a esta tierra.

¿No volviste más a Francia?

Pasaba regularmente mis vacaciones en Francia, pero el sentido de los viajes fue estableciéndose en ambas direcciones, es decir, mi padre y mi madrastra venían aquí, y también los hijos de mi hermana venían a reunirse con sus dos primos, nacidos aquí. En dos palabras, Franklin, me sentía un motor incansable, invulnerable, tenaz. Más tarde, nos mudamos a Caracas. Yo adopté la imagen de una joven esposa que trabaja. En las tardes pasaba el resto del día con mis hijos, en un alegre y sereno ambiente.

¿Por qué gritabas el otro día?— le pregunté.

Constance se sonrojó.

—¡Con que eras tú el que me estabas viendo cuando le grité, desaforada, a Henri que me dejara en paz! Tenía esa sospecha, por eso te trataba un poco a distancia cuando me saludabas, porque no era casualidad que nos topáramos con tanta frecuencia aquí y allá. ¿Por qué gritaba? ¡Ay, Franklin!, si te contara.

VI

La bellaquería de los soldados

¿Desde cuándo no nos veíamos, Franklin?

Desde que empezamos a estudiar en el liceo «Fermín Toro», teniente.

¿Teníamos 60 años sin vernos? ¡No lo creo!

Créelo. Hicimos juntos la primaria en la Escuela Federal «Brasil», sólo para varones. ¿Te acuerdas de aquella casa grandísima, en la esquina de Cuartel Viejo, con su amplio patio donde crecía en enredadera una parcha granadina? Empezamos a estudiar el bachillerato en 1943. Tuvimos que presentar un examen de admisión. Creo que la parte más difícil fue la redacción que debimos hacer de algún acontecimiento del momento. Nadie en la primaria nos enseñó a redactar. Yo escogí como tema la inundación de Ciudad de Bolívar por la gran crecida del río Orinoco. Todo el mundo hablaba de eso.

Y yo escribí sobre la campaña de la guerra en el África, cuando la ofensiva de los Aliados, dirigidos por Bernard Montgomery, ya había aplastado en El Alamein a las tropas alemanas comandadas por Erwin Rommel, el «Zorro del Desierto», un extraordinario militar que hasta ese día lo tenía como invencible, ahora resignando el mando del Afrikakorps. Y era tan favorito mío que seguía con suma atención sus pasos en el inmenso mapa de los frentes de guerra, clavado con banderitas, que exhibía Planchart y Compañía cerca del hotel Majestic.

De allí venía tu afición por la gorra militar. Yo prefería los temas sociales y de sucesos.

Es verdad, Franklin. A los pocos meses, ya me separé del liceo para ingresar en la Escuela Militar. Te digo que con mucha suerte, porque uno de mis primeros profesores fue mi General, entonces capitán del ejército. El capitán Carlos Delgado Chalbaud fue mi profesor de matemáticas, Mario Vargas impartía Moral y Cívica, Julio César Vargas también enseñaba; otro profesor que recuerdo es el teniente Edito Ramírez. Mi General era un auténtico soldado, no un político, pero sí un organizador, una mente ordenada, una voluntad dispuesta a construir, a edificar, a impulsar planes y proyectos en beneficio del arma y del país, alguien alejado del bochinche y la fanfarria. Cuando a él lo mandan a su primera operación de calle, empezando 1936, se da cuenta por primera vez de las sinuosidades de la política y de la eficacia con que un cuerpo armado puede enderezar las cosas. Es sólo un atisbo, pero ya sabe por dónde vienen los tiros. Me contó una vez que presenció el saqueo de una quinta en La Florida que pertenecía a una hija del general Vincencio Pérez Soto, a las pocas semanas de morir Juan Vicente Gómez. La orden directa del Presidente de la República era la de enfrentarse a las alteraciones del orden público, pero de manera que quedase abierta una válvula de escape para aquietar los alborotos de la población, o sea, permitir hasta cierto punto los saqueos, vigilar cualquier desbordamiento indeseable, y evitar a todo trance que incendiaran las casas. Así, la ira popular se orientaría ante todo contra las más connotadas figuras del gomecismo, la gente quedaría satisfecha llevándose un mueble, una joya, unos platos, y las aguas volverían a su cauce. Para el subteniente Marquitos estaba allí retratada la astucia del acto meramente político: cuidar la imagen del gobernante, complacer los instintos plebeyos, aquietar la turbulencia de una situación. Con razón, puedo leer en su retrato de teniente, ascenso logrado a los pocos meses, no la imagen del imberbe azorado, sino la mirada dura del joven advertido. Ya te conté, Franklin, que fue comandante de la 2ª Sección, 2ª Batería del Regimiento de Artillería Ayacucho Nº 1 con sede en Maracay, y que es ascendido a teniente en julio de 1936. Ocupa entonces la comandancia de la 1ª Sección del Regimiento de Artillería de Caracas, y en 1937 ingresa en la docencia al ser designado comandante del curso militar de la Escuela Militar de Caracas. Tenía 23 años. Los ojos del mando supremo del ejército están puestos en los jóvenes de relevo. Envían al Perú a Julio César Vargas, a Martín Márquez Áñez, a él. Va a perfeccionar su especialización en artillería y en las labores de estado mayor. Entre marzo y octubre de 1939 recibe clases en la Escuela de Aplicación de Artillería de Lima. Todas sus notas son sobresalientes. Y durante más de tres años (agosto de 1940 a diciembre de 1943) hace el curso de comando y estado mayor, ahora en la Escuela Superior de Guerra, funge como observador en la Escuela de Gases de Artillería de Chorrillos y en el Grupo de Artillería Montada de Las Palmas, que existe desde 1898, y que conservó por mucho tiempo el nombre de Montada porque la totalidad de sus sirvientes no montaban a caballo sino que desplazaban su parque e impedimenta en vehículos de tracción de sangre. No todo fue estudio. Claro está, en aquel país donde existe una fuerte clase aristocrática y un serio problema indígena, el rol tutelar de la fuerza armada se hace evidente. Son cosa corriente las presidencias dictatoriales y los golpes de Estado. Augusto Leguía ha gobernado 11 años («el oncenio»). Luis Sánchez Cerro es presidente gracias a un golpe y a unas elecciones, y lo matan en 1933. El ejército peruano ha hecho la guerra a Chile y a Colombia. A mi General le llamó la atención que Leguía (medía 1,50 m) era más bajito que él y que Sánchez Cerro era un «cholo» (y a él le decían el Marquitos provinciano, montañés). Todo esto lo captaba la mente de mi General, y así se endurecían sus puntos de vista acerca de su futuro. Mas, también, sus gonadas gritaban. Lima era una gran ciudad, tenía dos veces la población de Caracas, y las limeñas eran un sueño. Acostumbrado a buscar un desahogo en los recovecos de El Silencio o en las casas de vecindad cercanas al cuartel San Carlos caraqueño, ahora no aguantó la tentación de aventurarse por algún tugurio del Rímac. Un día, agitado por una enorme preocupación, se le acercó a Julio César Vargas.

—Hermanito —le dijo— Me he metido en un lío de Padre y Señor mío. Me he enredado con una muchacha tan linda, pero tan linda que no hay fin de semana libre que no nos veamos y retocemos en la cama noche tras noche. Ayer me ha dicho que la he preñado. ¿Sabes lo que eso significa? ¡Adiós curso, adiós ascenso, que ya estaba por llegar! (Llegó en enero de 1941). ¿Qué hago? Por Dios, tengo que ocultar eso a como dé lugar.

—¿Matarla? —le dice Vargas.

—¿Cómo se te ocurre? ¡No seas estúpido! ¡Dinero, más dinero, eso es lo que hace falta! ¿Cuánto puedes prestarme? Tengo que reunir mil soles, dos mil, más, y pronto. ¡Qué vaina me ha echado esa muchacha! ¿Con qué cara llego a

Caracas, cómo le justifico eso a mi familia? Tiemblo al pensar en la sanción disciplinaria que me van a aplicar.

A Dios gracias, mi General pudo tapar el asunto con dinero y conjurar susto tan gigantesco para él en esos momentos. La limeña, de apellido Cava, muy corriente entre las clases bajas, calló, pero no abortó. Y vamos a ver, Franklin, el fruto de este romance, una bebita nacida el 18 de enero de 1941, plantada en Madrid, reclamando, sesenta años después, la parte de la herencia de mi General que por derecho le correspondía, puesto que había sido declarada, en 1970, hija «ilegítima» del susodicho, según sentencia del Juzgado IV de lo Civil de Lima, con el nombre de Nelly Gladys Pérez Cava.

VII

Stratagemata Francarchieri de Baiggnolet

Mi General regresó a Caracas a fines de 1943. No vivió la sucesión presidencial de 1941. Es seguro, de todos modos, que tuviese conocimiento del papel de la alta oficialidad al exigirle al presidente López que siguiera la tradición de apoyar como su sucesor a un oficial andino, y no a un civil, el doctor Diógenes Escalante, que era el candidato preferido por el «Ronquito». Su ego había aumentado. Pero, no creas, Franklin, que él se consideraba ahora un predestinado, un heredero y guardián de las glorias del Libertador Simón Bolívar, un reivindicador a todo dar de las banderas de un ejército que tremolaba a los cuatro vientos la rotunda afirmación de «Sembrador de Libertades». No, era que con su dedicación infinita a perfeccionar su condición de profesional castrense, veía a muchos de sus superiores, incluso a algunos de sus contemporáneos en el mando, como oficiales sin técnica, o estancados en sus armas y habilidades o, en todo caso, rutinarios, sin captar el privilegio que les trazaba el destino a la hora de lo que se llamaba «hacer nación», porque no entendían en verdad lo que esa frase quería decir. Había que sacudir a sus compañeros, vergajearlos, abrirles los ojos para que recobrasen su iniciativa a la hora de enfocar cuál era el camino a seguir por el país después de varios años en que ya era un fastidio el solo cuestionamiento del pasado. ¿Qué recuperar, qué remozar, qué innovar?, así estaba planteada la cuestión. Para empezar, era necesario ensayar mecanismos de coincidencia entre los más jóvenes, podar el cuerpo del lastre de los cachivaches que aún mangoneaban en los cuarteles. Había que poner en el tapete el mejoramiento de las condiciones materiales de existencia y de labor, quebrantadas —un tanto y un mucho— por las nuevas relaciones más abiertas, pero más duras, en que se desenvolvía la carrera de las armas, campos en que estaba ejerciendo una influencia dispar, según los entendidos, la nueva economía petrolera y la II Guerra Mundial. Y había que tomar en cuenta los llamados que abogaban por elevar los conocimientos en la esfera de la tecnología, y de la maquinaria bélica. Mi General se dedicó a conversar sobre tales tópicos en las horas de la sobremesa, en las cantinas, en el vivac de los entrenamientos, en la expansión de alguna fiesta, en las caminatas de los días libres. Cualquier aliento lo estimulaba y lo repetía, algo insinuaba en sus lecciones. Vino un apoyo, después otro. Entabló, sin buscarlo, discusión con un superior. Supo que otros como él, pensaban igual. En los pasillos de la Academia se encontró muchas veces con el teniente Edito Ramírez, un año más joven que él en graduación, un erizo de contrariedades y disgustos que le provocaban las normas del cuartel, desfasadas, a su criterio, de lo que había aprendido y leído, pero sin atinar a explicarlo con claridad. Su hermano mayor, Juan, graduado en 1929, y los dos hermanos Vargas, y los tres hermanos Rangel Barrientos, y los tres hermanos Velazco, más sus compañeros del Perú, más un aviador bien parecido de apellido López Conde, y otros y otros más lo escuchaban, arqueaban el ceño, fruncían los labios, pestañeaban.

—Verdad que ya están chochos esos jefes «chopos de piedra» decimonónicos— decían unos.

—Son miserables nuestros sueldos— se quejaban otros.

—El presidente se olvida de su ejército.

Y así iban desgranando sus quejas. Hasta mi General, prudente como era, sufrió arresto disciplinario cuando estalló en ira una vez cuando vio en el cuartel Urdaneta castigar con saña a un pobre recluta que no entendió la orden de su sargento. Es que ya habían cuajado los entendimientos para formar la liga de los descontentos, bajo el enfático rótulo de «Unión Patriótica Militar».

Es ahí, teniente, donde no entiendo las razones que condujeron a aglutinar en ese grupo clandestino a esos oficiales.

Ciento diez, Franklin.

Tú lo ves desde la óptica de los conjurados, teniente. Quizás tu apreciación sea más valedera porque vas a estar metido en ese barullo de los años 40, aunque eras todavía un cadete, pero yo, un liceísta que apenas estaba enamorado platónicamente de mis tres compañeras de curso, Lourdes Ciliberto, Elvira Quintero y Josefina Gómez, ni siquiera sabía por dónde me daban tablas tales acontecimientos, pero me he enterado de otras apreciaciones, sobre todo las de un viejo militar que conocí muchos años después, el coronel Pedro Francisco Pereda Bermúdez, un cumanés corpachón, que se graduó de subteniente en 1912, de teniente en 1915, de capitán en 1921, de teniente coronel en 1929, y que en 1943 le habló con franqueza al presidente Isaías Medina

Angarita de cómo pensaban, cuál era el ánimo que agitaba a la oficialidad de entonces. La dividió en tres grupos: los viejos veteranos de las guerras civiles, los salidos de la academia y la generación joven. Los viejos son esos que tú llamas «chopos de piedra»; él se contaba entre los salidos de la academia, y con gallardía reconoce que perdonaron injusticias en medio de una época dolorosa y plena de amarguras, giro elegante para referirse a la prolongada dictadura gomecista en que callaron, silenciaron, toleraron, porque pensaron en la academia y no quisieron volver a las montoneras; y terminaba su perorata diciendo que la generación joven era la más difícil y la menos dócil, términos que yo recuerdo con exactitud y sé ahora que cuadran muy bien con el talante que tú les atribuyes a esos 110 oficiales de la «Unión Patriótica Militar».

¿Cuál es el problema entonces, Franklin?

Mejor callo. Sigue hablando.

Mi General vivió, entre esos años que van de su egreso de la Academia al punto crucial de 1945, una época austera, vamos a decir. Frecuentaba a menudo casas de amigos, tales como la del joven universitario Tomás Enrique Carrillo Batalla y el abogado José Giacopini Zárraga, quienes van a estar muy presentes en su vida futura. Vivía como inquilino en una casa de familia en El Paraíso. Un domingo en la tarde, estamos en 1937, fue, como era su costumbre, a ver las carreras de caballos en el hipódromo cercano, y allí conoció a una muchacha bien agraciada, un tanto más alta que él, llamada Flor. Le gustó y se hicieron novios. A los 23 años, con el grado de capitán, era ya tiempo que pensara en el matrimonio. Por lo general, los gustos de la época que reinaban entre los oficiales apuntaban hacia una novia de buena estatura, cabellera suelta, si encrespada mejor, un tanto rolliza, buen caderamen, y de cejas teñidas y bien trazadas, al estilo de las estrellas del cine mexicano. Flor, de 17 años, era así, más alta que él, melena castaña, tez blanca, labios carnosos y mejillas tiernas. Vivía en una de esas casas de una sola planta construidas a fines del siglo XIX, en La Pastora, con cierto aire señorial suministrado por la pátina del tiempo, pero que muchas de ellas ya venían siendo carcomidas por la ruina a causa de la mudanza de sus antiguos dueños, algunos gomecistas, espantados a partir de la muerte del dictador. Ya no eran pastoreñas la familia Álvarez, cuya cabeza era director de una torrefactora de café situada detrás del cuartel San Carlos; ni la familia Serrano, un tanto arruinada, ni la familia Benatuil con dos de sus miembros pertenecientes a la oficialidad de la Marina; ni el escritor y *bon vivant* Guillermo Austria con su voluminosa humanidad y lengua vocinglera, ni el apuesto «chino» Sucre, ni el senador Montiel y sus bellas hijas. Habían abandonado la parroquia, en busca de modernos vecindarios, hacia el Este de la ciudad. La madre de Flor, Angelina Castro Tejera, seguía fiel a La Pastora. No llegó a casarse con el padre, Antonio Chalbaud Cardona, militar de renombre, aunque éste reconoció a la hija. Era él de los famosos Chalbaud merideños, entre los cuales resonaba mucho aquel Román Delgado Chalbaud, caído en combate hacía muy poco, en 1929, en el asalto de Cumaná; y el hijo de éste, Carlos, con quien mi General hará un tándem de antología. Angelina e hija vivieron siempre juntas, incluso durante el destierro posterior. Y Antonio Chalbaud contrajo matrimonio, ahora sí, con Ligia Helena Sánchez Padrón. Con ella tuvo varios hijos, entre ellos la investigadora Fanny Chalbaud, una mujer bien plantada, rubia, de ojos azules, pero inteligente. Llegó a ser directora de la Unidad de Transferencia Tecnológica del Consejo Nacional de Investigaciones Científicas y Tecnológicas.

¿Se trataban Flor y Fanny, teniente?

No. Vivían distanciadas. Durante algún tiempo, la familia legal de Antonio Chalbaud Cardona disfrutó de un nivel de vida más alto y cómodo. Su casa, llamada «Quinta Mérida», en la calle Orinoco de la nueva urbanización de Las Mercedes, era fastuosa, con un aire colonial, de dos pisos, techo de dos aguas con tejas relucientes, balcón volado finamente tallado en madera. Tuvieron que pasar varios años para que la vivienda de Flor superara a la de su padre, como era lógico, dada la trayectoria de ambas familias. Así es la vida, Franklin. Flor llegó a ser la Primera Dama, y Fanny cayó en la corriente de la oposición izquierdista, a tal punto que la veremos después del 23 de enero militando en las filas de la juventud del Partido Comunista.

Nada raro, teniente. Las hermanas Parés Urdaneta cayeron en igual polarización: Alicia se casó con Pedro Estrada, jefe de la Seguridad Nacional, y Carmen Helena con Gastón Carvallo, redomado comunista. Venezuela es un alboroto.

¡Yo qué sé! Pero, volvamos a la época de los galanteos de mi General, entonces teniente. Él, los días de visita a la novia, acostumbraba tomar el colectivo de la Escuela Militar que bajaba de La Planicie a Caño Amarillo, y de allí a la plaza Bolívar, donde tomaba el tranvía de La Pastora, que iniciaba su lento trayecto en la esquina de La Torre, subía en línea recta hasta la esquina de Jesuitas, doblaba a la izquierda, hasta alcanzar la iglesia de Altagracia, aquí doblaba hacia el norte hasta Salas, doblaba a la izquierda a Balconcito, doblaba a la derecha a Guanábano, doblaba a la izquierda emitiendo sus ruedas un chirriar bastante agudo, alcanzaba la esquina de Urapal, doblaba a la derecha a la plaza de La Pastora, subía a Torrero, doblaba a la izquierda hacia Negro Primero, y se detenía en la última parada, en la esquina de Natividad. Estos viajes en tranvía le parecían a mi entonces Teniente un carrusel. Podía mirar a todos lados por lo descubierto del vagón, sin puertas ni ventanas: viejitos agarrados de las manos, señoras llevando llena la bolsa del mercado, novios besándose en un zaguán, niños lanzando palitos de fósforos al agua que corría entre los rieles para ver cuál ganaba la competencia, el ayudante colector lanzándose a la calle para colocar rápidamente en su lugar la pértiga que se había desprendido del cable eléctrico, y el conductor, con su estrecho uniforme azul y gorra con visera de mica negra, rígida, presionando duro y repetidas veces sobre el pedal para hacer sonar la campanilla ante un transeúnte atolondrado andando entre la vía. Mi General caminaba hasta la próxima esquina de San Fernando y allí doblaba a la derecha. A mitad de cuadra, antes de llegar a la esquina de Nazareno, estaba la casa Nº 61, que tenía además un nombre, «Villa Concepción Palacios», en letras cursivas, de hierro, clavado en lo alto de una de las dos columnas que servían de portal. Era casi una mansión al compararla con las casas de la cuadra, que seguían el patrón de una o dos ventanas con balaustres y un portón de madera que daba a un estrecho zaguán, y al recibo. «Villa Concepción Palacios», en cambio, lucía al frente un enrejado de 20 metros de ancho a través del cual se veía un frondoso jardín con árboles frutales (mango, limón, tamarindo) y rosales, cayenas, granados y palmas. Había que caminar unos 30 metros por un sendero embaldosado para llegar a la puerta de la casa, subíanse unos cuantos escalones y, al franquear la puerta se alcanzaba el recibo, la sala, unas seis habitaciones, un patio y las demás dependencias. De esta manera, mi General no tenía que seguir el ritual de los enamorados de entonces, que era esperar a que la novia se asomara a la ventana, sentada en el poyo, los codos sobre el antepecho, para acercársele e iniciar la plática acostumbrada. En cambio, él llamaba con el timbre desde la acera, franqueaba el enrejado, caminaba por el jardín y ya Flor lo esperaba, sentada en la antesala, acompañada a veces por la madre. Flor y Marcos, Marcos y Flor se amaron, quizás no como Hans y Jenny, pero se amaron. Nunca leí las cartas acarameladas que se cruzaron estando él en el Perú, pero sí asistí a su matrimonio en la iglesia de La Pastora, él de 30 años, ella de 23, después de siete años de amores, el 3 de febrero de 1945. El casamiento me pareció regio, vibrante, no sé, porque buena parte de mi niñez y mocedad la pasé allí, en el recogimiento de la Semana Santa, o en su amplio altozano, a veces contando las moneditas que nos tiraban a los muchachos los padrinos de los bautizos. El *Ave María* de Gounod sonó teatral. Y él, con su uniforme de gala, y ella, con su traje de raso, corona y velo, estupendos bordados, *bouquet* de gardenias en las manos, y larguísima cola extendida a sus pies, diseño de Luisa Ferrari, lucieron elegantes y muy joviales. Conservo una foto de la pareja, dedicada a sus padres. Se mudaron a un apartamento bastante modesto, de dos habitaciones en el tercer piso de un edificio pequeño, Iberia, esquina de Las Brisas, cerca del Panteón Nacional y del hospital Vargas. El alquiler mensual era de Bs. 200. Muy pronto, se hizo habitual la visita al amigo José Giacopini Zárraga. Los fines de semana, luego de terminar sus labores como jefe de la 1ª sección del Estado Mayor, se vestía de civil, se encasquetaba un borsalino, salía del caserón del ministerio de Guerra y Marina, y se encaminaba a la próxima esquina de Bolero, subía a la de Pineda, cruzaba a la derecha y antes de llegar a la de Cuartel Viejo, tocaba el timbre en la casa Nº 35, y le abría la puerta su amigo Giacopini. Don José estaba emparentado en línea directa con el presidente general Francisco Linares Alcántara y su hijo, Panchito, militar graduado en West Point. Era un año menor que mi

General, pero lucía de mayor edad, porque vestía a la antigua: traje oscuro, camisa blanca con el cuello duro almidonado, corbata negra, pantalones bien sujetos con un grueso cinturón de hebilla reluciente más arriba de la cintura y sostenidos por delicados tirantes bordados, y brodequines que dejaban ver de todas maneras unas largas medias de seda, negras, abrochadas a los botones de un liguero. Allí, se tomaban un café, conversaban, o bien salían a caminar hasta el apartamento de los Pérez-Chalbaud, subiendo por la esquinas de Balconcito, Truco, doblaban a la derecha hacia Caja de Agua, Luneta, Puente Trinidad, La Fe, y doblaban a la izquierda para subir por Remedios y el puente de Las Brisas. A veces, subían desde Truco hasta Las Dos Pilitas, doblaban a la derecha para pasar frente al cuartel San Carlos, rodear el Panteón Nacional y caer en Las Brisas. Este último trayecto lo sugería Giacopini porque le encantaba pararse en la esquina del cuartel y entrar en el bar «El Yo-Yo» a comerse un plato de frituras de vísceras de ganado (riñón, corazón, hígado, bofe, más asaduras de morcilla) que le recordaban la trompada de cerdo asada de sus Andes natal. Otras veces, salían en línea recta hacia las esquinas de Altagracia y Mijares, y aquí doblaban a la derecha para bajar a la iglesia de Santa Capilla, donde entraban, rezaban y recibían la bendición del Santísimo. Eran caminatas matizadas con una conversación al estilo peripatético que no terminaban nunca. Giacopini volcaba en su amigo toda su vocación frustrada de militar, al comentar pasajes de nuestra historia donde resaltaban las ciento y una contiendas armadas de la república hasta la fecha. Especial recuento hacía de la Revolución Libertadora de 1902, en la que relataba con lujo de detalles sus batallas. Era increíble, pero nombraba con sus nombres y apellidos, por ejemplo, a los 40 soldados comandados por Leopoldo Baptista, armados con machetes linieros amolados por filo y canto, que tomaron el cerro del Copey, feroz escaramuza que inclinó el triunfo a favor de las tropas del gobierno de Cipriano Castro en la famosa batalla de La Victoria, librada entre el 12 de octubre y el 2 de noviembre de 1902.

Muy buena memoria la de don Giacopini, teniente. Él era muy entendido, muy versátil en varias disciplinas pero, como buen aficionado a la cacería, también metía sus embustes. Una vez que contaba sus hazañas por las galeras de Uverito, en el estado Guárico, dijo que durante horas no habían visto ni un venado, pero que al irse los perros por falta de presa y quedarse solo, sintió que alguien lo observaba, miró hacia atrás y a pocos metros vio un puma grandísimo, sentado en sus patas traseras a punto de saltar encima de él. Disparó su Winchester 44 con los ojos cerrados y el felino cayó muerto con un tiro en el cuello. «—De broma no me comió, es la pura verdad», dijo. Todos reímos.

Mi General se extasiaba con los relatos de don José, quien explicaba una y otra vez su teoría de los saltos históricos cada 40 años. Con toda rotundidad y tocando casi con sus labios el oído de mi General, le decía:

—Cada 35 ó 40 años se produce un cambio total en que una generación de dirigentes desaparece, y se lleva consigo el ruedo político que ella creó y dentro del cual se desenvolvió, y es reemplazada por otra generación de dirigentes más jóvenes, con destino histórico, con vocación de poder y que va a crear su propio modelo político. ¿Me oyó?

Se trataban de *usted*, con esa doble vuelta que dan los tachirenses y los cachacos bogotanos al voseo para denotar íntima amistad o confianza. Y le decía que lo consideraba a él, más que a ningún otro oficial joven, el mejor preparado para manejar recursos humanos y materiales con criterio de eficiencia y economía en situaciones de presión, y saber definir los objetivos a lograr, jerarquizarlos y agenciar los medios y materiales para su obtención, a través del camino más adecuado y con el menor riesgo de fracaso. Era un ritornelo, unos conceptos que salían de su garganta como si estuviera leyendo el pasaje de un tratado de estrategia de su autoría. El hombre de Michelena, que ya estaba a punto de alcanzar las presillas de mayor, asimilaba a la letra tales enseñanzas. Estuvo tentado, en varias ocasiones, de revelarle a Giacopini el tremendo tejemaneje en que estaba metido.

VIII

Cacatorium medicorum

—Tengo cáncer, Franklin.

Quedé desconcertado, pasmado. Me lo dijo con la misma seguridad si proclamara que se había ganado el 5 y 6. Era su modo de ser. Adentro, bullía la tragedia. A retazos, me la cuenta:

—He recuperado algo de mi antigua solidez, pero a un costo muy elevado. Por momentos, me asaltan los recuerdos. Muda, sentada en el sótano de la clínica a la espera de algún examen, intentaba regresar mi mente a los años luminosos de mi juventud. Miro con condescendencia, aunque no los comprendo a veces, a los médicos que tratan mis dolencias. Ya sé lo que me van a decir cuando tienen que hablar de mi evolución como paciente. Dirán palabras dulces, reconfortantes, me mostrarán estadísticas positivas. Lo hacen con un tono de seguridad, y lo hacen revestidos como están de su autoridad profesional, dura y grave, pero cierta, a su parecer. Yo los veo situados en un sereno distanciamiento, aunque puede ser que, bien miradas las cosas, no les asista la razón y dejen a un lado los sentimientos. Tengo que reconocerlo, como médicos caen en la situación de apartarse del paciente, llegan a ignorar sus ansias, sus dudas, sus deseos. Uno de ellos tiene alrededor de 30 años de experiencia profesional. En su consultorio, confortable, bien iluminado, donde se siente a veces el olor de los medicamentos y a veces su perfume personal, hablamos con tranquilidad, yo, confiada paciente; él, reposado y sereno en su seguridad de cirujano. Sólo cuando han transcurrido varias consultas con él, me doy cuenta de su intento consciente de escoger el tipo de tratamiento para sus pacientes. Hombre profundamente humano, profesional capaz, se esfuerza cada día por perfeccionar sus conocimientos y dar lo mejor de sí mismo en las horas de consulta. El paciente termina por someterse a su autoridad, aunque no elimina del todo sus dudas, ocultas e inevitables. El otro especialista me recibe en su consultorio. Me dice:

—Ya sé todo lo que tienes. Te diré absolutamente la verdad. Tienes muy buenas probabilidades de sobrevivir.

—Con aire sereno, le pregunto si no hay posibilidad de metástasis. Él entiende, y sin poner trabas y dándose cuenta de la gravedad de mi situación, dice:

—Hay probabilidad, siempre hay probabilidad, pero todo irá bien; con el tiempo acabaremos conociéndonos mejor, por eso quiero que tú sepas que para cualquier problema puedes contar conmigo. Todo estará bien— me alienta.

—El equipo de la clínica exhibe capacidad de compenetración y simpatía, aunque todos, todos, actúan con un aire de misterio cuando se les pregunta por otros pacientes. Sin darse cuenta, ellos mismos obstaculizan el libre entendimiento entre los enfermos. Radica esto en el hecho de que ellos suponen que todos los pacientes guardan falsas esperanzas e ilusiones sobre sí mismos. En verdad, cada paciente es un mundo. Una vez que pasé a un cubículo para desvestirme, una señora mayor, siempre acompañada por sus dos hijas, me pregunta jovialmente:

—¿Qué es lo que tienes?

—Tumor de la mama.

—La señora me mira asustada y me despacha, rápido:

—Lo mío es una úlcera.

—Otro día, con su bata ya puesta, le sonrío a un señor que está vistiéndose cuando me dice:

—Me operaron un testículo y tengo que seguir trabajando, cubro la ruta Caracas-Valencia todos los días. Soy eso que llaman agente viajero.

—Yo tengo tumor en la mama.

—No se ve —dice— me alegro por usted.

—La mayoría del tiempo los pacientes míranse unos a otros con desconsuelo, lo que tampoco es extraño, habida cuenta del franco misterio de que son objeto por parte del equipo médico y paramédico. Cada uno de los pacientes está convencido de que su propio deseo de alcanzar la curación lo proyecta lejos de sus indeseables compañeros. Se habla mucho de los diversos tratamientos. La mastectomía radical. Un poco la radioterapia. La terapia hormonal. La ooforectomía, para producir un envejecimiento prematuro de la mujer en edad fértil. La adrenalectomía. La hipofisectomía. Las inyecciones de testosterona.

He escuchado a Constance con mucha atención. Advierto todos sus gestos, con curiosidad, porque quiero insistir en eso, en por qué gritaba aquella vez. Confiesa que pronto cobró conciencia de la zozobra en que cayó su unión matrimonial por causa de la lenta y angustiosa evolución a que fue sometida, y se preparó para convivir en esa imperfección. Me dijo:

—Si podemos dejar a un lado nuestras inútiles expectativas como padres, o esposos, o hijos, o amigos, debemos aprender a ser gratos dentro de uniones imperfectas. Eso quise decir, eso quise hacer, que emergiera una fría calma, una soledad existencial que fuese intrínsecamente inexpugnable. Claro está, sé que las personas cambian, crecen y, por lo tanto, pueden romper sus uniones. Al mismo tiempo, es posible llegar a tolerar que los lazos entre uno y otro con deseos opuestos, con memorias distintas, produzcan tensiones y conflictos que generen rencores. Henri y yo no queremos separarnos, aunque yo continuaba con mis predicamentos, y lo hacía con un apasionamiento tal que Henri lo consideraba sacrílego. No sé si cometía yo un error al proceder así.

«—Tú estás loca—», me decía, con indulgencia.

«—Tú estás loca—», lo repetía otras veces, pero con ira.

—En los asuntos de trabajo nos perdonábamos mutuamente, hablábamos con tranquilidad sobre cómo hacer las cosas, mejorarlas. Cuando nos poníamos de mal humor, un rato después hablábamos horas y horas sobre los asuntos del día como si nada hubiera pasado. Parecía que cada uno de nosotros sabía hasta dónde podía llegar ese tipo de unión tan nuestro. Por supuesto, allá en lo hondo de mis sentimientos, yo no olvidaba ni perdonaba su arrogancia de hombre, que me relegaba a ser sólo el soporte de su potencialidad, y yo el factor de unión y de moralidad dentro de la familia. El día en que supe que tenía un tumor, intenté abrir una puerta entre los dos. En mi consternación recordé mi niñez, cuando superaba mi soledad con el calor de los brazos de mi tía. Aquellos lazos un tanto neuróticos entre mi papá y yo niña, que tanto me habían fortificado, fueron de nuevo mi sueño, mi sostén. Henri, por su parte, asustado por mi enfermedad, sintió temor de perder algo que había anhelado. Los dos, como niños, sentíamos que el uno había abandonado al otro, y los dos temíamos la soledad. Con cierta espontaneidad, volvíamos a hablar. Creo que me volví mimosa. Él, hablando de su trabajo, buscaba en mí una fortaleza. Pero, recaíamos en el conflicto. Nos volvíamos ciegos y mudos. La infancia dura y el alcoholismo de su padre habían creado en Henri una inseguridad latente que él suponía superada a través de sus logros personales. Yo quería entenderlo, quería ayudarlo.

«—Regresaste tarde anoche», le dije una vez.

—El tono de mi pregunta lo irritó:

«—¿Qué importancia tiene?».

«—¿Tú no piensas que la bebida crea una situación difícil? La familia, para sobrevivir, necesita parámetros básicos», le respondí.

«—Quieres quitarme mi libertad y mi autodeterminación».

Le repito con voz tensa mi crítica.

«—Toda mujer necesita quitarle su personalidad al esposo para sentirse viva»— dijo.

«—Tomaste demasiado anoche y descuidaste el trabajo. Siempre lo descuidas»— le replico.

—Es cierto lo que le digo, aunque sea con punzante irritación. Henri se malhumora, piensa en todos sus logros personales y en todas las ocasiones que ha tenido que enseñarme y guiarme para que yo pudiera ejecutar mis proyectos comerciales. Me aíslo, siento mi soledad espiritual, no quiero aceptar el modo de vida arraigado en la sociedad familiar de esta tierra, en que la mujer, aunque se libere económicamente gracias a su arduo trabajo, no puede o no sabe superar la omnipresencia de una autoridad impuesta, que le oprime la mente y el alma.

La voz de Constance es ya trémula. ¿Me oyes, teniente?

Te oigo con mucha atención, Franklin. Pero, oye. ¿Qué has puesto, Pragedes?

—Una música de congoja, *La muerte de Ase*, de *Peer Gynt*, de Grieg.

Teniente, ¿no te llama la atención la calidad de mujer con la que me he encontrado? Fue una revelación, yo la oía sin pestañear. Ella necesitaba quien la oyera. ¿Cómo enfocar y tratar aquella situación, tan novedosa para mí que hasta ese momento estaba preocupado por algo que ahora sentía, si no abstracto, demasiado colosal para una persona, como era «el país», «la lucha», «el futuro del pueblo»? De la simple curiosidad que tuve al comienzo, y de la impresión de rara belleza de una extranjera que me atrajo para saber más de ella, ahora pasaba a sentir un deseo de comprender a fondo su personalidad, al mismo tiempo que encontrar a alguien que captase la razón de mis motivaciones y colaborara en ello de una manera u otra. La simple y a veces innominada tarea de incorporar voluntades en el movimiento donde yo tenía compromisos ideológicos la empezaba a anudar en este momento a un afecto personal, que era de admiración, por una persona, una amiga, un ser cuyo corazón palpitaba de modo tan sensible y amoroso.

O sea, la metiste a militar en tu grupo.

Sí, teniente.

Fue tu pedestre intención.

IX

La barriga de los presidentes

—Mayor, ¿usted y que está metido en un golpe?

—¿Yo, mi coronel? No. Yo lo que he hecho es hablar de la necesidad que tenemos de una reorganización.

—Pues tiene esa acusación. Vamos a averiguar. Dese preso, mientras tanto.

La conversación ha tenido lugar en el despacho del ministro de Guerra y Marina, coronel Delfín Becerra. A mi General lo llamaron muy temprano para que se apersonara de inmediato en el ministerio. Son las 10 de la mañana del martes 18 de octubre de 1945. Lo montan en una camioneta rumbo al cuartel Ambrosio Plaza, y al sentarse en el asiento de atrás, custodiado por dos efectivos, se topa con el mayor Julio César Vargas, que también va prisionero. Al entrar al cuartel, va saliendo un escuadrón al mando del capitán José Teófilo Velazco a hacer unos ejercicios de tiro. Un teniente del escuadrón, Gustavo Pardi Dávila, observa la comitiva de los presos y se lo comunica al jefe, pero casi de inmediato aparece el teniente coronel Rengifo con un sargento y dos soldados más, encañonan a Velazco y también lo apresan. Abatido por completo, mi General se desploma cuan largo era en el camastro del dormitorio de oficiales que le servirá de reclusión. «—¡Maldita sea!», exclama. El movimiento que había estado cocinándose desde meses atrás se viene abajo, piensa. Fueron, primero, conversaciones informales, de pasillo, de sobremesa, que fueron enseriándose a medida que la idea entusiasmaba a los más jóvenes. El 27 de junio había asistido a la reunión de 17 oficiales en la casa del muy activo teniente de aviación Horacio López Conde, y su arenga entusiasmó a todos. Es que el ambiente político se había caldeado por la cercanía de la sucesión presidencial y el despertar de una intensa polémica sobre cuál debía ser el modo de encarar el inminente cambio presidencial. El pronunciamiento era la lógica respuesta, según estos jóvenes oficiales, pero el cómo hacerlo todavía era un enigma para todos. Mi General respetaba a su amigo Giacopini pero no pensaba en él como líder porque no tenía pasta de conductor, ni tampoco éste hubiese querido asumir tamaña responsabilidad si cristalizase la oferta. El teniente Francisco Gutiérrez había hablado mucho acerca de la situación del país con un amigo suyo, el muy conocido maestro Luis Beltrán Prieto, dirigente del gremio de los maestros, parlamentario y miembro de la Dirección Nacional de Acción Democrática, pero fueron apenas generalidades. De todos modos, la librería que regentaba Prieto era un sitio ideal para conspirar si llegare el caso. Horacio López Conde informó que su esposa era cuñada del médico Edmundo Fernández, muy amigo de Rómulo Betancourt y Gonzalo Barrios, y que en las tenidas que hacían ellos los domingos, a las que asistían varios políticos amigos del médico concuñado, el comentario obligado, después de unos cuantos tragos, era el de señalar la necesidad que tenían los militares de fijar posición ante lo que iba a venir. Horacio agregó que en una de esas conversaciones, Betancourt dijo que estaba dispuesto a hablar con cualquier gorra. El puente estaba tendido. Casi a medianoche fue la primera reunión. Por casualidad, el día anterior, fiesta nacional, Marcos había sido ascendido a mayor, y también sus amigos oficiales Leopoldo Vivas González, Oscar Mazzei Carta, y José Elio Vargas (éste hermano de Julio César y Mario). Betancourt y Leoni se encuentran en la plaza del parque Carabobo, abordan el automóvil, atraviesan el bosque de Los Caobos, y enfilan por la calle Real de Sabana Grande, dejan atrás Chacaíto y llegan a Campo Alegre, lindante con el Country Club, donde está la casa del médico. Transcurre bien la reunión y quedan acordados nuevos encuentros. Mi General salió entusiasmado con el ambiente de las pláticas, hasta el punto de proponer en uno de esos conciliábulos que Rómulo Betancourt y su partido deberían ser la fuerza política del movimiento, con el guatireño de cabeza visible, y el ejército como motor y sostén de la revolución. Sí, de la revolución que ya está en marcha. Al paso de los días, mi General afinó sus movimientos y pareceres. Había que fijar un plazo para el estallido. Había que reforzar las medidas conspirativas y, como se ampliaba el ingreso de nuevos complotados, había que decidir que la caída de algún papel comprometedor, o la delación de alguien, o el apresamiento aunque fuera de uno solo de los cabecillas debía suponer el lanzamiento en masa de todos a la acción. Y a sus más íntimos, expresó ciertas aprensiones sobre la personalidad de Rómulo Betancourt. No es que se desdecía ahora de lo que expresó sobre su liderazgo, sino que consideró necesario cuidarse de cualquier maniobrilla, de esas a las que están acostumbrados los políticos. Por ejemplo, no entendía por qué los líderes adecos asistentes no comprometían a su partido, no hablaban en representación de su Dirección Nacional; por qué alargaban tanto la decisión de descartar al candidato presidencial que ya era de consenso, Diógenes Escalante, si ya todo el mundo sabía que su extraño comportamiento evidenciaba que estaba loco de bola, por qué pedir una junta médica para saber lo ya sabido de la locura del candidato y negarse a aceptar el diagnóstico más que firme del psiquiatra Francisco Herrera Guerrero, acusado por la señora Álamo de Escalante de ser el mentiroso que divulgó la insania del marido. ¿No será verdad que Rómulo exhibe una debilidad en este asunto por un supuesto enamoramiento, como se chismea en ciertos círculos, con Bebel, la joven hija del demente? ¿Por qué a estas alturas buscar a otro independiente de reemplazo?

«—¡Maldita sea!»- repetía prisionero en su camastro, la cabeza hundida en la almohada.

No quería oír nada. Se mordía los labios hasta sangrar. Un sentimiento de frustración, de culpa lo desanimaba. Se sentía fracasado, desprovisto del menor aliento de hacer algo.

A tu general lo han hecho preso porque ya el presidente Medina había recibido un día antes la información precisa del manejo conspirativo, que venía caminando desde hacía meses con la mira puesta en la toma del poder. Ocho oficiales jóvenes encabezaban el movimiento. La noticia vino de la boca de su sobrino Elio Quintero, enterado por conversación que tuvo con Wolfang Larrazábal, ambos oficiales de la Marina. Medina quedó aturdido.

—¿En quién confiar? ¿Quién es fiel? —dijo— ¿Puede más la ambición que la devoción a una idea, a una institución, a un país?

Aturdido, esa es la palabra. Convoca para el día siguiente, 18 de octubre, al ministro de Guerra y a los jefes de los cuerpos de la guarnición de Caracas a una reunión en Miraflores donde les da un informe conciso de la delación y ordena que se haga la correspondiente averiguación, pero en forma muy discreta. Imparte algunas disposiciones y encarga a comandantes fieles a apersonarse en calidad de refuerzo en varias guarniciones del país. Recibe noticia de las primeras detenciones, y al mediodía, regresa a su casa.

¡Tonto que fue, Franklin! No sabía que el estallido del movimiento era automático al producirse cualquier encarcelamiento de siquiera un conjurado.

Pues yo sigo pensando, teniente, que el Presidente tenía todo en sus manos para salir airoso de tamaño percance, pero si se actuaba a fondo y rápido. Los comprometidos toman el cuartel San Carlos, cae muerto el oficial Celestino Ochoa, y las puertas se abren para que la gente se arme («¡El pueblo en armas!»). Hasta yo, un muchacho de 16 años entonces, me armé con un fusil FN-30 que apenas podía sostener en posición de tiro. Las descargas de los fusiles pasaron a convertirse en un juego pirotécnico por las calles. Numerosos postes del alumbrado quedaron perforados por aquellas balas que parecían mini cohetes. Fue tanto el frenesí guerrero que ya se creía que el gobierno había caído. Las «bolas» a rodar decían que el comandante de la policía Santiago Ochoa Briceño había muerto en el San Carlos y que sus efectivos, desmoralizados, entregaban sus armas. Hasta la familia de Ochoa Briceño creyó el bulo, al confundir el Ochoa muerto con el Ochoa suyo. Yo no, porque era amigo del hijo de Celestino Ochoa que vivía de Dos Pilitas a Portillo y vi a la familia llorando y preparándose para el entierro.

Cuando Medina abandona Miraflores y lo hacen también los oficiales leales y los miembros del Gabinete, los comprometidos de la Guardia Presidencial toman el palacio, que se convierte en una ratonera. Es que ha corrido la noticia de que el golpe en ciernes está encabezado por el ex presidente López Contreras, y muchos de sus amigos, junto con ministros y partidarios de Medina acuden a Miraflores. Ingenuos que son, van cayendo uno a uno: el académico Mario Briceño Iragorry, el ministro Arturo Uslar Pietri, el viejo gomecista Vincencio Pérez Soto, monseñor Jesús María Pellín, el fogoso líder Jóvito Villalba. De modo fácil, es tomada también la Escuela Militar. Allí el factor sorpresa favorece a los complotados Carlos Delgado Chalbaud y Mario Vargas. El coronel director de la escuela, Antonio Arévalo, es detenido y el afiebrado Edito Ramírez nos reúne a todos los cadetes, lanza una arenga de candela y así nos incorporamos a la revolución. Figúrate que yo, que estaba en tercer año, soy ascendido a subteniente a los pocos meses.

Debes acordarte, teniente, que de vaina no cayó el propio presidente Medina. Cuando estaba en su casa, quizás preparándose para dormir la acostumbra siesta de las 2 pm., («la hora del burro») recibe por teléfono la noticia de la sublevación de la Escuela Militar con todo su alumnado. Sale disparado de La Quebradita, enfila a toda velocidad por la avenida San Martín, pasa por la plaza de Las Toninas de El Silencio y al llegar a las puertas del palacio, el automóvil se topa con un parapeto improvisado. El chofer lanza un grito de advertencia: «—¡Son los alzados!», y mete el retroceso con rapidez. Se dirige entonces al cuartel Bermúdez, entre Puente de Hierro y El Paraíso. Intranquilo, pero sin perder los estribos, Medina recorre varias posiciones leales. Llega al cuartel de policía en la esquina de Las Monjas, ángulo suroeste de la plaza Bolívar, y recibe el parte del mayor Santiago Ochoa Briceño. Éste le dice:

—Estamos listos para atacar Miraflores.

—¡Estás loco! —responde Medina— ¿Quieres poner en peligro la vida de los que están allí secuestrados?

En el cuartel Ambrosio Plaza reúne parte del gabinete, decreta la suspensión de garantías, recibe la noticia de que el valiente coronel Perera Bermúdez ha retomado el cuartel San Carlos. Un efecto más que todo psicológico logran los alzados: es el intento de los insurrectos de bombardear los puntos leales al gobierno desde el aire. El capitán de aviación Luis Calderón y otros pilotos se montan en los aviones North American AT-6 T y AT-D, y Vultee BT-13 y BT-19A norteamericanos, adquiridos en fecha reciente para sustituir, debido a la guerra mundial, a los aparatos alemanes e italianos, y vuelan sobre Caracas, esparcen miles de hojas impresas llamando a la lucha, disparan algunas ráfagas y lanzan una que otra bomba de 10 kilos, que no dan en el blanco. Una de ellas abre un inmenso hoyo cerca de la esquina de Las Dos Pilitas. Varios oficiales leales piden autorización al Presidente para tomar la Escuela Militar.

—¡No! ¡Mil veces no! —responde—. ¿Cómo voy yo permitir que le disparen a esos cadetes inocentes?

Tampoco fue a la radio. Entre tanto, sólo se escuchaba por el éter, todas las emisoras en cadena, música clásica, como el *Réquiem Alemán*, de Brahms, que yo había oído muchas veces. Las noticias del interior son inquietantes.

El presidente, doblegado por lo que nunca pensó que le iba a ocurrir, se va a dormir a la casa de su más cercano ministro y amigo, Manuel Silveira, ya resignado a rendirse. Es su noche triste. Acongojado, deprimido, despechado, entona su «Lamento de Federico»:

—¿Será posible que estos oficiales sublevados se alcen sin el pretexto de una causa elevada? ¿Será que unos cuantos desniveles culturales y profesionales de poca monta, en este país donde afloran tantas mezquindades, despierten tamañas ambiciones que atentan contra las bases mismas de las fuerzas armadas y del país? Mi fe ha sufrido un espantoso choque, creí en la honestidad y pulcritud de mis compañeros, les di distinciones y estímulos, sin ánimo turbio. Nunca llegué a pensar que mi presidencia pudiera despertar tanto odio y animadversión, precisamente en el Ejército. ¿Mejor hubiera sido tratarlos con demagogia, con engaños, con zalamerías, alcahuetearlos por la vía del deshonor? Los apoyé con resolución para que viajaran al exterior a mejorar su capacidad profesional, y ahora protestan por un sueldo, les quema la fiebre de subir y subir en busca de la comodidad y la holgura, no importa que arrastren por el suelo el honor y la ley. ¡Oh, si tan solo pudiera olvidar todo! (*Vorrei poter tutto scordar.*)

El 19, derrumbado por las noticias del incremento de los oficiales jóvenes desafectos, ordena la libertad de los detenidos del día anterior, y decide rendirse. Un subalterno abre la puerta del recinto que servía de encierro y aparece tu General, teniente, un tanto enceguecido por la claridad del salón, y todavía apocado por haber quedado fuera de juego. Vaciló al intentar estar firme frente al Presidente. El complotista, ahora dueño de la situación, y Medina Angarita, demudado, deprimido, y ahora derrocado, se miran fijamente a los ojos: ¿qué podrían decirse? Al vencido lo trasladan a la Escuela Militar y pronto sale del país. Su derrota moral y física es irreversible.

Eso estaba escrito, Franklin, no había para dónde coger. La situación estaba tan a punto de mate que la falta de coordinación y hasta las vacilaciones entre los alzados no entorpecieron el definitivo desenlace. Hubo un momento en que la revolución quedó limitada al palacio de Miraflores y la Escuela Militar, dos lugares que no eran bastiones desde el punto de vista táctico o estratégico, ni mucho menos. Fue cuando el mayor Carlos Delgado Chalbaud vaciló. Acudió a la celda improvisada donde estaba el general Eleazar López Contreras y le preguntó si él no podía servir de puente para hablar con el presidente u otros personeros del gobierno y llegar a algún entendimiento para evitar así mayor derramamiento de sangre. No le prestaron atención, por fortuna, porque el derrumbe vino pronto. Es que casi no hubo combates. Tiroteos en varios puntos, avances de los tanques Stuart armados con un cañón M-6 de 37mm, y tres ametralladoras de calibre 0,30, volantes impresos y una que otra ráfaga o bomba de los aviones. Pequeñas refriegas agrandadas luego por la ilusión de una gloria gratuita. Las bajas no fueron altas: 26 militares entre oficiales y soldados, y 9 policías. Murieron más civiles: 49. Los heridos de ambos bandos no llegaron a 250. En la noche del 19 de octubre ya estaba conformada la Junta Revolucionaria de Gobierno. Mi General apenas supo de algunos detalles de la marcha del conflicto, en medio de un hondo desconsuelo, o infortunio, o desazón, como quieras llamarlo, al caer preso tan temprano y no poder participar en ninguno de los movimientos que condujeron al triunfo. ¡Qué contrariedad! En la calle, y en las alturas del poder, el país entraba, de verdad, en el siglo XX. Atrás quedaron las antiguallas, los vejestorios, y lo arcaico. Ninguno de la Junta que se estrena es decimonónico, todos son del siglo

XX: Gonzalo Barrios y Luis Beltrán Prieto nacieron en 1902, Raúl Leoni y Edmundo Fernández en 1905, Rómulo Betancourt en 1908, Carlos Delgado Chalbaud en 1909 y Mario Ricardo Vargas en 1913. La Venezuela a partir del 18 de octubre de 1945 le hace honor al macadam y el asfalto, al cinematógrafo y el automóvil, al gramófono y la radio, al avión y el petróleo, a la lavadora y el tractor, a la penicilina y el celofán. Por precaución ante cualquier coletazo de los caídos, las emisoras de radio, que no pueden trasmitir sin permiso noticias y programas de opinión, quedan conectadas en cadena casi todo el día mientras esperan los comunicados oficiales. En mi casa, yo noté, con cierto fastidio, ese encadenamiento que me impedía escuchar mis programas favoritos. Fue Pragedes quien me reprendió:

—Escucha, tío, cómo retumba el reverberante coro de los soldados ingleses que han acabado con el tirano: es el acto IV de la ópera «Macbeth»:

Salve, o re!
Macbeth, Macbeth ov'è?
Dov'è l'usurpator?
D'un soffio il fulminò
Il Dio della vittoria.
Il prode eroe egl'è che spense il traditor!

O sea:

¡Todos a las armas! La muerte o la victoria.
¡A las armas, a las armas!
¡Victoria! ¡Victoria!
¡Salve, oh rey!
¿Dónde está Macbeth?
¿Dónde está el usurpador?
De un soplo lo fulminó

el Dios de la victoria.

Teniente, ¿sabes que la frecuente interrupción de las programaciones habituales de las emisoras de radio, para encadenarlas mediante la emisión de música clásica durante el golpe militar, provocó en el simple oyente una sensación automática de luto, de rito mortuorio? La ópera de Verdi le sonaba como algo fúnebre, y así se acostumbrará en lo adelante. ¡El vicio de los golpes de Estado convirtió las sinfonías y las arias en música sepulcral, en conciertos de muertos!

Bueno, pasados los días de euforia, y ya reanimado, sabiendo que buena parte de lo conseguido era obra suya, mi General volvió por sus fueros, amigo Franklin.

X

Las botas de la paciencia

Al Palacio Federal llegaron los integrantes de la Junta Revolucionaria de Gobierno, los civiles vestidos de paltó levita y pumpá (o chaqué y sombrero de copa), y los militares con uniforme de gala y condecoraciones. El presidente de la Junta, don Rómulo Betancourt, en tono de chanza, le dice a Luis Beltrán Prieto:

—Orejón, échate más talco en la cara para que no nos sigan diciendo «¡Negros pata en el suelo!»

A Rómulo le gustaba la ironía, un tanto dulce cuando la dirigía a sus amigos, y convertida en acre sátira para sus adversarios. Al pasar los días y aplacarse los ánimos, el gran líder y presidente de la Junta Revolucionaria de Gobierno veía con optimismo la marcha del país, no obstante los malos comentarios que ya empezaban a aflorar. La gran jugada del 18 de octubre no pudo resultar mejor, si se toman en cuenta los grandes obstáculos que hubo que tramontar.

No se trataba de vencer a un colosal enemigo, no, pues todos sus análisis a partir del fortalecimiento paulatino de la influencia del partido en los medios obreros, las últimas conquistas electorales en el Zulia y, en menor medida, en Caracas, y, sobre todo, la incómoda situación en que se encontraba el presidente Medina y su partido, sin encontrar una fórmula clara y contundente para sortear la disyuntiva de la sucesión presidencial en puertas, dentro de un mar de sentimientos favorables llamando a romper por fin con la figura del gran elector y darle el voto directo a todos los ciudadanos, pronosticaban la falta de respuesta efectiva del medinismo a cualquier acto de fuerza. Pero, lo difícil y aventurado fue tomar la decisión de apoyar a los militares complotados, que no podía quedar en manos del Comité Ejecutivo Nacional de Acción Democrática en pleno, por las filtraciones habituales en organismos plurales, sino que tenían que ser él y apenas tres o cuatro dirigentes más de su absoluta confianza, quienes debían echarse al hombro la responsabilidad de aliarse con los jóvenes militares de la UPM; y luego, lograr que no hubiese una hecatombe, un río de sangre. También, debía hacerse lo posible para que surgiera el partido como el hegemón de la nueva situación, en medio de ambiciones y apetitos, muy difíciles de ponderar. El resultado fue tan perfecto y virtuoso como una carambola a tres bandas. Los militares que entraron en la Junta no estaban tallados, ni muchos menos, a la vieja y cerril manufactura castrense. Carlos Delgado Chalbaud tenía su *background* antigomecista y era amigo de don Rómulo Gallegos. Y Mario Ricardo Vargas, desde un primer momento, manifestó sus simpatías con el programa y la conducta general del Partido del Pueblo. Ahora, la ola naciente de oposición podía controlarse. Los gritos opositores tenían un tufillo racista que no congeniaba con la tradicional campechanería criolla. El poeta Andrés Eloy Blanco, como retruque a aquella conseja, la había captado en toda su acepción e intentó mofarse de aquella discriminación porque era cuchillo para la propia garganta de los adversarios del nuevo régimen, cuando en la Asamblea Constituyente donde había más que una holgada mayoría de AD, pasó uno de sus acostumbrados e hilarantes papelitos suyos con versos graciosos que hacían distender el ambiente de intemperancia de las discusiones, en los que decía, por medio de una simple cuarteta, que no era cuestión de ley, sino un fiasco, ver a una mujer orinando en un frasco y a un negro inscrito en Copei, el partido situado a la derecha del nuevo espectro político. Y la andanada diaria que recibía la Junta por la composición monocolor del gabinete ejecutivo, y por los juicios de peculado, un inmenso saco donde cayeron decenas y decenas de políticos y personalidades que habían tenido cargos de gobierno desde los tiempos decimonónicos del «Cabito» Cipriano Castro y antecesores recientes, podía disiparse con los argumentos de las elecciones libres y el voto a favor que obtuvo la tarjeta blanca por parte de más de las tres cuartas parte del electorado. Otra cosa, en la que había que muñequear de lo lindo, era el trato con los militares. Ahí estaba, teniente, el caso de tu general. Rómulo, con perspicacia, ya lo había retratado: gago, paticorto, miope, currutaco, más parecido a un tenedor de libros de una aldea bien adentro en la provincia, o a un clavario allá en la ínsula de Barataria. Por ahora, ostentaba el cargo de jefe del estado mayor del ejército, pero sus frecuentes visitas a los cuarteles inquietaban a más de uno.

Mi General actuó con mucha prudencia en esos momentos. Que yo sepa, a nadie expresó descontento por no formar parte de la Junta ni ser nombrado ministro de la Defensa. Al contrario, se sometió conscientemente a lo que establecen las normas castrenses y agregó, de su cuenta, que todavía sentíase abatido por su prematura prisión en la víspera revolucionaria. Acometió con rigor sus funciones de dirigir el estado mayor, primero del ejército y, diez meses después, el del conjunto de las cuatro ramas armadas. Viajó dos veces en misión casi de rutina a los Estados Unidos. Se ocupaba de su familia. Nacen dos hijas suyas, Margot y Flor Ángel. Se muda para El Paraíso. Compra un automóvil Nash Ambassador 1946 de 6 cilindros, con sus galanas llantas banda blanca. De todas maneras, su más íntima preocupación es la de velar por el fortalecimiento y seguridad de la fuerza armada. Contribuye con el mejor ánimo a renovar la oficialidad con las promociones cercanas a la suya y con las más recientes. Así, es pasada a retiro, casi de un solo golpe, toda la oficialidad con el grado de coronel y general, en la que caen, sin miramientos, el general en jefe Eleazar López Contreras, los generales de división Isaías Medina Angarita y Antonio Chalbaud Cardona, suegro de mi General; más 9 generales de brigada, y 68 coroneles. Hay que agregar a 58 tenientes coroneles, 43 mayores, 66 capitanes, 25 tenientes, 10 subtenientes, 3 capitanes de navío, 4 capitanes de fragata, 2 capitanes de corbeta, 3 tenientes de navío, 1 teniente de fragata, 1 alférez de navío. En total, pasaron a retiro a 280 oficiales, una verdadera carnicería, pero de papel. No importa. El vacío que dejan es llenado por lo promoción apresurada de 26 alféreces del último año, 27 de 3r. año (en la cual me cuento), y 9 cadetes del 2° año. Ahora que era teniente coronel, respondía a todo aquel que pedía respuesta contundente frente al monopolio adeco del gobierno con el siguiente latiguillo:

—Recuerde, porque a mí no se me olvida, que el acta del 18 de octubre de 1945 dice que la revolución fue ejecutada por el Comité Militar, y que Acción Democrática cooperó con ella.

Así respondió a los sub-oficiales que intentaron alzarse en septiembre de 1946 en el cuartel Ambrosio Plaza. Así respondió a su hermano Juan, mayor del ejército, y a sus amigos los tenientes coroneles Enrique Rincón Calcaño y Carlos Maldonado Peña, y mayores Melecio Contreras Vivas y Celestino Velasco, que se alzaron en diciembre de 1946 en Valencia y Maracay. El intento tenía muchas ramificaciones, por lo que fueron apresados el popular cura monseñor Bernardo Heredia, el viejo caudillo trujillano Juan Bautista Araujo y el líder de URD Jóvito Villalba. Así respondió a su fraterno amigo de la Escuela Militar y de Chorrillos, el teniente coronel Julio César Vargas, quien a comienzos de 1947, con su habitual jerga obscena, increpó a los militares de la Junta que por qué se dejaban entrampar tan jodidamente por los adecos. Así respondió ante el alzamiento, en julio de 1947, del cuartel Páez de Maracay. El ritornelo «Recuerde, porque a mí no se me olvida, que el acta del 18 de octubre de 1945 dice que la revolución fue ejecutada por el Comité Militar, y que Acción Democrática cooperó con ella», llegó a oídos, por supuesto, del partido de gobierno y del presidente Gallegos. Tal como se estila en política ante problemas muy peliagudos que no pueden enfrentarse de cara, el presidente llamó, en julio de 1948, a mi entonces teniente coronel, jefe del estado mayor general de las fuerzas armadas, y le enseñó la orden según la cual había sido designado para realizar una misión especial destinada a mejorar la estructuración y el equipamiento del cuerpo armado mediante el contacto con los estados mayores en Argentina, Chile, Perú, Bolivia, Ecuador, Guatemala, México y Haití. Era un virtual alejamiento.

—Me pusieron un peine —dijo—. Pensaban que me insubordinaría al no aceptar la orden. Pendejos que son si esperan que vaya a caer en esa trampa.

Cumplió la misión, estuvo un buen tiempo fuera del país, pero regresó con el puñal afilado bajo la manga.

XI

El fardo del matrimonio

Se nota que fuiste muy amigo de él. Y él te apreciaba mucho, ¿no es así, teniente?

Es verdad, Franklin. Es que tuvimos vocaciones comunes, y el destino nos encontró unidos en varios acontecimientos de importancia. Yo era andino, como él. Nací en 1929 en Lobatera, en la calle El Humilladero, llamada así porque allí se levantó antes una cruz como puerta de entrada a la población. Lobatera fue, vamos a decir, la madre de Michelena, al ocurrir el terremoto de 1849, cuando el tío abuelo de mi General, el padre Pérez Arellano, sale de las ruinas en que queda el poblado, y junto con varias familias funda, a unas pocas leguas de distancia, la nueva aldea de Michelena. Y desde muy niño me agradó la carrera militar, y admiré en mi General su devoción por el Libertador, aquel culto que lo llevó a colocar la gloria de Simón Bolívar como la base de granito de su teoría del Ideal Nacional. Yo tuve la oportunidad de lograr de mi General su aprobación a una solicitud que le había hecho su amigo y protegido el teniente Andrés Roa Ramírez, presidente de la Empresa de Transporte Público de Caracas, para que fuera trasladada a Lobatera la estatua del Libertador que desde 1893 y por orden del presidente Joaquín Crespo adornaba la llamada plaza América, situada en el paseo de El Calvario de Caracas, para de ese modo borrar el recuerdo odioso del presidente Antonio Guzmán Blanco, quien con su acostumbrada idolatría había bautizado dicho paseo con su nombre. La estatua de Bolívar tenía su historia. Fue obra del escultor Giovanni Turini, según orden del presidente Crespo, a fin de ser colocada en el pabellón de

Venezuela en la Exposición Mundial de Chicago de 1893. Yo recuerdo con qué contento vi en 1956 levantarse en Lobatera estatua tan inmarcesible, ¿se dice así? Es Bolívar de pie, con su uniforme de General en Jefe, laureles en la pechera, puños y cuello de la casaca; cinturón con hebilla llevando las iniciales S.B. en medio de corona de laurel; condecoración de venera; charreteras con tres cabezas de clavos en forma de soles; espada envainada, con su barroca empuñadura, pomo en forma de arco y gavilanes, y borla al viento; botas granaderas con espuelas de amplias correas, una mano sobre una columna de mármol, de la cual pende el mapa de los países por él liberados, y el sombrero bicornio emplumado. ¡Qué rotundidad de imagen! Me sentía bolivariano hasta los tuétanos, como pienso también se sentía mi General.

¿Por qué llegaste únicamente a teniente? ¿Qué te pasó?

¡Ay, Franklin! Una terrible enfermedad truncó mi carrera militar. Tan raudo como fue mi ascenso a subteniente, con aquel brinco desde el tercer año, así fue mi descenso. A mediados de 1947 participé en unas maniobras militares en El Pao, y contraje ahí el mal de Chagas. Estuve de gravedad: fiebre, hinchazón del hígado, del corazón, de los ganglios, y quedé con una miocarditis para toda la vida. Pedí la baja, y mi General me acogió como su ayudante.

¿Te casaste?

Me casé joven con una paisana, humilde ella, sin mucha instrucción, pero fiel y buena ama de casa. Murió hace varios años.

¿De qué?

De vieja.

Yo di golpes en el vacío, teniente. No fui feliz. Me amancebé con una muchacha que luego resultó arisca, ignara y de la cual resultó difícil desprenderme porque no quería dejarla sola en su vida, que era una sola incertidumbre. Titubeos de mi carácter sin vigor. Dejé los estudios del liceo después del sacudón de la llamada Revolución de Octubre, y me encerré en mi casa sin saber qué hacer. Leí mucho en aquella casa del boulevard Brasil, muy cerca de la tuya.

¿Vives todavía allí?

Me mudé y volví. Guardo muchos recuerdos de esa casa.

Yo tengo muchos años viviendo aquí, Cruz a Cola de Pato N° 27. Me gustó por los dos niveles que tiene. Arriba, la puerta sencilla, sin zaguán, una sola ventana, un pequeño recibo y el dormitorio, no tan grande, pero cómodo. Por unos 22 escalones se baja a nuestro lugar de plática. ¿Los has contado?

No.

Mira alrededor, es el resto de las dependencias de la casa. Este es un sitio muy tranquilo, ¿verdad?, sin ruido, bien aireado. Sólo el silencio es alterado por ese pavo real del corral vecino. Velo ahí, altivo, coqueto, esponjando siempre su cola, lanzando sus gritos, quizás para imponer su autoridad ante las humildes gallinas y el gallo pataruco, tan cachazudo y pesado.

Mi casa es un inmueble más modesto que el tuyo, el frente también cuenta con una sola ventana, sin zaguán, un patio estrecho con varias macetas de geranios, tres habitaciones, la cocina, WC y baño con agua fría, un minúsculo huerto donde crecen un limonero, un granado y un guayabo; y al final un habitáculo de 5x5 que es mi cuarto, con su camastro y algunos libros. Las paredes cochambrosas y el cableado eléctrico mugroso y a la vista hablan de la desidia de sus habitantes, yo incluido. La casa no es mía sino de mi tío segundo, manco del brazo derecho, ama a los gatos, casi todas las noches fríe en manteca los pescuezos de pollo que compra en el mercado para dárselos. Semejante fritura despide un olor penetrante y nauseabundo, y tal hedor, junto con la sombra del tío manco proyectada muy deforme en la pared de la cocina, trazan una imagen inquietante de ultratumba. Cuando yo entraba al excusado, una nube de mosquitos se abalanzaba sobre mis piernas para picarme, y su vuelo producía un silbido que en mi desesperación parangonaba con el que emitía la sirena de los aviones alemanes Stuka en su ataque en picada sobre los objetivos del enemigo. De todas maneras, leía, leía mucho. Fue cuando mis simpatías se inclinaron por las teorías sociales de la izquierda. Hice un revoltillo con Lenin y Jaurés, Stalin y De Gaulle, Roosevelt y Bujarin, y en Venezuela con Betancourt y Fuenmayor, Miguel Otero Silva y Alberto Adriani. Cuando cayó Berlín en mayo de 1945, pedí afiliación a la Confederación de Jóvenes de Venezuela (CJV) y a la Asociación de la Juventud Venezolana (AJV), al mismo tiempo. Tenía simpatías por el presidente Medina y reprobé su derrocamiento, pero casi a renglón seguido, me entusiasmó la convocatoria a elecciones de la Junta Revolucionaria de Gobierno establecida el 18 de octubre. En ese entonces, ni siquiera sabía que existía tu general, entonces mayor del ejército, ni estaba percatado de las pugnas *sottovoce* que carcomían la estabilidad del régimen. Unos meses después, algo cambió mi sentido de la vida, y allí juega su papel esa figura tan delicada y atrayente que se llama Constance.

¿Y el golpe de los militares en 1948 te afectó?

¿Te refieres a la estrepitosa caída de Rómulo Gallegos?

Sí.

Mucho. Casi sin ruido, pero abrió un vacío en mi entendimiento. La puja por poder es más complicada que una carrera de galgos. ¿Ganan los más capaces?

SEGUNDA PARTE

XII

Bigua salutis

Constance ha mejorado. Los exámenes que le practican no revelan metástasis, y apenas le quedan como secuelas una hinchazón persistente en el brazo izquierdo y un aplanamiento del seno del mismo lado. Ejercicios posturales, vendajes y una semi prótesis ayudan a ocultar esos defectos. Pero, por encima del sufrimiento soportado y el temor de una recaída, ocultos allá muy adentro en su conciencia, resplandecen su juventud, su belleza y sus deseos de vivir. Ha reanudado la rutina de sus trabajos de diseño. Se han mudado marido y mujer a la avenida Las Acacias, en La Florida. Allí la visito por las tardes, conversamos mucho, me sirve siempre una taza de café, a la que añade, para mi gusto, unas cuantas gotas de coñac Napoleon. Con cierta mesura la voy interesando en mi trabajo social y político y limito su colaboración a la ayuda económica y su presencia en algunas tareas de calle con las llamadas juntas pro mejoras de los barrios donde mantengo alguna relación. Constance mira por el ventanal el azul del cielo, un cielo limpio, casi sin nubes. Rossi, su gatita, está acurrucada a su lado. Constance mira a los amigos que la visitan con ojos suplicantes, con ojos de amor, casi pidiendo perdón. En su enfermedad se miraba a sí misma, fijaba la atención en otros enfermos como ella, y le parecía que cada quien se esforzaba en regresar a su niñez, porque se trata de una etapa en que los lazos con los padres otorgan a la vez seguridad y un sentimiento de pertenecer a algo. En esta búsqueda de seguridad y de unión básica con el mundo exterior, se pide también protección a los médicos y a los familiares. Como en los niños, el deseo de protección es total. De todos modos, Constance y Henri Laforge intuían o creían intuir que sus propios familiares y amigos reemplazaban a veces la solidaridad con una actitud de indiferente atención. Es que los dos caían en un egocentrismo apasionado y absorbente. La consecuencia de adoptar tamaña actitud envenenaba la relación con los demás, y la confianza. Sentían algo de manipulación y un temor por sus propios fracasos. Ahora que estaba mejor, Constance empezó a actuar en los motivos que yo le sugería.

—Tú eres un luchador, pero amante mucho más del alma que del cuerpo—me dice.

La casa donde vive tiene una terraza que mira hacia el Ávila. Algunas quintas han sido transformadas en locales de comercio, un restaurant, una panadería, una floristería. El pequeño patio de la casa lo han llenado Constance y sus hijos con plantas que hermosean el ambiente. Constance me ha confesado que es la primera vez que alguien la escucha con la atención que su estado merece y que por eso ella, a su vez, escucha a los demás seres humanos, enfermos o no, no como quien capta una simple voz, no como un preconcebido estereotipo personal, sino como una especie de anuncio de lo que el hombre anhela ser, esencial y humano, y no un ordinario espécimen moldeado por el grupo o desde arriba.

—Es difícil decirlo —dice— pero se trata de algo grandioso e intenso, que hace de nosotros otra persona. Ese periodo tan cruel, cínico, intenso, inactivo, de mi enfermedad me permitió reflexionar. Y de ahí mi mente y mi alma encontraron fertilidad, para poder seguir adelante y madurar.

¿De qué se trata, exactamente?— le pregunto.

—Es que me siento sana —dice—, muy activa, viajo frecuentemente, conozco casi toda Europa. Gano dinero, incluso bastante, y mi apariencia física no ha cambiado mucho.

Mi gran apasionamiento era mejorar la vida de los trabajadores de nuestras empresas. Sabía que necesitaban no solo aprender bien un trabajo, asumir sus responsabilidades, pero sobre todo necesitaban adaptarse y asimilar una mentalidad de vida industrial, porque así ya empezaba a ser la vida en este país.

¿Hablaste aquella vez con alguien de tu problema?

—Con nadie, con nadie.

¿Por qué?

—Demasiado altiva, introvertida. Demasiado altiva para comunicarme, temerosa de que me miraran como diferente.

A veces, después del café, Constance me ofrece un trago de whisky. Yo traigo, también a veces, alguna *delicatesse*. Una vez, recogí en la calle cerca de su casa varias valvas del fruto del jabillo, ese grueso y frondoso árbol que le da su nombre a la avenida y que forma con sus copas una curiosa y linda bóveda en todo el trayecto, de esquina a esquina. Su fruto tiene la forma lobulada de una chirimoya, pero de madera durísima, y cada lóbulo se abre en dos valvas para expulsar la semilla, y lo hace con un ruido que retumba hasta muy lejos (de allí su nombre técnico: *Hura crepitans*). El interior cóncavo de cada valva es pulido y brillante, muy limpio, se parece a una venera, de modo que a varias de ellas las rellenaba con una *mousse* de queso verde que resultaron ser un sabroso y raro entremés. Reímos la ocurrencia, pero al rato, tuve que informarle, casi con la misma seriedad con que los políticos dan el informe de la situación a sus militantes, lo que había de verdad en una ola de rumores que sacudían a la ciudad, ante lo cual era indispensable que yo participara en algunos actos, razón por la cual me ausentaría varios días, a mi pesar.

—Invítame.

Imposible, no podía invitarla.

XIII

Bragueta juris

Betancourt sabía lo que se estaba armando. No era tonto, teniente. Él les informó a sus allegados sobre una conversación que tuvo con el embajador norteamericano Walter Donnelly, a pedido suyo, cuando lo encontró, el 8 de junio del 48, en una fiesta en la casa de Mr. Crebbs, alto ejecutivo de la Mene Grande.

—Yo no me chupo el dedo con los manejos de algunos militares—dijo—. Ellos se aprovechan de algunos desajustes que aún persisten en el Ejército para hablar mal del Presidente y de todo el mundo. Lo que dicen me llega al instante: hablan maravillas del nuevo modelo instaurado por Juan Domingo Perón; se les tensan las venas del cuello cuando claman al cielo, los brazos en cruz, el gañote convulso, por el camino que ha abierto en el Perú el general Manuel Odría; entablan diálogos cálidos con los partidos de oposición, sin dejar afuera a los comunistas. Hasta se les esponja el pecho para hablar mal de los Estados Unidos. Señor embajador, le advierto que, por el contrario, la actitud de Carlos Delgado Chalbaud es otra, y no creo que sea un obstáculo para la obra que adelanta el presidente.

Hay que ver cómo corren las bolas. Una información que corría por ahí trazaba otro perfil. Que Llovera Páez habló con Betancourt y lo convenció de la conducta prudente que exhibe su colega de Michelena, alejada de cualquier clase de maniobras. Que, en cambio, Delgado Chalbaud era un desastre como ministro de la Defensa. Otro rumor que corre es el de una supuesta contrariedad de algunos oficiales provocada por el rigor y la dureza con que a veces los trata tu general. ¿Y qué es lo que no se dice sobre la papa caliente que espera a Gallegos cuando viaje a los Estados Unidos y tenga que nombrar un presidente provisional? Debería nombrar al ministro del Interior, pero Mario Ricardo está enfermo y un tanto desprestigiado. ¿Nombrará a Delgado Chalbaud, y a tu general, por lógica, ministro de la Defensa? Pero, si sube a tu general a Defensa, ¿no crea un resentimiento al dejar afuera al comandante Rangel, enemigo a muerte del michelenero? Hasta un brote de fiebre tifoidea en el cuartel Urdaneta ha despertado la alarma porque aún no se ha informado cuál es su extensión, ni a cuántos militares del recinto ha matado. Pasaron los días, el presidente Gallegos estuvo dos semanas en los Estados Unidos, cubrieron Delgado y tu general las respectivas provisionalidades, y todos los pronósticos se convirtieron en simples habladurías. ¿Se aplacaron, desaparecieron los rumores? ¡Mentira! A los pocos días, ya surgió otra ola, más alta y rugiente, y empezó a hablarse de pliegos militares que van y vienen, unos más soberbios que otros. Ahora, están más cerca de la verdad las conjeturas. El presidente Gallegos ha acudido a una reunión con un centenar de oficiales en el cuartel Ambrosio Plaza, el 17 de noviembre, tiene apenas nueve meses en la silla. Ante ese mar de gorras y entorchados, Rómulo Gallegos parecía un Santos Luzardo bordeando un tremedal en la sabana sin fin. El pliego de los uniformados contempla, entre otros puntos, la partida al exterior de Betancourt mientras el país se estabilice, medidas de limitación de funciones de varios altos oficiales presuntos simpatizantes de AD, y cese de la intromisión de AD en las funciones de gobierno. El presidente logra dominar su indignación ante una invasión tan grosera de sus atribuciones y les explica con giros contundentes el despropósito del pliego. Termina como un intelectual sólo sabe hacerlo:

«—Mi suerte está echada; la de la República queda en manos de ustedes».

Ya empezamos a rodar por la pendiente. De seguidas, viene otro pliego de peticiones:

«—Señor Presidente, solicito una entrevista para comunicarle el sentimiento de las Fuerzas Armadas ante la ola de rumores que existe en el país», dice la cuenta que al día siguiente le pasa el secretario. El presidente Rómulo Gallegos lee la comunicación firmada por el teniente coronel Carlos Delgado Chalbaud, y fija la entrevista para el 19 de noviembre. Está cumpliendo nueve meses en el ejercicio de la presidencia de la República. En verdad, ya no son rumores. El 19, a las 10 de la mañana, entran en el despacho presidencial los peticionarios.

—Mala espina —piensa Gallegos—. Es cierto, están conspirando.

—Señor Presidente, en nombre del alto mando de las Fuerzas Armadas queremos hacerle un planteamiento sobre la delicada situación por la que atraviesa Venezuela.

Delgado luce nervioso, suda, pero no hay titubeos en su lectura. Lo que pasa, Franklin, es que se acabaron los rumores, las bolas, los bulos, como quieras llamarlos. Ahora son las certezas las que se imponen. Es mi General quien tiene entre sus manos casi todos los hilos de la madeja conspirativa. Los diversos grupos en soterrada pugna ocupan con cierta rapidez sus posiciones, los del orden constitucional, los del pronunciamiento, los de la charca vacilante. Lo curioso es que el terreno de las maniobras es común, y las unidades y sus jefes se entrecruzan en los mismos pasillos. El palacio de Miraflores y, enfrente, el Ministerio de la Defensa, sirven de cuartel general a unos y a otros, aunque una mirada atenta puede discernir con quién está cada quien y quién todavía baila en la cuerda floja. Afuera, aumentan los signos de la fuerza. Toldos de camuflaje, alcabalas, tanquetas, guardias, soldados y policías armados se extienden a lo largo de la estrecha calle flanqueada por las dos edificaciones, al este hasta la esquina de Bolero, subiendo a Pineda, bajando a Camino

Nuevo; al oeste hasta Pagüita, subiendo por la Subida de Moreno, bajando hasta Caño Amarillo. En la casona del ministerio, en una oficina con su techo alto de caña brava, oculto por un cielorraso de tela blanca, salpicado con algunas machas dejadas por goteras o la meada de las ratas, y amueblado con sillones cómodos y un escritorio tallado en madera con patas en garra de león, despacha mi Comandante, inquieto, a ratos somnoliento. Es el cerebro del bando militar. Ha engordado, su vista flaquea y son más gruesos sus lentes, su guerrera de faena exhibe más tiras, insignias y divisas, y su voz es más rotunda y contundente. Enfrente, calle de por medio, en el despacho donde luce en todo su esplendor la obra de los alarifes y pintores catalanes que trajo Joaquín Crespo, escribe y medita el presidente, perspicaz, angustiado. Por los pasillos de la casona del ministerio de la Defensa hormiguean oficiales y funcionarios civiles, directores y sirvientes recostándose de la balaustrada del segundo piso que da al patio de la planta baja, o metidos en las oficinas arriba o abajo, un tanto penumbrosas. En paralelo, muchos otros personajes pululan por los corredores del palacio presidencial, en el comedor, en el patio de la fuente, en las escalinatas que dan a los jardines desde donde se divisa, tieso o amenazante según el caso, el remedo muy sui géneris de castillo barroco-florentino de la Escuela Militar. Cada quien va con su trozo de versión, alocada o verídica, de lo que está pasando.

Y cada quien no dice todo lo que sabe, amigo teniente, sino lo que le conviene decir, aunque mienta. Yo pude apreciar, teniente, dos conductas en los dirigentes de AD. Gonzalo Barrios, secretario general de la Presidencia, por ejemplo, hablaba de una normalidad que no existía, pero lo hacía no porque lo creyese así, sino porque convenía mostrar una actitud de limpia seguridad ante la maraña de pareceres. Gracias a su refinada educación, usaba los retruécanos y los giros de *calembour* con tal soltura que sus juicios sobre el momento salían edulcorados.

—Señores periodistas —informaba— no vayan después a comentar entre ustedes que lo que voy a decir no es lo que siento porque lo que siento no lo puedo decir. El problema es que hay un grupo de militares que quiere tomar en exclusividad el mando de las fuerzas armadas. Son una minoría y tratan de desprestigiar a Delgado Chalbaud, y por ende, enfilan sus baterías también contra el Presidente. Están localizados, controlamos sus movimientos y tendrán al fin que deponer una actitud que a medida que toma filo se convierte en una disparatada maquinación sin pies ni cabeza. Pronto volveremos a la normalidad. Es que hablan mucho, son un permanente incordio, y gritan tanto que hay quien les crea. Ahí está el amigo embajador mexicano, quien con expresión entre risueña y jocosa, me ha ofrecido su embajada como asilo.

Al día siguiente, sábado 20 de noviembre, el doctor Barrios tuvo que decir otra cosa, en la rueda de prensa a la que yo asistí por estar trabajando en una radio, cuando el Presidente, ante las informaciones de mucha gravedad que le suministró Betancourt y la plana mayor de AD, tomó la medida preventiva de suspender las garantías. Lo que dijo es digno del refrán de «Donde dije digo...»:

—Me dirijo al pueblo para recomendarle serenidad y confianza en estos momentos en que graves circunstancias amenazan la paz pública... Hasta el momento presente no existen motivos para temer por la estabilidad del gobierno legítimo... Pueblo: una vez más, en nombre del Presidente de los venezolanos, recomiendo serenidad y confianza.

Miraflores era un velorio esa noche. Hubo más de un disgusto entre los reporteros porque la reseña del acto tuvo que ser sometida a la censura de prensa que se había instalado junto con la suspensión de las garantías ciudadanas. Otro yantar se cocinaba en el partido de gobierno. Betancourt, frenéticamente, pedía prepararse a toda máquina para lo peor. Los sindicatos obreros y las ligas campesinas controlados por AD fueron alertados. Algunos grupos de militantes recibieron armamento, o se les llamó a integrar brigadas de defensa del régimen. Se le pidió al presidente que llamara de emergencia a Mario Vargas, recluido desde hacía tiempo en Saranac Lake, aquejado de una tisis que ya le comía casi todos los pulmones. Un grupo escogido de dirigentes, entre quienes se contaba Valmore Rodríguez, presidente del Congreso, marchó a Maracay a conversar con el comandante Jesús M. Gámez, para asegurar su respaldo en caso de que una prisión del Presidente por parte de los conjurados obligase a formar un gobierno provisional con Valmore como presidente, tal como lo pautaba la Constitución. Pero, Betancourt comprendía también la fragilidad del cargo en manos de Rómulo Gallegos, ante los embates cada vez más insolentes y atrevidos de la facción comandada por tu general. Por ello, estaba abierto a entablar algún tipo de negociación o acuerdo que, sin poner en entredicho la majestad presidencial, pudiera atenuar la presión militar mediante la satisfacción de algunas de sus aspiraciones. Agregaba Rómulo que el frente subversivo no era homogéneo y podían entonces aprovecharse algunas fisuras para mejorar las posiciones del gobierno. Sin desmedro del alerta, había que mostrar ante la opinión pública una imagen de tranquilidad que supusiera dominio de la situación dentro de los marcos legales. En tal sentido, Betancourt ideó un montaje muy curioso.

—Valmore, ¿desde cuándo no vas a la plaza Bolívar, a limpiarte los zapatos y a ver si es verdad que el caballo de la estatua de Simón Bolívar tiene una garrapata de oro pegada en sus bolas (en sus bolsas escrotales)? ¡Vámonos! Con eso, damos la sensación de que todo está bajo control.

Para allá se encaminaron esa noche del domingo. Aquello fue un acontecimiento inesperado. Los limpiabotas se abalanzaron sobre ellos ofreciendo sus servicios. Como de costumbre, sentados en sus sillas reservadas, estaban los catorce o quince señores llamados por su constante presencia a la sombra del Libertador «los edecanes de Simón Bolívar». Con respeto, saludaron a los muy conocidos dirigentes políticos. El loco Bermúdez, con su maltratado maletín de cobrador, que más parecía un acordeón de cien años de uso, lanzó con su ya clásico vozarrón, un grito de saludo:

«—¡Rómulo!».

Betancourt le contestó con cariño. Otro sempiterno personaje de la plaza Bolívar que saludó a los visitantes fue un hombrecito de baja estatura, casi un enano, de tez muy blanca o albina bastante arrugada, cabellera plateada, lacia y escasa, liquilique color crema con pantalones cortos hasta las rodillas, medias negras largas, a quien llamaban el señor Arangú. Se decía que era muy rico, muy aficionado a las peleas de gallos, hasta el punto de mantener una gallera que alcanzó mucha fama en la esquina de Socarrás. Comedido, practicaba la caridad a escondidas, recorría la ciudad en su vehículo con chofer, y cuando se dirigía a la plaza, donde entablaba una conversación agradable con quien se le acercara, llegaba a pie para que no le vieran el tremendo automóvil que poseía. Dio las buenas noches a los ilustres personajes. La no tan vieja Ruperta, archiconocida petardista de la plaza, al verlos, sacó del pecho un papel ajado y se lo mostró a Betancourt: era un telegrama falso, trasmitido desde Barquisimeto, donde le anunciaban la muerte de una tía.

«—Deme algo para el autobús, don Rómulo».

Intentó abrazarlo un hombre regordete, de nariz aframbuesada, de traje y corbata muy usados, con tufo de aguardiente, llamado Alberto Nolia, quien decía ser abogado, charlatán las 24 horas del día, apostado siempre en la esquina de Las Monjas, frente al cine Rialto, disertando vaciedades sobre los últimos acontecimientos de Venezuela y el mundo, un gárrulo vil, dispuesto a clavarle al ingenuo transeúnte su acostumbrado sablazo:

«—¡Bríndame la cervecita!».

Los periódicos del día siguiente registraron la visita con buen despliegue de titulares. En trastienda, comenzaron las conversaciones. Aconsejado por el partido, Gallegos buscó un mediador y pensó, con gran tino, en José Antonio Giacopini Zárraga. Ninguno más indicado que él, amigo de tu general y de mi presidente. El entonces gobernador del Territorio Federal Amazonas, allá en la selva amazónica, tomó el avión DC-4 que le envió Gallegos y fue directo a Miraflores. El presidente lo recibe al no más llegar. Ansioso, conmovido por el trance que atraviesa, pero resuelto a mantener la majestad de su cargo, toma las manos de Giacopini entre las suyas, lo mira a los ojos como escrutando todas las sinuosidades de su espíritu, y le dice:

—José, ¿hay alguna duda en ti sobre si soy o no el presidente de la República?, ¿Crees o no en mi investidura inalterable?

—Presidente —le respondió José, luego de un instante de perplejidad ante aquel emplazamiento que no esperaba—, si me has llamado y he aceptado jugar un papel de mediación en este embrollo, es porque no dudo de la legitimidad que cargas sobre tus hombros, por la ley y por el voto, y lo que quiero y puedo hacer es tratar de encontrar alguna solución sin que quede comprometida la primera magistratura de la nación, y aplaque la actitud del elemento militar, al que conozco de sobras.

El rostro de Gallegos reflejaba su tormenta interior, sus ojos recorrían el salón en busca de algo, sus ojeras estaban muy ensombrecidas, bien hundidos los surcos que descendían de la nariz hasta las comisuras de los labios, resecos y arrugados. En cambio, la mandíbula firme y su respiración sosegada no reflejaban ninguna erosión en su carácter. Luego de hablar sobre el asunto, el Presidente, con su voz de trueno, expresó la opinión que le merecían las peticiones de los militares:

—Yo toda mi vida he repudiado y criticado la violencia. Como hombre público en los cargos que he desempeñado; en la calle, como un simple ciudadano; como escritor, en todos mis libros; como maestro, en la cátedra y como hombre de hogar, nunca he transigido con ella y la he combatido con todas las armas a mi disposición, con mi pluma y de palabra. Este es un acto de violencia ante el cual yo no puedo ceder. Yo no puedo presentarme esta noche a mi casa ante Teotiste, mi mujer, con la vergüenza en el rostro, por haber cedido ante un acto de violencia, de manera que yo quiero que aquí se consuma todo. Yo no renuncio, que me arranquen de la silla. Inclusive que me maten, estoy dispuesto a entregar la vida, a reeditar si es preciso el gesto del presidente José María Vargas.

Sí, eso mismo sentía, asediado en la presidencia por los militares que ubicaban la entereza en la pistolera de un bravucón. Giacopini no desiste del empeño y corre a hablar con tu general. Al salir del despacho presidencial se topa con Carlos Delgado Chalbaud.

—¿Cómo estás?

—¿Cómo voy a estar? —le responde el ministro— Destrozado, José, por todo lo que está pasando. Si estás en ese plan de mediación, ¿por qué no montamos una reunión? Esta noche podríamos vernos y conversar. Vente a la casa de mi primo Alfredo.

—De acuerdo.

Se encamina, ahora, al ministerio de la Defensa, pero lo llama Raúl Nass, el director de la secretaría de la Presidencia.

—Don José, tengo en el teléfono a Rómulo Betancourt, quiere hablar contigo.

—Aló, José, sé que hablaste con el presidente. Quiero hablar contigo. Estoy por ahora en la casa de un amigo, un tanto a resguardo. Raúl sabe, él puede traerte.

Giacopini se da por enterado y cruza la calle, para hablar con el otro bando. Rafael Alfonso Ravard, jefe de la IV sección del Estado Mayor lo toma por el brazo y le dice:

—La situación es muy grave, José. Ya tenemos 15 días en este brete. Los oficiales no aguantan más el acuartelamiento, tienen los nervios deshechos.

Franklin, te digo que mi General me contó también la conversación con Giacopini Zárraga. Lo recibió un tanto malhumorado porque sabía lo que se traía entre manos. A su lado está Llovera Páez, quien es el segundo jefe del Estado Mayor.

—¡Hola! Antes de hablar, lo único que le pido, don José, es que no me dé consejos. Ya esto se salió de mis manos; sinceramente, la situación es incontrolable. La oficialidad me presiona a cada rato. Le advierto que si el presidente no da siquiera un paso, un gesto para resolver esta crisis, yo no respondo de lo que pueda pasar.

—Marcos, siempre hay algo que se pueda hacer. Ustedes pueden adoptar algunas medidas sin necesidad de romper; por ejemplo, apliquen la ley y procedan a disolver las bandas armadas que se dice tiene AD, y seguro que no habrá obstáculo legal que lo impida. También, conversen directamente con Betancourt y pídanle que se vaya del país por un tiempo hasta que se aquieten las aguas.

—Lo puede hacer. Yo me fui una vez. ¿Por qué no se puede ir él?

—En cuanto a los cambios de ministros —agrega Giacopini— yo veo como muy aceptable para todos que los ministros de AD bajen a cinco, o a siete, y el resto que sean independientes.

—Puede ser.

—¿Ves? Vamos a trabajar con estas proposiciones.

Giacopini, optimista, sale rumbo a la casa de Mario Pérez Pisanty, donde se aloja Betancourt provisionalmente. El automóvil enfila derecho hacia Candelaria y llega a Quebrada Honda donde vive el industrial.

—Yo aceptaría irme por un tiempo —dice Betancourt ante la explicación que le da Giacopini—. Con eso descanso, leo, escribo. En cuanto a la reforma del Gabinete, creo que lo mejor es que sean ellos, los actuales ministros, los que presenten su renuncia. Bueno, vamos a ver cómo responde el Presidente.

Las últimas palabras las pronuncia Betancourt sin mucha convicción.

El optimismo de Giacopini ha aumentado. Va a su casa, se baña, cambia de traje, come un pedazo de pan con una rebanada de jamón, se echa encima unas cuantas gotas de agua colonia y sale disparado a El Paraíso a la casa de Alfredo Machado Gómez, según lo prometido. En las paredes de la casa cuelgan hermosas pinturas y, en líneas generales, la mansión tiene el esplendor de comienzos de siglo, cuando surgió la urbanización. La madre de Alfredo, Mercedes Gómez de Machado Hernández, es una altiva señora que atiende a Giacopini con mucha deferencia. Suena el teléfono. La señora atiende la llamada:

—Era Carlos —dice— está cerca, en la hacienda La Vega. Ya sale para acá, llegará en media hora porque tiene que recoger a Llovera.

Giacopini murmura para sus adentros:

—¡Vaya!, visitando a la marquesa. ¡Ese Carlos con sus conquistas!

Al rato, llega Carlos Delgado Chalbaud, vestido de civil, chaqueta de *tweed*, pantalón gris, manejando su Citroën rojo, en compañía de Llovera Páez y dos oficiales más. Giacopini les informa de sus gestiones del día. A los militares les sorprende la actitud conciliadora de Betancourt y, ante la duda, proponen que quieren oírlo de sus propios labios, pero ya. Giacopini toma el teléfono. Al rato, llega Betancourt, acompañado por Gonzalo Barrios y Alberto Carnevali.

Yo creo, teniente, que en el camino los tres dirigentes adecos se pusieron de acuerdo. Pienso que la astucia de Betancourt previó que en la reunión habría muchos puntos difíciles, y que lo conveniente era que uno de ellos, Barrios en este caso, hablara en tono moderado, Carnevali sería el duro, y él buscaría llegar a un consenso. Creo que no me equivoco, teniente.

Tienes razón, Franklin. Varias horas duró la reunión, hubo mucho estira y encoge en lo que se hablaba, cada quien pedía que se aclarara lo dicho, pero después de tantas idas y venidas, fueron acordados varios pasos a dar. La carta de renuncia del Gabinete queda redactada de inmediato. Los ministros empiezan a firmarla, pero surge un impasse, cuando la misiva llega a las manos de Carlos Delgado Chalbaud para firmarla. Éste, de inmediato, da un informe de lo acordado a la oficialidad cercana pero, al leer la carta, la mayoría de los militares del Alto Mando rechaza los términos en que ha quedado redactada la renuncia. No aceptan que allí se diga que los firmantes «renuevan su fe, adhesión y compromiso con los ideales del presidente Rómulo Gallegos». Imposible, quedamos en lo mismo, dicen. La protesta logra que el párrafo en cuestión sea eliminado. Sin embargo, los periódicos del lunes 22 publican la carta sin modificación alguna. ¿Qué pasó, Franklin?

No sé, teniente. Hubo una mano peluda allí, nunca se supo quién fue el duende travieso que provocó el impasse. Sé que Gonzalo Barrios se irritó muchísimo, y ordenó a Raúl Nass que acudiera ya a explicarles a todos los oficiales en Miraflores que él ordenó y escribió la modificación solicitada, y que ignora qué fue lo que pasó. El ambiente, ya de por sí tenso, se enrarece aún más. Nadie cree en nada. Hasta es posible que Raúl Nass no cumpliera por entero con su misión y nunca explicó nada. Para enturbiar más la atmósfera, el presidente Gallegos recibe con desgano la carta renuncia de los ministros, no expresa si acepta o no las renuncias, no va a Miraflores y permanece en su casa. Llama a Gámez Arellano a Maracay y le dice que venga lo más pronto posible. Gámez, a toda velocidad, acude a la llamada, y en vez de reportarse ante el ministerio de la Defensa, como era lo reglamentario, va directo a la quinta «Marisela» de Los Palos Grandes.

Fue un error, Franklin, porque Carlos Delgado Chalbaud se entera del viaje furtivo de Gámez y acude a la casa del presidente, para emplazar a Gámez, y le reclama con fuerza la irregularidad de su viaje a Caracas. Gámez le responde, también con mucha dureza. Delgado se retira, muy disgustado.

¿Sabes lo que hizo entonces el presidente? Nombró a Gámez en el acto jefe de la aviación con sede en Maracay, saltando por encima de las normas castrenses. La crisis ha llegado a su máxima crispación, teniente. Ese mismo día, el diario *Últimas Noticias* despliega a todo dar en su primera página un gran titular que dice: «300.000 obreros y 500.000 campesinos están dispuestos a defender la democracia en Venezuela». Hay fotos de Luis Tovar, el máximo dirigente de los obreros petroleros, y de Pedro Bernardo Pérez Salinas, presidente de la Confederación de Trabajadores de Venezuela (CTV). Un cabezal en la misma primera página informa que en muchas casas de abastos se han agotado los víveres a causa de los rumores que circulan por la ciudad.

Nada ni nadie podía detener un desenlace violento, Franklin. Demasiados días de rumores, maniobras y faenas de atraerse voluntades para uno u otro bando, demasiados planes A, B, etc., en cada trinchera. Había, de todos modos, un solo propósito en el cogollo del complot militar: darle un giro de 180 grados a la situación, no importa a quién llevarse en los cuernos de la embestida. Como parece habitual en momentos coyunturales, hay algo o alguien que sirve de fermento, de catalizador, de enzima o, si se quiere, de escriba componedor que con sus argumentos y justificaciones acelera, encauza o adorna el proceso. Así como mi General encontró en su juventud a Giacopini para que le abriera más los ojos en el terreno escabroso y movedizo de la política, así encuentra ahora a alguien que le sirva de linterna alumbradora. Es Laureano Vallenilla Lanz, un personaje que indica la excepcionalidad del momento. Rubio, de tez muy blanca, facciones finas, traje oscuro a rayas, la punta de un pañuelo sobresale del bolsillo superior de la chaqueta cruzada de seis botones, corbata azul de puntos blancos, mirada afable, abogado, miembro de las familias más encopetadas del país. Hereda de su padre el gusto por la historia, la inclinación por la cultura. Lee a Taine y a Labrousse, ama estar en Saint-Moritz, y descansar en Los Chorros. Metido en los negocios de la construcción, recibe buenos beneficios con el proyecto en marcha de la urbanización Santa Mónica. Luce una leve ironía en el rostro y a menudo sostiene en los labios un cigarrillo. Ha empezado a conocer de cerca a mi General en las reuniones animadas de esos días. Un domingo, en la casa del teniente coronel José Sosa Puccini, en San Antonio de los Altos, departe con él y su esposa doña Flor, y saluda a Llovera Páez, a Carlos Pulido Barreto y su esposa Josefina, a Alberto Paoli Chalbaud y su esposa Lucía. A mi General le gusta tomar fotografías. Al pedírsele opinión a Vallenilla sobre la situación, dice que sólo basta un empujón. El comandante José León Rangel apoya lo dicho, aunque para sus adentros piensa que no encuentra una clara decisión en mi General, al punto que se origina una rivalidad entre ellos dos. Días después, Vallenilla cena con mi General en el «Contestabile». Nota que mi General rechaza la carne y el pollo si no están bien cocidos, porque crudos o vuelta y vuelta le provocan náuseas. No bebe, no fuma. Pasan una noche agradable en el dancing «Capri», por los lados de Altamira. El 22 de noviembre en la noche, cuando Vallenilla va a acostarse, toca a la puerta Molly, la esposa de Robert T. Brinsmade, uno de los fundadores de Sivensa (Siderúrgica Venezolana S.A.).

—Laureano, por favor, acércate a la casa, que mi marido quiere decirte algo muy importante.

Tira al suelo la bata de casa, agarra el primer pantalón, y enfila el automóvil rumbo al Country Club. Cuenta Vallenilla que Brinsmade, con mucho sigilo, lo llevó a una habitación, aseguró bien la puerta y pudo ver que allí estaba el comandante José León Rangel quien le dijo:

—Hemos resuelto dar el golpe, doctor Vallenilla. Es cuestión de horas y creo que usted puede ayudarnos.

Le explica que es necesario redactar el documento que justifique la acción. Vallenilla sugiere para la tarea a varios abogados, entre ellos a Carlos Sequera. Pasan a la sala, allí está Margot Boulton de Bottome, de gran influencia en los medios sociales, quien mete su baza y da una lista de posibles ministeriables. De esos nombres, uno que es tocado es el ingeniero Gerardo Sansón. Sudoroso porque viene de jugar golf en el Valle Arriba Golf Club, acepta el ministerio de Obras Públicas, pero a condición de declarar que no sabía nada del asunto, en caso de fracasar el golpe.

Aunque no me había dado cuenta en un comienzo, al fin me convencí de que era la pura verdad la inminencia del golpe, cuando por casualidad oí por la radio oficial de la República Dominicana que el capitán Tomás Mendoza, jefe de la guarnición del ejército en La Guaira, se declaraba en rebeldía el martes 23 al agotársele la paciencia, y toma una emisora para anunciar la caída del gobierno. De inmediato, supe que los adecos no se habían quedado dormidos, y toda la militancia del partido tenía ya en sus manos la consigna de estar muy alertas, para salir a la calle al menor amago de golpe. Alberto Carnevali llama por teléfono ese día a Carlos Delgado Chalbaud, a quien suponía todavía rival de tu general, para informarle que la CTV declararía la huelga general en todo el país. El gobernador de Caracas ordena acuartelamiento a la policía y se apresta a reforzarla con cuadros reservistas del partido. Llega, por fin, Mario Ricardo Vargas de los Estados Unidos, con su esposa, la caraqueña Ortiz de Vargas, y toma posesión del cargo de Inspector General del Ejército. El presidente Gallegos despacha asuntos en Miraflores hasta las 6 de la tarde del martes 23. Un poco después de medianoche, parte a Maracay Valmore Rodríguez, presidente del Congreso, con la idea de formar un gobierno provisional, si fuere necesario.

Ya era tarde, Franklin. En la mañana del miércoles 24 quedaron ajustadas todas las piezas de la movida golpista. Uno de los primeros en llegar ese día a Miraflores es Laureano Vallenilla Lanz. Pasa al casino de oficiales, invitado por el mayor Antonio de la Rosa a desayunar. Hay un fuerte ruido de tanques que viene del patio exterior. Ve de lejos al doctor Gonzalo Barrios. Apenas ha comenzado a probar el desayuno cuando se acerca el teniente coronel José León Rangel, con el rostro preocupado; le musita algo y pasan a una oficina.

—Sabes que se habla de un entendimiento con el presidente —dice— Habrá un cambio de gabinete, con el ingreso de varios independientes, entre ellos oí el nombre del escritor Isaac Pardo.

Aparece Llovera Páez, mascullando algo.

—Ya son muchos los oficiales que empezaron a hablar de traición cuando se supo de ese arreglo —dice—. Culpan a Delgado Chalbaud de ser un adeco camuflado y reclaman que hay que salir de él y de Mario Ricardo Vargas. Yo los calmé, porque hasta hablaban mal del comandante jefe.

Aparece Delgado Chalbaud, pálido, en mangas de camisa, prende su cigarrillo Chesterfield con el cabo de otro, y ve a Vallenilla.

—¿Qué haces aquí, Laureano?

—¿No lo sabes?

—¿Tú también eres golpista? ¿Qué se dice en la calle?

—Que el gobierno está caído.

—¡Dios mío! que todo salga como debe ser, para bien del país.

Aparece el jefe máximo, con un lápiz Mongol en la mano, como si estuviera inventariando algo. Mira a todos lados con indiferencia, y se devuelve. Sigue llegando un gentío, la mayoría metida en el complot o simpatizantes y, por el otro lado, unos cuantos funcionarios de la Presidencia y dirigentes de AD. En verdad eufóricos, entran los doctores de claras simpatías militaristas, con Carlos Sequera al frente. Pasan a su lado, como si nada, varios personajes del gobierno moribundo. Llega el coronel Adams, agregado militar de la embajada de los Estados Unidos en busca del comandante Rangel quien le ha prometido unos boletos para la corrida de toros del próximo domingo 28, que no pudo realizarse el 21 al decretarse la suspensión de garantías. De paso, Rangel le dice al oído a Laureano:

—La cosa va a estallar al mediodía. El comandante ya está impartiendo las instrucciones.

Hay algunos funcionarios que están sacando con premura algunos archivos. Siguen llegando nuevos visitantes, entre ellos abogados y banqueros, que quieren colaborar. Desde su despacho, el jefe informa que los abogados amigos están redactando el acta constitutiva de la Junta a encargarse del poder.

—¿Hubo problemas?

—No. Esos abogados sí saben. Hubo uno de ellos que dijo lo siguiente, consultando un libraco que traía bajo el brazo: «Del triunfo de toda revolución surge una situación de hecho que, dejada sin disciplina alguna, crea el caos y la anarquía, desastroso temporal para la sociedad donde ocurre; por lo que cabe preguntarse si llamado un número de juristas por los jefes revolucionarios para disciplinar la situación, ¿deberían los juristas abstenerse de prestar sus servicios?».

El médico del batallón del palacio, de apellido Mercado, no aguanta las ganas y telefonea a su mujer para decirle que faltan minutos nada más para que caiga AD. De todas maneras continúan acudiendo a palacio prohombres del gobierno constitucional, algunos totalmente despistados, otros para ver hacia donde corren las aguas. Aparece José Giacopini Zárraga, desilusionado por el fracaso de su mediación, pero dispuesto a hablar con su amigo de siempre.

Hay un momento demasiado pesaroso, aunque también digno de un esperpento. El presidente Gallegos telefonea desde su casa al mayordomo de palacio:

—Suárez, por favor, voy para allá, prepárame para el almuerzo un sancocho de pescado.

—Presidente, bueno, este, mire...

—¿Qué pasa?

—Es que hay otra gente.

Empiezan a salir a la calle tanques de guerra y camiones atestados de soldados. Ya está formada la Junta, ya está redactada el acta de constitución del nuevo gobierno. Comienzan a caer prisioneros los afectos al régimen ya depuesto, los que quedan en palacio, o los que llegan, empezando por Raúl Nass. Uno de los abogados le advierte a Carlos Delgado Chalbaud:

—Comandante, es conveniente atenerse a las normas legales. Rómulo Gallegos está en su casa, lo que quiere decir que aún es presidente de la República. Entonces, es necesario ponerlo preso y llevarlo a una prisión o a un lugar que haga sus veces.

De inmediato, sale a cumplir tan indispensable misión un pelotón de soldados comandado por el teniente coronel Hernán Albornoz Niño. Entretanto, el sancocho de pescado es servido a los nuevos inquilinos, entre ellos Laureano Vallenilla Lanz, que lo perfuma con un buen vino de Burdeos. De pronto, suena un disparo. A alguien se le ha ido, sin querer, un tiro de su pistola Browning. Sucede lo mismo que en la batalla de Junín: sólo un tiro se oyó, para evidenciar que no se había disparado ninguno.

Por causalidad, teniente, yo estaba almorzando en mi casa, un poco después del mediodía cuando «Ondas Populares» detuvo su programación habitual y el locutor de guardia dijo:

—A partir de este momento, «Ondas Populares» pasa a formar cadena junto con todas las emisoras del país para trasmitir los comunicados oficiales de la Radio Nacional de Venezuela.

Al oírlo, la mujer que una vez a la semana me planchaba la ropa, gritó:

—¡Señor Franklin, todas las radios están en cadena, y ahora trasmiten música de entierro! ¡Golpe de Estado, señor!

El traqueteado aparato de radio Telefunken de la casa trasmitía la *Sinfonía Fantástica*, de Berlioz.

XIV

Las cadenas de la devoción

—¿Qué te pasó?

—Otro cáncer.

—¿Cómo?

La encontré flaquísima, encorvada, mustia. Sí, teniente, no exagero. Tenía casi un mes sin verla. El vértigo de los acontecimientos de ese noviembre tan revuelto me hizo olvidarlo todo. Yo cumplía 20 años, y el ardor de la juventud me inclinó a ver aquel combate entre los militares y un presidente escritor como una *reprise* en vivo de lo que él había plasmado en sus novelas. Por supuesto, yo no tenía un conocimiento sólidamente formado de las vueltas que tenía la política, y por eso me confundían las diversas actitudes que mantenían los partidos frente a lo que estaba pasando. Poco a poco me incliné por los opositores francos al nuevo orden de cosas. Ya derrocado Gallegos y empezando a normalizarse el país, llamé a Constance.

—Te llamé varias veces, Franklin, y no me atendiste— me reclamó—. A principios de noviembre, empecé a adelgazar, me cansaba al menor esfuerzo. Fui a hacerme el chequeo acostumbrado, y el médico detectó una dureza en el seno derecho. Me operaron, era maligno, aunque grado 1, sin casi invasión de los ganglios cercanos. Tenía también una incipiente insuficiencia renal. Otra vez, tuve que desprenderme de las pequeñas obligaciones de la rutina diaria, de los horarios cotidianos, ya cargados de tensiones, de espasmos y de dudas. Es que uno no puede hacer con su vida lo que hace un maquinista con los mandos de su motor, darle vueltas a la manivela o coger otro rumbo o pasar a otro nivel de velocidad. El ser humano no es una máquina a la que simplemente basta apretarle un tornillo o quitarle una pieza dañada para que quede de inmediato reparada.

Confieso, teniente, la sensación de temor que me asaltó cuando vi a Constance en ese estado de agotamiento, tan menoscabada que estaba. Pronto sentí que, en vez de compasión, surgió en mí un deseo de aproximarme a ella, de compartir sus angustias. ¿Amor? No pude saberlo en ese momento. Cuando llegaba a visitarla, sentía que al darle el beso acostumbrado en ambas mejillas, tal como lo hacen los europeos, rozaba sus labios cada vez con mayor aproximación. Durante el abrazo de despedida, ya comenzando la noche, sentía un calor que se desprendía de mi cuerpo, tan junto al de ella. No sé, el amago de turbación me dominaba entonces y caía en las frases y las poses normales, una evasiva inconsciente. El diálogo entre nosotros transcurría dentro de los linderos de la amistad profunda. Constance volvía a sus reflexiones dominadas por una intensa congoja. Yo admiraba cada vez más su interesante personalidad.

—Te digo, Franklin —me refiere Constance—, que esta vez la inseguridad y la desesperación vencieron a Henri. Yo, cruel en mi lucha, tomé resoluciones contrarias a mis fuerzas, pero también a las de él. Reconozco que en los primeros tiempos de nuestra unión mis deseos y felicidad fueron llenados por Henri. Tuve por él una verdadera pasión y he permanecido fiel a él por ese motivo. Con todo, la desesperación de él ya no conoce límites, y se ha mudado para otra casa, aunque convivimos en nuestro centro de trabajo que es casi común. Mi resignación se alterna, lo digo, con momentos frenéticos, de histeria. Siento que cada día aumenta mi soledad, mi apatía por las cosas del día. Mi gente cercana, al mostrarme piedad, me culpabiliza. Aunque yo no doy impresión de estar desesperada y que más bien comunico esperanzas, veo crueldad en un gesto de repulsa que a veces noto. Hay palabras de amigos y de médicos que las percibo como una acusación de ser yo la responsable de mi propia enfermedad. Franklin, no soporto diálogos como éste:

—¿Cómo estás?

—Bien.

—¿Cómo no te diste cuenta a tiempo?

—Me di cuenta a tiempo.

—Si me hubiera pasado a mí, hubiera tomado las previsiones mucha antes; pero ahora no tienes por qué preocuparte, la confianza en la propia curación es determinante. Tienes que estar muy tranquila, creer en los médicos, tener una actitud positiva. Sólo las personas con actitud positiva se recuperan y sanan.

De pronto, Constance me habla de cosas agradables en su casa y en su trabajo.

—Me encanta mi casa, Franklin las trinitarias, las golondrinas, los gatos, los mangos, mis muchachos, los espacios amplios. Henri y yo trabajábamos mucho, tenemos una oficina de construcción, un taller, una pequeña empresa textil, dos tiendas, una sucursal en Maracaibo. Tolero a Henri, pero con cariño, de todos modos. Claro, él no pone mucha atención a lo que le hablo, porque para él lo esencial es sentirse seguro, correr, luchar por el mundo, reír con los demás y después, cuando está satisfecho de eso, un poco cansado, se calma, y trata de recostar su alma agitada en mis manos.

Fue ella, teniente, la que me expresó su deseo de involucrarse en los asuntos políticos, al menos en aquello donde yo estaba metido. Es que le impresionó lo que yo le dije de lo que había pasado.

¿Y cómo pudiste meterla a ella en esa actividad que supongo era de oposición a la Junta Militar, cuando estaba tan enferma?— te pregunto, Franklin.

Ya verás.

XV

Las bribonadas de los oficiales

No había anochecido cuando fue anunciado el nuevo gobierno. Su nombre oficial fue Junta Militar de Gobierno. No cabía ninguna duda: las fuerzas armadas, el ejército, la marina, la aviación, la guardia nacional ejercerían la presidencia colegiada del país, sin políticos ni partidos intermediarios. Terminaba así, Franklin, aquel pastel montado el 18 de octubre, que tantos equívocos produjo y que terminó en un enredo de atribuciones y rumbos. El acta constitutiva es clara: las FAN han asumido el control de la situación de la República; y sus representantes, es decir, los comandantes de las fuerzas navales, de las fuerzas aéreas, de las fuerzas armadas de cooperación, el inspector general de las fuerzas armadas y el inspector general de los servicios, más mi jefe y los otros dos líderes Delgado Chalbaud y Llovera Páez, quienes son las cabecillas del movimiento, todos reunidos en el Salón de Gobierno del Palacio de Miraflores (salón inexistente, en realidad), han designado la Junta como gobierno provisorio.

Mira, teniente, di la verdad, sin tapujos. Los firmantes del acta han actuado al igual que un partido político y, al mismo tiempo, como una asamblea constituyente.

Al contrario, Franklin, los militares son la antipolítica, el antipartidismo. Su solo interés es la nación, la soberanía nacional, la integridad territorial, la defensa ante el enemigo exterior. De tan altas responsabilidades brotan acciones suyas como las del 18 de octubre y el 24 de noviembre, cuando el mando civil ha quedado pervertido por las bajas ambiciones. Bien lo dijo uno de los redactores de los documentos inaugurales del 24 de noviembre, el renombrado jurisconsulto Carlos Sequera. Cito: «Los partidos políticos pretextando encauzar la opinión pública, logran mayormente desviarla de su cauce normal; la malicia de sus dirigentes, las ambiciones de los hombres que los forman, hacen que representen la más grande falsificación de la voluntad popular.» Fin de la cita.

Está bien, teniente, no vamos a pelear a estas alturas de la vida, pero si la tesis de Sequera encierra una verdad, esa misma verdad tiene que aplicársela al bando militar. Su tutela, no de la nación sino de los gobiernos, su labor de defensa del país confundida con la defensa de sus intereses de cuerpo, su misión de salvaguardar la soberanía nacional puesta como careta para ocultar la salvaguarda de sus soberanas ambiciones, le hacen caer en ese mismo terreno de las malicias y las ambiciones que hacen a las aguas rebasar el cauce natural por donde deberían correr. ¿Quiénes si no Medina Angarita, López Contreras, y los oficiales leales a la Constitución fueron, según esa óptica, los maliciosos y ambiciosos el 45? ¿Quiénes si no Gámez Arellano, Mario Vargas, y tantos otros militares se convirtieron en fichas de igual catadura y a quienes había que apartar de las funciones de gobierno?

Estás confundiendo una cosa con otra.

¡Claro! Para tu mente castrense (¡Ojo!, no dije castrada) no es como yo lo digo. Pero, pon atención en que, a diferencia de los partidos políticos, el ejército es un ente monolítico, y los mandos se articulan al calor de la obediencia. Quien disienta es despojado de mando, pero puede convertirse en más de una ocasión en ficha de un grupo clandestino (la UPM, por ejemplo), convertido a poco en un partido, aunque no se llame tal, y esa rivalidad entre el mando regular y sus disidentes es muy parecida a la sucedida en los partidos políticos. Pero, al no operar en los partidos el principio inmutable de la obediencia, los disidentes siguen existiendo, o bajo la forma de corriente dentro de su partido, o vestidos con el nuevo traje de fundadores de otro partido. En el ejército, en cambio, opera la purga y, en consecuencia, el mando es el mando y el subordinado es el subordinado, y el disidente se convierte en el retirado. Mira, la presidencia de la República se transforma, gracias a estas torceduras de la historia, en el último escalón del grado militar, y los otros cargos gubernamentales, de nítido contenido civil, en mágicos escalones de ascenso, o sea, que los grados de los oficiales dependen en gran medida del nivel de las ambiciones con las que obtienen su traslado a la esfera civil. López Contreras por ser presidente, es ascendido a general de división y a general en jefe. Igual sucede con Medina Angarita, que luego de ser presidente es ascendido a general de brigada y a general de división. Igual tu general, que luego de ser presidente colegiado, presidente provisional y presidente constitucional, es ascendido a coronel, a general de brigada y a general de división. ¡Tremendo zaperoco se formaría si un estudiante de segundo año de Medicina que llegue a ser nombrado ministro de la Salud, obtenga gracias a tal cargo y de manera automática el doctorado en Ciencias Médicas!

ver el mano a mano entre el Diamante Negro y Raúl Ochoa Rovira, atraída la afición enloquecida por el venezolano, el nuevo fenómeno de la torería, sin que le importara el toque de queda?

No me acuerdo. Lo que sí recuerdo fue que también ese domingo hubo el juego de pelota entre Magallanes y Cervecería Caracas, los eternos rivales del beisbol, aplazado también por la misma causa, y que fue muy emocionante, al punto de jugarse un extra inning, decidido por un jonrón del magallanero Chucho Ramos en el 10° episodio.

Hasta mi General no tuvo inconveniente en esos días de recibir una delegación del partido comunista presidida por su secretario general, Juan Bautista Fuenmayor, aunque después no quiso saber más de ellos.

Es que los comunistas estuvieron muy errados en esos días, teniente y, además, estaban atrapados por el corset de su marxismo que les hacía decir que la única revolución verdadera era la del proletariado, o en su defecto, la que pudiera traer el Ejército Rojo, o nacer de la conducción carismática de un Arcángel San Gabriel. Déjame decirte que yo asistí por curiosidad, creo que en diciembre del 48, a una reunión de los militantes de las células de San Juan del PCV donde un dirigente de apellido Cortez iba a dar un informe de la situación. Un camarada preguntó que por qué la URSS dejaba que el imperialismo yanqui hiciera lo que le daba la gana en estos países, y por qué el pueblo venezolano no se echó a la calle el 24 de noviembre. Cortez no halló de momento cómo explicar la cuestión, pero, de repente, dio un fuerte golpe con el puño en la mesa y dijo: —«¡Camaradas, es que la revolución es un proceso!» La expresión «es un proceso» quedó colgada en el aire como una verdad revelada. Los asistentes salieron de la reunión cabizbundos y meditabajos.

XVI

La capucha de los penitentes

No podía estar más satisfecho con lo obtenido. Su liderazgo en el ejército y en la cosa pública estaba afianzado con la victoria del 24 de noviembre. Ahora era copresidente del país y ministro de la Defensa, en una mano la ley y en la otra el sable. El país le obedecía y el mundo hablaba de él. *I celebrate myself, and sing myself.* (Me celebro y me canto a mí mismo). Bueno, casi. Es una máquina rugiente, de todos modos. Todavía es la crisálida; y no es apto para el carisma. Su dedicación es el cuerpo armado, algo así como su amante célibe. Las alturas del poder, esas que respira a plenitud por primera, provocan ciertos acomodos en su vida privada. Es cosa lógica. Al mismo tiempo que en sus charreteras aumentan las estrellas, en su dieta aumentan las calorías. Y hay mejoría en su techo. Adquiere una casa en la calle Sanabria de El Paraíso, comprada de ocasión en Bs. 300.000 al doctor Pascual Paoli Chalbaud, tío de su esposa Flor. La quinta se va convirtiendo, con el transcurso de los años, en una mansión. Casi de inmediato, le hace una primera ampliación, al comprarle un terreno contiguo al empresario Julio Santiago Azpúrua, quien a su vez lo había comprado a la empresa editora del diario *Últimas Noticias.* El hogar cuenta ya con dos niñas, Margot y Flor Ángel, que ya caminan, y el próximo encargo es María Sol, nacida en 1951. Al hombre le preocupa esa serie femenina tan continua, y en su cerebro empieza a rondar la idea de un desahogo.

Un día decide hacer una gira por el país, en concreto por el occidente, de modo que pueda visitar su lar nativo, pequeño halago para su corta vanidad. Con varios amigos, sale de Caracas la caravana de estupendos Cadillacs, modelo sedán 1949 de 8 cilindros, macizos, negros, con su plateada parrillera o calandra frontal, y sus dos colas, llamadas aquí «colas de pato», en realidad un remedo de las del avión Lockheed P38. Barquisimeto queda atrás y a partir de Carora comienza la Gran Carretera Trasandina, que se adentra en los poblados andinos de Pampán, Motatán, Valera, Timotes, Mucuchíes, Tabay, Mérida, Ejido, Lagunillas, Estanques, Tovar, Bailadores, La Grita, Michelena y San Cristóbal. Cuando pasa por el páramo El Zumbador, mi General vuelve a sentir el frío de esas alturas, el viento le azota la cara, los sembradíos de hortalizas y flores le refrescan los ojos, y una taza de chocolate y un «calentado» le animan el cuerpo. Sitio obligado de parada fue el pueblito de Michelena. Allí, mi General recordó con ardor los años de su infancia, habló de su tío abuelo paterno el fundador, y de su abuelo materno que, según él, peleó en Colombia en la Guerra de los Mil Días, y no se rindió en la muy nombrada batalla de Palonegro; tomó de la mano a un sexagenario enclenque y lo presentó a sus acompañantes con cierto orgullo: le llamaban el tío Sute, aunque en realidad era su medio hermano José, el hijo mayor del primer matrimonio de su padre Juan Severo. Al pasar la caravana por la carrera 3, cerca de la plaza Bolívar, una anciana lo ve y le dice a la hija, tan anciana como ella:

—Ahí va Marquitos.

Intentando evocar los años de su niñez, ordena detenerse en una posada y pide unos pasteles y café. Son los pasteles típicos de Michelena; y el café es preparado no en máquina y ni siquiera colado en bolsa de tela, sino el grano molido disuelto en agua de panela, y cuando ya está hirviendo se le introduce una brasa muy roja para sedimentar la borra. Allí sentados, el ambiente muy fresco, una neblina que va y viene, mi General habla de su curiosidad ante los arreos de burros que venían del páramo y cómo un muchacho a quien llamaban el Nacoreta los guardaba con destreza en un cobertizo próximo.

—Yo casi fui también un arriero, pues me ocupaba de los animales que poseía mi padre, pero él era muy estricto y me decía que lo mío era estudiar. Recuerdo sus ojos azules, su tez rubicunda. Al morir, entre mi hermano mayor, Juan, y yo balanceábamos el presupuesto familiar mediante el cobro de algunos cobres por escribirles cartas a los campesinos. Juan ahorraba mucho, y cuando se graduó de subteniente pudo comprar una casa en Maracay.

Una noche, en la casa de un amigo de la infancia, asistió a la velada musical que en su honor organizaron varios músicos dirigidos por José Abel Sánchez, nativo de la vecina Lobatera, virtuoso de la flauta. Lo llamaban el «Catire»: gordo, de tez colorada, y su profesión original fue la de dentista. Mi General oyó, fascinado, el vals *Tus ojos hablan*, los bambucos *Rosita Mora* y *Retazo de cielo* y el pasillo *El Gavilán*, que yo recuerde. Mi General, hay que decirlo, conservaba muchas de las prácticas de su pasado lugareño. Eructaba con satisfacción dos o tres veces después de las comidas, y se cortaba las uñas con una navaja, salvo que ahora las que usaba eran de la marca Victorinox. Recuerdo aquellas mañas porque, al verlas, apenas podía disimular una reacción de grima.

—¿Y usted no tuvo problemas con el régimen en esos años, mi comandante?—preguntó alguien del séquito.

—No recuerdo. Aquí hubo un jefe civil, de apellido Mogollón, que fue muy arbitrario, molestaba a los campesinos, cobraba impuestos inventados por él, apresaba a la gente por razón de gusto. Pero la paciencia se acabó y varios tomaron la decisión de responder a la violencia de Mogollón. El grupo de decididos bajó una vez al cementerio cargando una urna para enterrarla, pero el ataúd encerraba no a un muerto sino unos cuantos fusiles, con los cuales dispararon contra Mogollón y su secretario, y los mataron.

Cosa rara, el presidente del estado Táchira, Eustoquio Gómez, no hizo nada.

La charla continuaba, pero el cansancio del viaje por una carretera con cientos de curvas, hacía sus estragos. Varias veces cabeceó y se quedó dormido, la gorra entre las piernas, la barriga tensando los botones de la guerrera. En el viaje, la política fue un tema de conversación, claro está. El doctor Vallenilla recordaba que cuando regresaron y estuvieron en Maracaibo oyó sin quererlo, dice él, una conversación entre mi jefe, el comandante Roberto Casanova y otros oficiales, en la cual el «Turco» Casanova insistía en encontrar una fórmula adecuada para hacer renunciar a Carlos Delgado Chalbaud. La verdad es, amigo Franklin, que el trío aquel de la junta no cuadraba. Verlos retratados a los tres juntos era presentir sus rivalidades, sus incompatibilidades. Carlos Delgado, alto, bien plantado, se adivinaba en su porte su formación afrancesada, culta. Cordializaba mucho con la alta sociedad caraqueña, él también caraqueño. Leía a Proust y a Céline. A veces, recitaba poemas de León de Greiff:

¡Juego mi vida!
¡Bien poco valía!
¡La llevo perdida
sin remedio!
Erik Fjordsson.
Juego mi vida, cambio mi vida,
de todos modos
la llevo perdida...

Marcos, bajito, gordo, todavía con pelos en el cráneo que podían peinarse, anteojos con cristales del grueso de un culo de botella y montura y patillas de carey anchas y negras, buena dicción aunque a veces afectada (una vez discutió mucho al criticar la palabra *proyectil* que no debía confundirse con *bala*); discursos cortos con ademanes inseguros buscando con el juego de los ojos la aprobación o temiendo no haber sido explícito, era amigo de sus amigos tachirenses; su pose erguida delataba, a pesar de su estatura, su formación castrense, y le gustaba referirse a su inclinación por las disciplinas de los números y los cálculos matemáticos. Y Llovera, tendiendo a la obesidad, alegre, bonachón, magnífico estudiante (alférez mayor), recordado en Güiria por sus juergas cuando era teniente y cliente habitual de una prostituta llamada la «Puñalito», ahora ministro en su mullido sillón, llegaba a su oficina a las 4 de la tarde, y a las 8 de la noche, ya con un *Tom Collins* en la mano, preguntaba «—¿A qué bar vamos a beber?». El común de la gente no percibía estas diferencias y acuñó el sobrenombre de «Los tres cochinitos», la marca de una manteca barata, para referirse al trío. La broma llegó a mayores cuando un travieso corrector de pruebas del diario *El Nacional* tachó la palabra Junta y la cambió por el sobrenombre, en la crónica que recogía la visita de los tres comandantes a las obras del estadio olímpico en la Ciudad Universitaria de Caracas, un día de abril de 1950. De inmediato, el periódico fue recogido, prohibida su circulación por varios días y encerrado en prisión casi todo su personal.

Yo caí preso también, teniente.

¿Cómo?

Sí. La Asociación Venezolana de Periodistas convocó a una reunión de protesta del gremio por la medida policial. Yo me sentí convocado pues trabajaba en la radio. El local de la AVP, situado en un pequeño edificio entre las esquinas de Gradillas y Sociedad se llenó, pero apenas había empezado la reunión cuando un piquete de la Policía que venía de la cuadra cercana, nos condujo a pie a todos, como si fuésemos un rebaño, al comando de la esquina de Las Monjas. Nos ficharon y nos metieron en una «jaula» rumbo a la cárcel, menos a las mujeres. Delante de mí, en la cola para la reseña policial, iba la escritora Lucila Palacios, indignada por el atropello.

—Su nombre— preguntó el gendarme.

—Lucila Palacios.

—Su cédula.

La escritora la muestra.

—Pero, aquí dice Mercedes Carvajal de Arocha.

—Ese es mi nombre de labores— responde, cada vez más contrariada.

—Su profesión.

—Senadora de la República.

El agente lanzó una risotada:

—Señora, ¿qué se cree usted? Aquí no hay ningún Congreso.

—¡Senadora!— Ella insiste.

Tenemos que aquietarla. La cárcel El Obispo quedaba en una colina del barrio El Guarataro y estaba construida siguiendo de mala manera el estilo en rotonda de las prisiones europeas de siglos atrás. Era un antro húmedo y oscuro. Compartí mi calabozo con Luis Felipe Bellorín, periodista del diario católico *La Religión*; el escritor bohemio Luis Colmenares Díaz y un linotipista del diario *La Esfera*, de apellido Buitrago. Bellorín gimoteaba, Colmenares comparaba su prisión con la del conde de Montecristo, y Buitrago buscaba ardid para obtener aunque fuera un vaso de leche, usada para prevenir la intoxicación con plomo frecuente en estos profesionales. Yo, joven aún, miraba todo con curiosidad y me encantó un juego de ajedrez improvisado entre los que estábamos en el segundo piso, comandados por Gabriel Bracho Montiel («Dominguito»), dentista y periodista; y los de la planta baja, de *El Nacional*, dirigidos por Miguel Otero Silva, director del diario suspendido.

—¡Peón 4 Rey! ¡Alfil 5 Dama!¡Enroque corto! ¡Jaque!

Iban y venían los gritos, interrumpidos en una ocasión cuando vimos salir de unos calabozos muy pequeños llamados «tigritos», y vueltos a encerrar al instante, a un par de barbudos, flacos y sucios militantes de AD, que estaban presos por atentar contra la vida de uno de los tres cochinitos.

La prisión duró apenas tres días. Cuando salimos a la calle, el periodista Omar Pérez gritó, en señal de triunfo:

—¡El ave pee (AVP), aunque la rama cruja!

De todos modos, y a pesar de su brevedad y del ambiente medio festivo reinante entre los apresados, la ocasión del encierro fue una clarinada que daba a entender que el régimen apretaba las tuercas de la censura y la represión. La bonhomía y tolerancia del censor teniente de navío Luis Croce Orozco fue sustituida por la rigidez perruna del censor Vitelio Reyes.

Mi General no tiene prisa, trabaja y escucha, ve el aumento del peso de las fuerzas armadas en los asuntos públicos, considera adecuado el desmantelamiento progresivo de los factores derrotados el 24 de noviembre, esos que quedaron paralizados en un primer momento y que con los meses tratan de reagruparse. La desmoralización, los disgustos, los encontronazos y rivalidades afloran a menudo en las filas opositoras. El bulldozer excava en el subsuelo de los enemigos del régimen y apisona sus restos y demás desniveles para que el camino sea franco. Así, son disueltos sindicatos y gremios, son reprimidas huelgas y manifestaciones de descontentos. Queda por despejar la ruta hacia la superación del estado de facto con la consiguiente normalización de las instituciones. Lo militar y lo político marchan juntos un trecho, varios trechos, y se separan un metro, tres metros. Mi General entiende poco de esos vaivenes sentado en Miraflores, pero más tiempo en su ministerio. Sin embargo, tiene sus asesores. Hay un paisano, el secretario de la Junta, abogado Miguel Moreno, perteneciente a un grupo que llaman «Uribante», maestro en la maniobra, que le aconseja inclinarse por sus paisanos. Ha llegado a ser secretario de la Junta porque en el barullo del 24 de noviembre se autonombró para el cargo sin que nadie lo advirtiera, y porque su hermano, el teniente coronel Félix Román Moreno, es comandante de las Fuerzas Aéreas y, como tal, uno de los padres, precisamente, de la criatura llamada Junta Militar de Gobierno. Otro que lo aconseja es su compadre Giacopini y, finalmente, otro asesor le suministra el basamento doctrinario y el juego de muñeca indispensable para hacerse el jefe único. Es Laureano Vallenilla Lanz.

¡Carajo, teniente, no me dibujes tan fácil el asunto! Ponme en movimiento a esos asesores, mézclamelos con los que ven a tu jefe a distancia, llévalos a chocar con la resistencia de los adecos, descúbreles sus filtraciones con el otro bando, compáralos con las mentes cuadradas de los comandantes y capitanes mandones que más bien se comportan a la hora de mandar como sargentos entrenando a reclutas. Te voy a dar un solo ejemplo, el de Carlos Delgado Chalbaud frente a tu jefe. El modo de ser diferente de los dos salta a la vista. Durante dos años marchan al mismo compás, pero Delgado labra su propia ruta, insiste en ir a unas elecciones para legitimar el régimen y para abrir también la posibilidad de su lanzamiento como candidato presidencial, ¿es verdad o es mentira? Manda recados al PCV para que no se sume a la huelga petrolera de 1950, y dirige sus miradas al Country Club, a las cámaras de industriales y comerciantes, ¿es verdad o es mentira? Y tú debes saber más que yo a qué temperatura se elevaban las ambiciones entre los militares. Dime, ¿cuántos ministros son leales a Delgado y cuántos a Marcos?, ¿hacia dónde se vuelcan las simpatías del embajador norteamericano?, ¿es verdad que Miguel Moreno le manda frecuentes recados al jefe de AD en la clandestinidad, Leonardo Ruiz Pineda?, ¿quién fue al autor intelectual de la muerte del presidente de la Junta Carlos Delgado Chalbaud? Los rumores de intrigas y trampas forman un remolino casi imposible de desatascar y, aunque se la pinte como un juego de altura, la política, teniente, nunca transitará una ruta trazada de antemano en cada una de sus rectas y curvas por sus cerebros más lúcidos. Sólo los politólogos se atreven a reconstruir pieza por pieza el rumbo político de un momento, de acuerdo con la lógica de armar que sólo posee el juego de un rompecabezas. Pero, ¡ojo!, lo hacen según el mismo cartabón por el que se guían los anatomopatólogos, que aciertan casi inmancablemente en el diagnóstico de la enfermedad que condujo a la muerte del paciente, pero sólo cuando el paciente ha muerto, y no antes.

Te puedo asegurar, Franklin, sin que me quede nada por dentro, que mi General no ordenó el asesinato de Delgado. Le dieron la noticia en su despacho en Defensa y salió perturbado a Miraflores. Yo, uno de sus edecanes, civiles vamos a decir, en ese momento, vi cuando él, de manera insistente, interrogó a los corianos apresados en el lugar de los hechos.

—¿Oíste a tus jefes decir que el secuestro era orden mía?

—No.

—¿Que la orden vino de Miraflores?

—No.

—¿Del ministerio de la Defensa?

—No.

—¿Es verdad lo que estás diciéndome?

—Sí.

—¿Quién fue entonces el que mandaba hacer todo eso que se hizo?

—Mi jefe, don Rafael Simón.

Palabras más, palabras menos, así fue el interrogatorio. De ahí fue al hospital Militar donde estaba la madre de Delgado, ahora Luisa de Aubine por haberse casado con el escultor francés Jean Dominique Aubine luego de soportar tantas tragedias (la prisión durante 13 años de su marido Román Delgado Chalbaud, años en que más de una vez tuvo que implorar, casi arrastrándose, la libertad del esposo ante el impasible y hierático dictador que lo tenía a pan y agua en La Rotunda; y luego, la muerte de Román en 1929 al invadir por Cumaná). Allí mismo, mi General dio declaraciones a la prensa. Y después, en el cementerio, pronunció las palabras de rigor, sin falsa impostación. Tampoco estuvo metido Llovera Páez. Él salía de una consulta con el dentista cuando al llegar al ministerio le dieron la noticia y quedó helado; corrió a la quinta Maritza, vio el cadáver y lo movió creyendo que estaba vivo. La reacción de Miguel Moreno cuando a Miraflores llevan la gorra de Delgado fue igual de sorpresa; piensa que lo han atracado, no se sabe por quienes.

De todos modos, teniente, Sherlock Holmes y Hércules Poirot orientan sus investigaciones, en esos casos, hacia la persona que se beneficia con el crimen.

Tonterías. Te puedo decir que el «turco» Casanova, con su desfachatez acostumbrada, le sugirió a mi General en esos instantes, que se apoderara de la presidencia de la

Junta. Tenía esa fijación de tiempo atrás, y contaba la viuda Lucía que una vez en una fiesta, Casanova, con unos tragos en la cabeza, salió de la sala de baño dando traspiés y con la bragueta abierta, y se acercó a su grupo de íntimos para decir que todos estaban hartos de Delgado.

Y el asesinato del asesino, provocado de inmediato, ¿no lo ordenó tu jefe?

Claro que sí. Muchos años después, ya en el exilio en Madrid, le confesó a un periodista que ante la gravedad en que el autor del atentado cayó a causa del tiro que le destrozó un tobillo, era preferible matarlo. ¿Por qué? Porque en el futuro, después de haber cumplido la condena que se merecía, era posible que volvieran a gobernar los adecos, y él, cuya pedantería era mayúscula, se pasearía por la plaza Bolívar clamando que era el único varón que había asesinado a un Presidente.

El futuro luce fúnebre, teniente.

¿Como esa música que ha puesto Pragedes?

—*La Danza Macabra*, de Liszt, tío.

XVII

***De modo cacandi*, de Tartaretus**

Al aumentar la confianza entre los dos, Constance se interesaba cada vez más en ayudarme en lo que yo hacía a favor de las actividades de resistencia frente a la dictadura militar. Durante algún tiempo me limité a trabajar en los barrios pobres en la labor de promover la lucha elemental por las necesidades de sus pobladores en cuanto a los servicios de agua, luz, salud, construcción de escalinatas o de alguna pequeña cancha deportiva, de organizar un coro o una parranda en época de Navidad y salir a cantar de casa en casa los aguinaldos y canciones dedicadas al Niño

Jesús, pero al mismo tiempo, hacía un trabajo encubierto que era el de fijar la mirada en aquellos vecinos más responsables, más dedicados al trabajo de mejoras en el barrio, para tratar de hacerles conocer la necesidad de elevar aquella labor a un rango superior que era, por supuesto, el combate contra el gobierno. A veces acertábamos, a veces el proselitismo resultaba un fiasco. También, yo solía recoger dinero a favor de la causa. Acudía a personas que en el pasado habían estado vinculadas a las izquierdas, y que hoy, apartadas de la militancia concreta, mantenían sus viejas simpatías. Una o dos veces al mes, visitaba a unos abogados amigos en sus bufetes cerca de la esquina de Padre Sierra, o al industrial Manolo Pardo en su mansión de Colinas de Bello Monte, para recibir su ayuda económica, 50, 100, 200 bolívares. Era casi obligatorio, a manera de respuesta de agradecimiento, comunicarles alguna noticia política, entregarles alguna publicación clandestina, explicarles algún problema. En varias ocasiones, los argumentos que les daba lucían un tanto retorcidos.

—El gobierno está construyendo la autopista a La Guaira, eso le va a traer simpatías— decía uno de los contribuyentes.

—Que pronto se van a disipar. La autopista va a tener un peraltaje muy pronunciado y su bajada de 900 metros hasta el nivel del mar y su subida en sentido contrario, van a desgastar muy pronto el motor y los frenos de los vehículos, así que mayor será el perjuicio que el beneficio —le respondía.

—El ejército lo apoya sin fisuras.

—No, el malestar en el ejército aumenta— les decía yo.

—¿Y habrá elecciones?— preguntaban.

—Depende —les respondía— Puede haber un golpe antes, durante o después de las elecciones.

—El despliegue policial durante el entierro del comandante Mario Vargas, muerto de tuberculosis, fue descomunal. Agentes de la Seguridad Nacional y piquetes de soldados custodiaron el traslado de la urna desde la Escuela Militar hasta el Cementerio para evitar aglomeraciones, y se dice que varios oficiales amigos del fallecido fueron detenidos— yo les informaba.

—¡Caramba! ¿Habrá golpe?— preguntaban, entre escépticos y esperanzados.

Constance contribuía con una suma bastante apreciable y, además, buscaba colaboraciones entre gente amiga. Y pronto, pasó a ejecutar algunas tareas muy delicadas. Es que el aire se había enrarecido mucho a raíz del asesinato de Carlos Delgado Chalbaud. Aquel crimen tan insólito, la avalancha de interpretaciones que desató, el precedente de magnicidio que implantó, hicieron más tenebroso el porvenir del país. Es que también el haber llenado el vacío dejado en la Junta con un personaje anodino, complicó el mapa y aumentó los imponderables.

La designación del abogado Germán Suárez Flamerich fue una jugada forzada por las circunstancias, Franklin. Mi General fue el blanco preferido de todas las acusaciones y no podía sino replegarse. Era la tercera vez que lo hacía, he allí su mérito.

Pero, teniente, ¡qué manera de llenar el vacío! El acta del 24 de noviembre no decía nada de cómo llenar las vacantes de la Junta nombrada ese día. Te digo que sus redactores podían ser los abogados más versados en la materia, pero erraron. Hicieron una mezcolanza indescifrable con las tres constituciones anteriores, las del 36, del 45 y del 47, y escribieron que las decisiones de la Junta se tomarían por la mayoría absoluta de sus miembros, cuando en un organismo de tres personas las mayorías absoluta, relativa, simple o calificada son una sola: 2. Era una redundancia, señores abogados ilustres, hablar de mayoría absoluta. Entonces, después que matan a Delgado, se reunieron, otra vez —es la tercera en cinco años— los comandantes de las fuerzas armadas y, de acuerdo con su leal saber y entender, nombraron a Suárez Flamerich como el nuevo integrante de la Junta, lo designaron presidente de la misma, y cambiaron el nombre de la Junta, que ahora se llamaría Junta de Gobierno, a secas.

No puedo negar, Franklin, que la designación de Suárez Flamerich fue todo un sainete. En el interregno de casi dos semanas, nuestros orondos militares adoptaron el comportamiento parecido al del jurado que califica a los aficionados al canto que mejor actúan en ese programa de televisión, llamado «¿Cuánto vale el show?». El tenor Carlos Almenar Otero y una mujer antipática a la que llaman «la malandra Elizabeth», alaban y ridiculizan, de acuerdo con el estado de su humor, a los pobres aspirantes. A un escenario parecido se presentaron ante el jurado (los comandantes) varios aficionados (a presidir la Junta). Primero, aparece el canciller, se asusta, no abre la boca y es descalificado. De seguidas aparece Gerardo Sansón, emite varias notas de una canción, pero Elizabeth le caza que ha soltado un gallo: «—Señor, cuando el golpe de noviembre a usted lo tocaron para proponerle un ministerio, y usted dijo que lo aceptaba pero con la condición de que se dijera luego que no sabía nada en caso de fracasar el golpe». Fue descalificado. Le tocó el turno al sabio Arnoldo Gabaldón. Su voz es perfecta, canta como un Caruso, la letra de su canción atrae, pega en el corazón, los registros de su voz suponen estudio y conocimientos, pero ensoberbecido por la cara de satisfacción del jurado y el aplauso del público, empieza a hacer gestos: «Yo soy el ganador, yo. De aquí a la Scala de Milán. Convierto desde ya mi quinta "Valencia", de El Paraíso, en el cuartel general de mi gira, nombraré mi equipo, preferentemente con mis paisanos trujillanos. Vamos, vamos, a contratar una agencia de festejos y diez cajas de champaña. ¡Ya, ya!». El jurado queda sorprendido por la casi autocalificación que asume este aficionado, y lo rechaza. Sube a la tarima Germán Suárez Flamerich, que ha llegado de improviso de Lima. Cuando empieza a cantar, uno del público, de perilla muy puntiaguda y verbo impertinente, de nombre Leonardo Altuve Carrillo, grita «—¡Ese aficionado lo que canta son pendejadas! Si de lo que se trata es de cantar pendejadas, ¡mejores pendejadas canto yo!». Sin embargo, el jurado queda embelesado con la suave voz del aficionado, sus falsetes, su voz de contratenor o, más todavía, de castrato al estilo de Farinelli.

Pero, Suárez Flamerich no era un improvisado, teniente. Participó, estudiante, en el movimiento de protesta de 1928, y desde entonces se le nombra entre los miembros de la generación del 28. Fue concejal, fue profesor y hasta decano en la facultad de Derecho de la Universidad Central. Léete la carta que desde el exilio le envía ese periodista rocambolesco llamado Alberto Ravell, en la que le recuerda la prisión que los dos sufrieron en el Castillo «Libertador» de Puerto Cabello, cuando tenían grillos en los pies, comían frijoles, y eran azotados. Rememora su cargo de presidente del Concejo Municipal de Caracas, su curul de parlamentario, su voto simbólico por Rómulo Gallegos en aquel congreso domesticado de 1941, y su colaboración con la Junta presidida por Rómulo Betancourt en la tarea de redactar el proyecto de Constitución que fue sometido a la Constituyente en 1947.

La designación de Suárez fue por supuesto un fenomenal batacazo, no hay que negarlo. Cuando recibió en su embajada de Lima la orden de regresar de inmediato al país, todos los funcionarios, y él incluso, pensaron en que iba a ser nombrado ministro, de Justicia, por ejemplo. Y en la fiesta de celebración que dio en su casa para sus familiares y amigos, flotaba en el aire lo insólito del nombramiento. Con muchos tragos encima, el médico Miguel Pérez Carreño, cuya hermana Rosario era la esposa de Suárez Flamerich, exclamó con su acostumbrado vozarrón, no sé si para que lo oyeran todos, porque muy cerca estaba un edecán de mi General:

—¡Qué tronco de vaina le echó este carajo a mi cuñado! —y señaló a mi General, que estaba unos metros más allá.

Te cuento, Franklin, lo que me contó don Laureano, que lo conocía muy bien porque su primo Salvador Llamozas, fue socio del padre del interfecto, Jesús María Suárez, en un negocio de venta de instrumentos musicales. A él lo llamaban el «Monito»; a pesar de su sólida preparación jurídica era parco en el hablar, y en las conversaciones daba respuestas insustanciales a las cuestiones planteadas por más complejas que fuesen:

«—¿Verdad?»

«—Quizás»

«—Quién sabe».

Ya en el cargo, mostró cierta abulia, si se le compara con la vitalidad y agilidad de esos dos linces que eran sus compañeros de Junta. Llegaba tarde a su despacho en Miraflores y se iba temprano a la casa. En varias reuniones del Gabinete sólo expresaba lugares comunes, producto de no haber estudiado los temas a tratar, y también por cierta dificultad al enhebrar las palabras. Dicen que muchos de sus discursos fueron redactados por sus antiguos compañeros de correrías, Miguel Moreno, «Chicho», «Tinoquito». Como fue embajador, usaba siempre un sombrero bombín, de fieltro, y traje oscuro a rayas. ¿Sus discursos?: los pronunció, claro está, ampulosos, plenos de tópicos, pero siempre teñidos con una tónica de ingenuidad, o de astucia, si a ver vamos. Los giros del discurso los aderezaba con frecuencia con citas de juicios sanchescos, inaudibles porque apenas los susurraba, tal como lo hacen los sacerdotes en sus sermones salpicados con citas en latín. Cuando tomó posesión del cargo dijo:

—Lo asumo con orgullo porque el propósito sincero de las fuerzas armadas es el de llevar al país a elecciones. Cito: *«digo que así lo haré, y que guardaré ese precepto también como el día del domingo»*. Fin de la cita.

—Mi obligación es la de fortalecer la índole democrática de las instituciones, de modo que las elecciones por mi presididas pondrán a prueba la actitud democrática del pueblo venezolano. Cito: *«pero encomendémosle todo a Dios, que Él es el sabidor de las cosas que han de suceder en este valle de lágrimas, en este mal mundo que tenemos, donde apenas se habla cosa que esté sin mezcla de maldad, embuste y bellaquería»*. Fin de la cita.

—En este rumbo hay que aislar a los que promueven actividades subversivas, como AD y el PCV. *Cito*: *«a lo que yo veo..., éstos no son caballeros, sino gente soez y de baja ralea»*. Fin de la cita.

—Mi espíritu de concordia y convivencia es permanente. Cito: *«quiero decir que si Dios me ayuda, y yo hago lo que debo hacer con buena intención, sin duda que gobernaré mejor que un gerifalte»*. Fin de la cita.

—Hay una nueva oportunidad para que el pueblo disfrute de la paz. Cito: *«Dios bendijo la paz y maldijo las riñas; porque si un gato acosado, encerrado y apretado se vuelve un león, yo que soy hombre, Dios sabe en lo que podré volverme»*. Fin de la cita.

—Auguro que antes de las Navidades no habrá ningún preso político y regresarán los expulsados. Cito: *«que no es mejor la fama del juez riguroso que la del compasivo»*. Fin de la cita.

—Yo alabo los resultados materiales obtenidos por el país desde 1948, sobre todo en la educación, aunque el gobierno se vio obligado a actuar contra los disturbios en la Universidad.

Cito: «*milagros o no milagros, cada uno mire cómo habla y cómo escribe de las personas, y no ponga a trochemoche lo primero que le viene al magín*». Fin de la cita.

Y ante la IV convención de gobernadores, dijo:

—A todos ustedes pido que haya igualdad de oportunidades para cualquier partido. Cito: «*yo soy de aquellos 'no con quien naces, sino con quien paces', y de los 'quien a buen árbol se arrima, buena sombra le cobija'. Yo me he arrimado a buen señor, y ha muchos meses que ando en su compañía*». Fin de la cita.

¡Un verdadero hombre de paja, teniente! ¿Qué digo?: un hombre-corcho.

En fin, Franklin, a mi General no le impresionó mucho la salida que tuvo la crisis. Por tercera vez veía pasar ante sus narices el mando supremo de la nación, pero no podía sino replegarse, era una jugada forzada. Se sumergió, entonces, en sus planes a largo plazo, aunque combinando con más ahínco sus predilecciones castrenses con las obras civiles, en vista de la carga muerta que arrastraban sus dos compañeros de Junta, a causa de los tragos del uno y de la anomalía del otro. Come poco, inspecciona todos los días los trabajos de construcción de la nueva vía, la autopista, a La Guaira; lo mismo hace con los trabajos de la nueva Ciudad Universitaria y de la nueva Escuela Militar. Cuando la universidad queda paralizada por la repetición continuada de las protestas estudiantiles, reacciona con una paradoja: ahora sí hay que terminar de construirla en todo su esplendor, y convence a sus socios en la Junta de dar vía libre al arquitecto Carlos Raúl Villanueva para que enaltezca los espacios de aquel recinto que era hacienda de caña y ahora va a convertirse en *alma mater*, y contrate así a los mejores artistas del país y del mundo (Léger, Calder, Arp, Vasarely, Laurens, Lam, Pevsner, Lobo, Bloc, Soto, Otero, Narváez, Poleo, Salazar, Castro, Oramas, Bogen, Barrios, Abend, Navarro, Vigas, Carreño, Valera, Manaure). Cuando el cansancio lo agota, acude al sol y la arena de Macuto, y le hacen compañía la esposa Flor y la suegra Angelina, o bien frecuenta la casa en La Florida de su nuevo amigazo, Fortunato Herrera, quien le obsequia lo que le apetece: hervido de gallina, carne asada, yuca sancochada y apenas una copa de vermouth. El recato algunas veces se diluye cuando Fortunato lleva de distracción a bailarinas de algún *dancing* de moda de la capital, el «Pasapoga», el «Skippy». Mi General es estricto en este particular, no asiste a ningún restaurant o cabaret a parrandear, y si el sexo apremia, la oscuridad tendrá que protegerlo. Es posible que date de esa época la querencia que pactó, aunque no duradera, con una dama, Eda se llamaba, y ésta reveló después que de aquella aventura tuvo una niña, Marlene. Creo, Franklin, que es la misma mujer que yo conocí, ya graduada de farmaceuta, por los años 80.

—Tenga cuidado, mi comandante —le dice a mi General su primo el doctor Antonio Pérez Vivas, nacido también en Michelena, Presidente del estado Táchira desde 1950— Ha cruzado la frontera el doctor Alberto Carnevali. Con él y Leonardo Ruiz Pineda tenemos a dos andinos dirigiendo en la clandestinidad a Acción Democrática. Ellos son capaces de cualquier cosa.

Mi General cierra los ojos, piensa, calcula.

XVIII

Maneries ramonandi fournellos

Me he metido en la cueva del león, casi sin quererlo. Conversando con mi amigo Cástor Nieves, éste me dice que es necesario pasar a mayores. ¿Qué es eso?, le pregunto, y le aclaro que estoy recogiendo muchas contribuciones, pero que resulta difícil ni siquiera duplicar el dinero que en la actualidad dan los amigos. Se ríe, y me aturde con una perorata sobre la crisis del país, el aumento de la represión sobre los opositores, cualquiera sea su partido, y termina diciendo que sus compañeros se han recuperado y han empezado a desatar acciones directas contra sus adversarios.

¿Cuál es la razón?, pregunto.

—¿Uno de los mismos gobernantes no mató a Delgado Chalbaud? ¿Cierto o falso?

Cierto, respondo.

—¿No mandaron un lote de presos a las Colonias Móviles de El Dorado, a pudrirse? ¿Cierto o falso?

Cierto.

—¿No han disuelto todos los sindicatos, ilegalizaron el partido comunista, arreciaron la censura de prensa? ¿Cierto o falso?

Cierto. No me queda otra fórmula para responder ante su acoso. Es que está acondicionando el terreno para decirme que las cosas «mayores» no son las de recoger más dinero sino la de empuñar las armas y atacar al enemigo. Y necesita más colaboradores para montar una acción de mucha envergadura. ¿Cuál?, le pregunto.

—Matar al trío.

Me espeluzno. Al rato, mi ardor juvenil se impuso y entré a colaborar. Esa vez me dio pocos detalles de la operación, pero luego, cuando ya yo había andado varios pasos en esa dirección me explicó a grandes rasgos en qué consistía la acción. Estaba establecido desde hacía muchos años que el 12 de octubre, Día de la Raza, los gobernantes de turno depositaban una ofrenda floral al pie de la estatua de Cristóbal Colón, al son de arengas y bandas marciales, en el Paseo Colón. Ese año, 1951, un grupo de resueltos y entrenados combatientes, jugándose la vida, lanzarían explosivos a la Junta de Gobierno, que volaría por los aires, al mismo tiempo que en varios cuarteles del país, núcleos juramentados de oficiales tomarían el mando y abrirían las puertas a las brigadas armadas de AD y otras agrupaciones amigas. El éxito parecía seguro.

Franklin, ¿tú estuviste metido en ese atentado criminal?

Cástor me explicó que mi tarea era la más sencilla: llevar unos cuantos explosivos, de ese tipo que llaman niple, como refuerzo, al paseo Colón. En la noche del 11 cargué con unos ocho niples que me dieron y los llevé a la casa de Constance. A ella le había explicado el asunto y le pedí que lo único que haríamos sería llevar los niples al paseo y entregarlos a la brigada de Cástor, ya dispuesta a irrumpir en el lugar. Mi llegada al sitio estaría sincronizada con él por medio de un *walkie-talkie*, pero además, la radio iba a trasmitir el acto. Como yo no tenía automóvil, montamos los niples en el Oldsmobile 1950 hidromático de Constance. Ella estaba un poco nerviosa pero yo la alenté, le di coraje, somos jóvenes, le dije. Arrancamos en el momento convenido, bajamos por la avenida Los Jabillos hasta llegar a la calle Real de Sabana Grande, donde cruzamos a la derecha para ir directo al Paseo Colón, por lo que es hoy la Gran Avenida. Sin embargo, no habíamos avanzado 200 metros cuando notamos una enorme movilización policial y vimos desde lejos, a la altura de la esquina de la avenida Las Acacias, una alcabala de soldados fuertemente armados. No podíamos seguir. —¡Devuélvete!, le grité a Constance, ella pisó el acelerador y enfilamos hacia el este, directo hacia Chacaíto. Sonaron unos disparos, y oímos cerca la sirena de una camioneta. —¡Acelera!, grité. Pasamos la plaza Bolívar de Chacao y cuando llegamos a la plaza Altamira, notamos un gentío. Constance gritó: «—¡Nos van a agarrar!». Era la aglomeración de vecinos en la plaza escuchando música trasmitida a todo volumen por los altoparlantes por ser el concierto acostumbrado de los días de fiesta. —¡Dobla a la izquierda!, le grité. Casi atropellamos a unas personas, pero eso fue nuestra salvación, porque ya sentimos que nadie nos perseguía. Es probable que nuestros perseguidores, si existieron, se quedaron atascados en la plaza Altamira. Más tranquilos, doblamos a la derecha a la altura de la 1ª transversal, y seguimos rumbo a Los Dos Caminos. De ahí nos dirigimos a Los Chorros hacia la 5ª transversal, cerca de Montecristo, en busca de un pequeño edificio donde Constance tenía su taller de diseño, compartido con la oficina de su marido. Dejamos el auto en el estacionamiento y procedimos a desempacar los niples, y los metimos en unos portaplanos cilíndricos, y todo lo revolvimos, junto con dos escopetas, entre closets, archivadores, reglas en T, y armarios. Allí, el Oldsmobile tuvo varios meses «enfriándose». Incluso, tuve la idea de cambiarle las placas de matriculación, cuando Constance me dijo que todavía no había normalizado los papeles de propiedad. Fui en busca del «catire» Cabrera, todo un personaje de los bajos fondos, dedicado a la legalización de autos robados o de dudosa propiedad. Lo encontré en su oficina en la calle principal del Prado de María, adornada sus paredes con las fotos de su padre, el famoso Isidoro Cabrera, montado en el pescante de su coche Victoria de dos caballos, ocupado por dos o tres alegres trasnochadores, y le conté el apuro. Cobró Bs. 500 y a los pocos días el Oldsmobile de Constance ya no podría ser localizado con facilidad.

Pero, Franklin, ese atentado fue un fracaso total.

Total, teniente. La gente del aparato armado estaba eufórica por el éxito alcanzado meses atrás, en julio, al lograr la fuga de Alberto Carnevali del Puesto de Socorro, en la esquina de Salas, adonde había sido trasladado desde la cárcel Modelo. En dos platos, un par de médicos simpatizantes que trabajaban en el puesto entrenan a un militante para que simule un fuerte dolor abdominal, de modo que ellos puedan hospitalizarlo de emergencia para operarlo de una supuesta apendicitis. Otra militante le pasa un revólver al hospitalizado y éste, ya en cama, le comunica a Carnevali que pronto llegará un comando a rescatarlo. Otra enfermera le abre una puerta trasera al grupo de activistas, quienes someten a dos vigilantes de la Seguridad Nacional y cargan con Carnevali, todavía en piyamas. El rescate resulta tan impecable que hasta los dos espías apresados fueron liberados en el acto en un lugar retirado y obsequiados con cinco bolívares para que pudieran tomar un transporte y volver a sus casas. Ya en su puesto, Carnevali toma las riendas de un movimiento mucho más ambicioso, es decir, el alzamiento de varias instalaciones militares, con el apoyo de las brigadas armadas de AD y simpatizantes, más un golpe de gracia: aniquilar a la Junta de Gobierno a punta de dinamita. El comando de la acción es casi el mismo. El día: 12 de octubre. El estallido en unos cuarteles va a comenzar con el acto magistral de hacer volar por los aires al trío gobernante. Días antes, un grupo de obreros, entre los cuales se cuentan tres o cuatro jardineros del paseo Colón, abren hoyos en el suelo para enterrar minas explosivas, y los cubren con césped, regado a menudo. El artífice de las bombas es un anarquista franco-catalán, de quien se dice tuteaba al legendario Buenaventura Durruti en los tiempos de la guerra civil española. Huraño, malhumorado, usando a menudo la interjección «¡Me cago en Dios!», sea con alegría, sea con reprobación, monta varios niples y minas en una casa situada en un recodo de la avenida principal de Maripérez, habitada por un chofer de autobuses, buen militante de AD, y su esposa. Había que ver a los complotados cómo sudaban serruchando los tubos de niple, para que la explosión los convirtiera en una nube mortífera de trozos de acero. Así confeccionados, los explosivos eran embalados en cajas de jugo Yukery, para llevarlos a un depósito ultrasecreto, a fin de abastecer a los grupos que actuarían en el paseo Colón, y en Catia, El Guarataro, Petare, La Pastora, y al pie de la torre de trasmisión de Radio Caracas en la carretera de El Valle. Precisamente, el día antes, dos combatientes fueron a la casa que servía de fábrica en Maripérez y cuando uno de ellos manipulaba un niple, el artefacto estalló, y por simpatía estallaron otros más. En el acto, murió destrozado uno de ellos, el otro resultó muy herido, y también cayeron sangrando el chofer y su mujer. Los tres heridos fueron llevados al Puesto de Socorro, allí los curaron como pudieron, pero fueron reconocidos por la policía y conducidos a prisión. Los esbirros de la SN llegaron pronto a la casa, se percataron al instante de la causa de la explosión, y lograron apoderarse de papeles y libretas con nombres, direcciones e instrucciones. Un grupo armado que ya disponía de explosivos, disimulados éstos como ramos de flores y que iba a entrar al sitio donde la Junta depositaría su ofrenda, no pudieron superar el cerco. Una mujer, muy arriesgada, que iba a lanzar un ramo de flores con explosivos desde el balcón del segundo piso del edificio que hacia esquina cerca de la plaza, se equivocó, no activó la espoleta y el ramo fue recibido con amabilidad por uno de los guardaespaldas del trío. Lo que esperaba a los detenidos fue horroroso. Las torturas a latigazos, electricidad, sentadas en bloques de hielo y paradas en el filo del rin con los pies desnudos, arrojaron diversas delaciones, de modo que todo el plan subversivo fue yugulado.

¿Y qué pasó con la acción de los militares?

Peor. Al quedar abortado lo del Paseo Colón, los comprometidos quedaron paralizados, sobre todo en Maracay. Sin embargo, nueve días después, cadetes de la Escuela de Formación de Oficiales de la Guardia Nacional se alzan, toman el cuartel de Villa Zoila, y se aprestan a recibir el refuerzo de activistas concentrados en el barrio cercano del cerro Buenos Aires. Para nada, porque el movimiento ya estaba delatado y Villa Zoila se convirtió en una trampa donde caen decenas de complotados. Igual quedaron paralizados los comprometidos en el cuartel Bermúdez, situado en La Planta, lo cual produjo la detención del grupo civil que ya concentrado en Puente de Hierro y que al tratar de dispersarse buscó huir por el techo del edificio de la concesionaria de los automóviles Dodge, con tan mala suerte que el tejado se vino abajo y cayeron todos al suelo, donde los esperaba la policía. Un desastre completo, teniente.

Toma en cuenta, Franklin, que ya en ese momento el jefe de la Seguridad Nacional era Pedro Estrada. La fuga de Carnevali determinó la destitución, por incompetente, del anterior director, Jorge Maldonado Parilli. Y te digo que mi General, al conocer los detalles de aquella fuga y de la subversión del Día de la Raza, se encabronó tanto que juró liquidar a sus adversarios comprometidos allí. En la lista cupieron Leonardo Ruiz Pineda, Alberto Carnevali, Luis Hurtado Higuera, Salom Meza, Carlos Behrens, Luis Hurtado Higuera, León Droz Blanco, Cástor Nieves Ríos, Cosme Damián Peña... Pocos se salvaron de esa condena a muerte.

Yo salvé el pellejo, teniente, aunque no estaba en realidad comprometido a fondo. Ni a mí ni a Constance nos pasó nada. Nuestra zozobra duró hasta dos meses después de aquel día, cuando juzgamos que ya no habría problema en botar los niples que habíamos guardado. Nos montamos un día en el Ford de su marido y nos fuimos al Litoral. Cuando llegamos a las curvas de la carretera entre Los Caracas y Todasana, donde la vía sube por un estrecho terreno cortado a pico, el mar abajo agitado con olas que se estrellan sobre rocas y farallones, nos detuvimos, sacamos la carga, bajamos por la pendiente y la lanzamos a las olas que batían con fuerza en el lugar. Ya en el auto, nos miramos a la cara, contentos, y nos abrazamos. Ella acunó su cara en mi hombro. Pasamos así unos segundos muy largos. Yo volví su rostro hacia mí, le aparté el cabello de la frente y la besé. Sentí sus labios húmedos, tiernos, sus mejillas encendidas. Ella me abrazó con más fuerza, temblaba y, de repente, se replegó en su asiento, inclinó la cabeza sobre el volante y la rodeó con sus brazos.

—¡No puedo! —dijo— ¡No puedo!

Empezó a llorar. Yo... yo traté de...

Franklin, por favor, calla. Mejor escucha el disco que ha puesto Pragedes.

—Es la *Sinfonía de las Canciones Tristes*, de Gorécki— informa Pragedes.

XIX

Ars honeste petandi in societate

Te confieso, Franklin, que mi General, ya ascendido a coronel, no lucía preocupado por la proximidad de las elecciones, cantadas como la solución final en cada discurso del presidente de la Junta. En esos menesteres, intervenía muy poco. Decía que la oposición estaba acorralada, casi destruida, que los partidos legales no movilizaban masas de consideración, y que la obra realizada desde 1948 rendiría sus frutos en las urnas. A quienes criticaban la endeblez del partido oficial organizado a la carrera, el FEI (Fuerza Electoral Independiente), y su línea de acción basada, según la oposición y algunos timoratos cercanos, en el cohecho y la domesticación de los empleados públicos, replicaba que las planchas del oficialismo a la Asamblea Constituyente ya tenían asegurados más de un millón de votos. Nunca se preocupó por pulsar el ánimo de la opinión pública y jamás se le vio discursear en ningún mitin electoral.

—No soy candidato. Yo soy militar; no voto —decía.

Las medidas represivas del gobierno, según él, jugaban en dos direcciones. Atemorizaban a los opositores, y alimentaban la desconfianza en una solución del conflicto por la vía electoral. La insurrección de los campesinos en la colonia agrícola de Turén en septiembre de 1952, con la prisión de numerosas personas y la muerte de su promotor, el dirigente comunista Rufino Mendoza; el alzamiento del capitán Juan Bautista Rojas en Maturín el mes siguiente; la muerte a balazos en la calle del máximo dirigente de AD, Ruiz Pineda, a pocas semanas del acto electoral; el envío de más de 400 presos políticos en tres lotes a la isla inhóspita de Guasina, en el delta del río Orinoco; la apertura de una nueva cárcel de reclusión de desafectos al régimen, en Ciudad Bolívar, iban a contracorriente de la vía electoral y convencían a muchos ciudadanos de la inutilidad de sufragar. Lo que le ponía de mal humor a veces era la manera tan desabrida como hacía su campaña el FEI, unas veces montando en la tarima del mitin a la cantante Magdalena Sánchez con sus mismos joropos de siempre, los mismos gritos de ¡viva el FEI, viva la Junta, vivan los militares!, la misma masa traída de diferentes localidades como lo ponían de manifiesto las cartulinas que agitaban con los nombres de Guasdualito, Tucupita, Irapa, no importa que el acto tuviera lugar en Valencia o en Barquisimeto; los mismos autobuses de transporte, y si era él o la Junta quienes visitaban el lugar, el mismo programa protocolar de saludos de las autoridades, empujones de los guardaespaldas y brindis en el Concejo o en el grupo escolar. Era un ventajismo ñoño.

—¡Son unos chambones!— decía.

De todas maneras, para él la última palabra la había dicho el jefe de la Seguridad Nacional, Pedro Estrada:

—Mi coronel, nuestros cálculos apuntan a un 70% de votos, contra 15% para URD y 10% para Copei. Duerma tranquilo, ni podemos ni debemos dejar caer este país en manos extremistas.

Y, con todo eso, teniente, el gobierno perdió las elecciones. ¡Qué derrota tan apabullante! Yo fui a votar en la escuela «Federico Quirós» de Catia. No había mucha gente.

Los que votaban lo hacían con rapidez y salían callados. Con quienes hablé se mostraron escépticos unos, indiferentes otros. Los optimistas afirmaban que posiblemente en Caracas la oposición obtendría una buena votación. Al día siguiente, era lunes 1° de diciembre, la gente fue a su trabajo, pero noté que en la plaza Bolívar, en la plaza Miranda, y por los lados del teatro Municipal, se formaban grupos comentando las elecciones, pero en voz baja, y al rato cada quien seguía su camino. En el bar al lado del cine Principal, los rostros eran más alegres. «—Parece que estamos ganando», dijo alguien. Con dos o tres conocidos, nos fuimos entonces a la sede de URD. El local, un caserón entre las esquinas de Toro y Pineda, estaba lleno, ardía de entusiasmo. Sin embargo, al rato, varios urredistas dieron la orden de desalojar la casa y que sólo debían quedarse los dirigentes nacionales del partido, los miembros del Directorio Regional y alguno que otro activista conocido, porque la situación estaba muy delicada, el gobierno estaba regando la voz de que la votación de URD provenía de los partidos disueltos AD y PCV, y que por eso era necesario evitar provocaciones. Vicente Piñate, sindicalista, me dijo que me fuera y, si era posible, que buscara ya un escondite. El cambio experimentado por el dirigente sindical era de banda a banda: temprano había dicho que tendría que comprarse unos zapatos negros de charol para ir a la Constituyente. Durante las horas que estuve allí no vi a ningún alto dirigente, ni siquiera a Jóvito Villalba. Me enteré luego que era en la casa de Jóvito donde se veían los de la plana mayor del partido.

Tonto, Franklin. Ya en la misma noche del domingo, los miembros del Consejo Electoral, con sus técnicos asesores, sabían que la tendencia de los primeros resultados (700.000 votos para URD, 400.000 para el FEI y 200.000 para Copei), era irreversible. Mi General quedó helado. El teléfono repicaba una y otra vez. Llamaba Llovera Páez y preguntaba qué se iba a hacer. Llamaba el comandante Casanova, igual. Y así, muchos oficiales.

El momento estaba muy confuso, teniente. Después de deambular por varios lugares, y hablar con algunos amigos y conocidos, creí que no era conveniente dormir en casa y fui a buscar algún sitio que no estuviera lejos del centro. Me encaminé a la calle entre Camino Nuevo y Quebrada y paré en la barbería de Justino Palma, un comunista que, como todo barbero, convertía el arte de cortar el pelo en un prolongado monólogo sobre cosas de este y el otro mundo, que vertía sobre el cliente. En su cotidiana chercha, se acercaba tanto al oído del afeitado que mucho de los pelos que cortaba su tijera se incrustaban en la piel de su nariz y pómulos, y allí formaban una pelusa, lo que comunicaba a su rostro cierto parecido a la faz del hombre lobo de las películas de Lon Chaney. Por supuesto, su tema preferido del día era el de las elecciones, y las cifras que daba, aunque favorecían a URD, eran de una exactitud que lo ponía a uno a dudar. Le pedí ayuda a Justino, y me dijo que podía dormir en la habitación que tenía en una casa de vecindad cercana. La fachada de la casa, sin ventanas, no tenía color definido por la mugre que la cubría. Adentro, el local era un solo patio alargado, cruzado por varias cuerdas de las que pendían prendas de vestir recién lavadas; a cada lado había pequeñas habitaciones, y al final, unas cuantas bateas para lavar la ropa, y dos habitáculos con paredes de planchas de zinc que servían de excusados. Entré en el cuarto Nº 7, de Justino. Una bombilla de 40W colgaba del techo de caña amarga, y de muebles sólo se veían una cama vuelta un desorden, una mesita de noche con un pequeño radio Philco, y una silla desfondada. En el suelo, tendí una colchoneta que me facilitó el barbero. Allí estuve hasta el martes 2. Salí a la calle cuando de modo casual, encendí la radio y escuché, para mi sorpresa porque no lo esperaba en aquel tugurio, una música que me gustaba mucho, el *Réquiem* de Mozart. Intrigado, cambié de estación, Radiodifusora Venezuela, La Voz de la Patria, pero todas trasmitían la misma pieza. ¡Cadena radial! ¡«Música de velorio»! ¡Golpe de estado a la vista!

Irritado hasta el paroxismo de la ira, en mangas de camisa, los ojos rojísimos, mi jefe me pidió a gritos:

—¡Teniente, llame a los del Consejo Electoral para que me expliquen la tendencia que están tomando los resultados electorales, vaya rápido!

Quedó convencido así de lo inesperado. Rodeado de sus íntimos compañeros de armas, le exigió al director del Consejo que modificara los cómputos a la mano. El director se negó.

—¡Entonces, nos tiramos por la calle del medio! Que renuncie la Junta.

—Sí, mi coronel— asintieron los comandantes.

—Que el Alto Mando se reúna y nombre un ejecutivo provisional.

—¡A usted, mi coronel!— dijeron todos.

Desorbitado, mi General ordenó que partieran emisarios a todas las guarniciones del país para cuadrar la obediencia militar, y pidió a Vallenilla que redactara los decretos correspondientes, a ser publicados de inmediato en la *Gaceta Oficial.*

Fui al bar del cine Principal y hablé con el amigo Piñate. Me contó que en la noche del 30 celebraron el triunfo en la casa de Jóvito. Muy interesado en todo lo que estaba pasando, allí llegó Tomás Enrique Carrillo.

—¿Jóvito, qué vas a hacer ahora?— preguntó Carrillo.

—Haré gobierno. Tengo información de que hay un grupo de oficiales que quieren aceptar los verdaderos resultados de las elecciones, pero están contra la pared. ¿Por qué no vas tú, Tomás Enrique, a hablar con Marcos?

—¿Pero, qué le digo? Porque o llegas a un arreglo con él, o apelas al pueblo.

Jóvito sale para la casa de Miguel Otero Silva, en San Bernardino; lo acompaña Carrillo B., y dos copartidarios suyos. Estos dos se oponen a la entrevista pensada, porque cualquier conversación con el gobierno daría la impresión de una abdicación. Pero, Carrillo B. está muy ganado para emprender la tarea de tender un puente entre los dos bandos. Estando en su casa en La Castellana, lo llama por teléfono la señora Berta de Fuentes, esposa del coronel Hugo Fuentes: «—Te paso a Hugo», y éste le hace saber que el jefe está dispuesto a hablar con él. Carrillo se encamina al ministerio de la Defensa, en La Planicie. Se tropieza con enorme cantidad de oficiales que colma, bajando y subiendo, la escalera de caracol que va al despacho del ministro de la Defensa. Allí, Carrillo se encuentra con Hugo Fuentes y le adelanta a éste su proposición: que se forme una junta de civiles y militares, que se ordene un reconteo de los votos, y se aclare que no habrá represalias contra nadie, no importa quién sea el ganador. Fuentes anuncia que Carrillo ha llegado.

—Doctor, no esperábamos esto. Estamos frente a una traición. Creo que dentro del gobierno hay un sector que me ha estado engañando. Yo no puedo entregarles el país a los comunistas. Allá Jóvito, que ha pactado con ellos.

—Pero, coronel, hable con Jóvito, es posible que...

—¡No! Nunca caeré en esa humillación. Para ser franco, amigo Carrillo, le informo que ya el doctor Vallenilla Lanz tiene redactado el decreto que elimina a la Junta de Gobierno y crea otro gobierno provisional.

Carrillo no se da por vencido y sale a hablar con Rafael Caldera. Sí, dice éste, hablará con Jóvito para lograr una posición común. Y salen los tres a emprender nuevas conversaciones en busca de una solución más adecuada a los resultados de la consulta electoral. Ya es tarde. En horas de la madrugada, el jefe ha dado su aprobación a todo el plan: disuelta la Junta de Gobierno, nombrado él como presidente provisional, acomodo de los resultados electorales para que URD y Copei queden en minoría, y así poder reunir la Asamblea Constituyente. Y en el paroxismo de sus decisiones apremiantes, le grita a Vallenilla Lanz:

—Doctor Vallenilla, díctele a uno de sus secretarios un telegrama de suma urgencia dirigido a Jóvito o a la plana mayor de URD, donde les diga, sin ninguna clase de remilgos, que a mí no me dice nada ni el más detallado desmentido que él y su partido ofrezcan, así tenga el tamaño de esas verdades que «no admiten réplica ni disputa». La certeza más sólida está a la vista, y es el apoyo franco y directo que los partidos clandestinos adeco y comunista les han dado, votando con la tarjeta amarilla. Y agregue que ni ahora ni nunca la institución armada admitirá que por simples acuerdos torvos y siniestros se le arrastre por el suelo. Y si no entienden esto, dígales que enrollen su triunfo electoral y se lo metan por el culo, ¡carajo!

Yo me fui para la plaza Bolívar y de allí a los alrededores de El Silencio. Los militantes de AD y del PCV habían recibido la directiva de formar grupos de agitación con la consigna de «Todo el poder a la Constituyente legítima». Empezamos a regar volantes impresos y a pintar las paredes llamando a un paro. Pronto, llegaron varios piquetes policiales, tiraron bombas lacrimógenas, repartieron peinillazos en abundancia y, cuando se vieron dos o tres veces rebasados por la multitud, apelaron a los disparos de sus fusiles FN-30. Muy cerca de mí, cerca del Bloque 4 de El Silencio, cayó herido el militante comunista Félix Castillo. Llegó muerto al Puesto de Socorro. La desbandada fue inevitable. Cada quien agarró un rumbo distinto, siempre gritando vivas a la Constituyente, a URD, a Copei, y mueras al régimen. Temprano en la mañana siguiente, acudí al entierro de Castillo, velado en su casa en el barrio El Guarataro. Cuando caminaba por la avenida San Martín, rumbo a la placita de Palo Grande, me encontré con un dirigente de apellido Saltrón, que caminaba a toda prisa, con un grueso maletín bajo el brazo.

—El gobierno se tambalea —me dijo—. Hay un grueso sector del ejército que no acepta el fraude. Sus jefes tienen muchos problemas y han metido la pata con su intemperancia. Las fuerzas democráticas pueden hacer retroceder a la reacción, si se unen. La clase obrera impondrá su decisión. Agita, Franklin, agita y llama con fuerza a la lucha. Estas horas son decisivas.

Vamos, le dije entusiasmado, pero me respondió que tenía que hacer unos cobros y que más tarde se incorporaría en su barrio de El Valle. No volvió a aparecer. Cuando llegué a la placita, el ataúd venía saliendo de la casa donde fue velado. El grupo de unas 30 o 40 personas gritaba y repartía papeles. Alguien subió a un banco y empezó a decir un discurso. En eso, llegó la policía, tuvimos que dispersarnos. La urna del combatiente Castillo quedó en la calle, tirada, sola, con el amargo silencio proyectando hacia todos los rumbos la impotencia de los débiles. La recogieron sus familiares y la metieron en el carro fúnebre, rumbo a Tierra de Jugo. Y a todas estas, teniente, ¿qué hizo Germán Suárez Flamerich?

El hombre de paja se descompuso en mil filamentos. Si tenía vergüenza, debió ver con infinita amargura cómo sus frases pomposas sobre su promoción incesante del veredicto electoral resultaron un chasco. Él dijo a ciertos amigos, años más tarde, de regreso de Europa y dedicado a su bufete, que al ver la alteración de los resultados electorales presentó su renuncia. Fue un gesto sin valor, si lo hubo, porque ya mi General lo había decidido así, y Llovera Páez le informó al propio Suárez que la disolución de la Junta era un hecho. Pero, don Germán se deja ver las costuras cuando afirmó que recibió un proyecto de manifiesto de renuncia de los miembros de la Junta, dirigido a las guarniciones del país, y le hizo varias observaciones que no supo si las incluyeron o no en el documento. Su íntimo enemigo, el doctor Vallenilla, explicó después que una de sus modificaciones era una simple sutileza, es decir, cambiar donde decía «genuinos representantes de la Fuerzas Armadas» por «autorizados representantes de las Fuerzas Armadas». Agrega Vallenilla que Suárez firmó luego de un breve forcejeo, después de aclararle lo que dicen los modernos pensadores alemanes, es decir, gobierna quien puede gobernar, quien dispone de los atributos del mando, y punto. Entre tanto, mi General seguía anudando los cabos de la operación que lo llevó a ser Presidente provisional. Nombró un nuevo gabinete, casi el anterior. Se reservó el ministerio de la Defensa y le dijo a Vallenilla: «—Si usted quiere, nómbrese ministro de Relaciones Interiores». Ni siquiera miró a Miguel Moreno, quien llegó pisando pasito, ahora que no existía su cargo de secretario de la Junta, y salió tan rápido como entró, temeroso de recibir un puñetazo de Pedro Estrada, quien lo venía acusando de ciertos mimos con el extremismo. Radiadas varias proclamas y enviados a la *Gaceta Oficial* los decretos que legalizaban la situación, mi General partió a su casa con un reducido grupo de amigos. Allí brindaron con champaña. Partieron los mensajeros a las guarniciones. De los cuarteles llegaron noticias alentadoras. Otros mensajeros, con más tacto, comenzaban a acercarse a los candidatos de las planchas de URD y Copei que podían ser juramentados como diputados según las cuentas del nuevo Consejo Electoral, reformado a los trancazos. Algunos dejaron sus escrúpulos a un lado y aceptaron la oferta. Otros, vacilaron y, al llegar a Caracas, se asustaron cuando recibieron múltiples llamadas telefónicas acusándolos de traidores, y regresaron a sus estados. Los más, se escondieron o negaron su incómoda comparecencia. Era menester, de todas maneras, alcanzar el quórum reglamentario para poder instalar la Asamblea Constituyente. No sé a quién se le ocurrió la idea, pero la maniobra estaba colgando en la atmósfera de esos días, ya habiéndose reunido el sacro colegio del alto mando militar. La manera de conocer hasta dónde llegaba la decisión muy firme de los dirigentes de URD, e incluso los de Copei, de no aceptar el fraude bajo ninguna circunstancia, descansaba en una posible entrevista con ellos, en especial con Jóvito Villalba. Mi General se acercó a Vallenilla Lanz y le dijo:

—Doctor Vallenilla, a usted le toca como Ministro de Relaciones Interiores que es, conversar con los dirigentes de la oposición que concurrieron a las elecciones y explicarles la situación. Debe usted apreciar en esas entrevistas cuál es la dimensión de su rechazo a los resultados anunciados ya oficialmente por el Consejo Electoral, y si permitirán que los candidatos de sus planchas que hayan salido favorecidos con el voto se incorporen a sus labores en la Constituyente.

Vallenilla llama por teléfono a Villalba y a Caldera. Después de varios intentos, le comunica al jefe que Jóvito Villalba y la dirección nacional de URD acudirán a su despacho en el Capitolio. Yo no sé si el doctor Vallenilla Lanz dice la verdad pero le confesó después a varios de sus amigos que a las 3 de la tarde de ese día martes 16 de diciembre, su jefe le dijo que de fuentes muy serias había sido informado que URD tramaba una conspiración con oficiales y civiles descontentos y que, por lo tanto él, que estaba muy escarmentado con la postergación de sus aspiraciones en 1945, en 1948 y en 1950 en aras de una salida consensuada para formar el ejecutivo, ahora no iba a vacilar en la toma de medidas, aunque fuesen extremas, para atender los deseos de sus compañeros de armas. Por lo tanto, le comunicaba que había dado órdenes para que los asistentes a la entrevista fuesen detenidos y expulsados del país en el acto, sin mayores explicaciones.

—Pero, Presidente —dijo Vallenilla— Jóvito y cinco dirigentes más de URD llegan dentro de una hora a mi despacho. Van a creer que les he montado una celada.

—Cumpla usted con su papel, doctor.

El despacho ministerial, situado en el ala noroeste del Capitolio, está a media luz, aunque los rayos del sol poniente bañan buena parte del mobiliario. Hace calor, funciona mal el aire acondicionado. Con su bonhomía característica, Vallenilla recibe a Jóvito y a sus acompañantes.

—¿Ignacio Luis?, ¿dónde está Ignacio Luis?— pregunta.

—Ya viene, está hablando con un cliente que llegó a su bufete y fueron a almorzar al «Ritz».

—¿Qué quieren?, ¿café?, ¿refrescos?

—Una cerveza— pide Luis Hernández Solís.

La conversación resulta pesada. Jóvito, con su dialéctica característica, analiza la situación y concluye que son ellos los que ganaron las elecciones y el gobierno debe someterse al veredicto popular. Vallenilla contesta con varias frases hechas, trata de lanzar un chiste, para sus adentros piensa: «—Me mortifica lo que va a suceder». La tenida llega a un punto muerto. No hay acuerdo. Jóvito y sus compañeros se levantan de sus butacones. Vallenilla lamenta la falta de sintonía. Al salir por una de las puertas de la fachada norte y todavía sin traspasar las estatuas de las cariátides, sucede lo insólito: unos agentes de la Seguridad Nacional los invitan a subir a unas camionetas oficiales para trasladarlos a un local de la SN.

—De aquí los llevaremos al aeropuerto. Vuelan a Panamá— les dice el inspector Miguel Silvio Sanz con gentileza innecesaria.

De nada valen las protestas. Quieren llamar a sus familiares, quieren llevarse ropa, dinero, pasta de dientes, máquina de afeitar, tantas cosas menudas indispensables.

Nada. La ambrosía de la victoria del voto fue un ramalazo fugaz, que apenas dejó en los labios un picor desagradable. Van rumbo a un destierro de más de cinco años.

TERCERA PARTE

XX

Lourdaudus, De vita e honestate braguardorum

—¿Dónde estabas? ¡Te llamé veinte veces! ¡Qué cosa tan terrible lo que ha pasado! ¿O no?

Constance me recibe, engripada, con varios libros en la mesa, que tratan de experiencias de cancerosos. Me aturde a preguntas. Fui a su casa la víspera de Navidad. Le expliqué como pude lo que sabía del nuevo golpe de Estado y la situación de desamparo en que habían quedado muchos de mis amigos. Ella conocía a varios de ellos. Acogió con tristeza mis noticias, y no pude encontrar respuestas a sus preguntas:

—¿Y ahora qué?, ¿te vas a esconder?, ¿podrá hacerse algo?

Noté enseguida que las malas nuevas y mi regreso en forma tan desalentadora y con mi ánimo casi por el suelo, a pesar de unos amagos de optimismo que naufragaban en medio de mis gestos alicaídos por la pesadumbre, que incluso se reflejaba en el traje ajado que llevaba, cayeron muy mal en su salud de por sí precaria, sobre todo en su carácter, ahora gris, opacado. En los primeros días del nuevo año, volvió a la letanía de sus dolencias, y yo a escucharla con preocupada atención, aunque disimulada con risas, y diciendo para mis adentros que lo de ella era peor que lo que sufría el país. ¿Mentía yo, acaso por quererla?

—Franklin, a pesar de mi apariencia, no tengo mentalidad de enferma. No es cierto que el enfermo se aferre incondicionalmente a la vida. Para los anarquistas, la vida es una culpa. Para mí, la vida es un fastidio, si no la disfrutamos a plenitud.

Yo le respondo: —Todos somos ordinarios. Buscamos, unos más, otros menos, otra cosa. Lo extraordinario, para ti, ¿no será el amor?, ¿cuáles son tus miedos?, ¿no le tienes miedo al deterioro? Constance me responde:

—Mis expectativas son éstas: 1: un deseo enorme de armonía; 2: un proyecto económico, tengo muchas deudas; 3: una relación más espiritual y madura con mis hijos y, te sorprenderá, una relación serena con Henri Laforge; 4: sentir que estoy viviendo; 5: cambiar, pero no con el significado de romper con la rutina, sino con la necesidad de profundizar el pensamiento de lo que uno debe ser. Es que la enfermedad me dejó un mejor sentido de mi individualidad, de ser sincera conmigo, decir: «—Sí, sí puedo. No, no puedo». O sea, no ser simplemente complaciente. ¿Cuáles son mis miedos?: el deterioro mental y la incapacidad física. No tengo miedo a la soledad, aunque sentí miedo a la soledad durante los primeros tiempos de mi enfermedad, porque por más rodeado que tú estés, te sientes terriblemente solo. Estar solo es un sentimiento impar. Muy diferente de lo que se llama falta de comunicación. En el momento en que tú estás solo, el universo se disuelve para ti. Tengo miedo a la frustración. Franklin, tú eres solo. ¿Quién hace algo por ti? Nadie, porque no tienes quien te afirme en tu yo propio.

Constance me dice que quiere escribir, pero su máquina se ha caído al suelo, ha recibido un golpe tremendo, se le ha partido el cabezal de plástico de la tecla de deslizamiento rápido del carro, y tiene zafado un pedazo de la tecla del margen. Yo le ayudo a repararla, aunque no del todo. Pienso, entonces, en la herida profunda que ha desajustado su vida. Veo que poco a poco, se difunde en ella el miedo, algo de parálisis. Intelectualmente, sigue muy viva, pero la destrucción violenta de parte de su cuerpo se va extendiendo a su yo afectivo. La atrapa un temor interior, un vacío, una indiferencia terrible que si no se detiene cubrirá toda su alma. La escucho con honestidad, con tranquilidad, y me asaltan con fuerza los deseos de identificarme y sublimarme dentro de ella. Dialogo con ella por medio de una conducta que refleja una oferta y una búsqueda. ¿Me entenderá? ¿Sabrá lo que ella significa para mí? Mi ansiedad me hace levantarme de mi asiento, trato de marcharme, vuelvo a sentarme. La oigo:

—Franklin, por Dios, ayudémonos. Dime qué puedo hacer, y no te alejes, ésta es tu casa.

Tomo el último trago, le pido un café con el cognac acostumbrado y salgo a la calle, un tanto esperanzado. ¿No oyes, teniente, esa música que ha puesto Pragedes?

—Es *Francesca da Rimini*, de Tchaikovsky— dice Pragedes.

XXI

Las pedorretas de los bulistas, copistas, escribientes, abreviadores, refrendarios y datarios

¡Qué impresionante la velocidad con que mi General es promovido a las más altas cumbres del poder civil! Los compañeros de uniforme lo nombran Presidente Provisional, los sabios togados y diplomados reunidos en la Asamblea Constituyente le dan el espaldarazo legal a esa presidencia provisional y, a renglón seguido, lo coronan como Presidente Constitucional de la República de Venezuela. ¡Tres saltos gigantescos en cuatro meses y medio! Ninguno hipó, a nadie le tembló el pulso, ni uno solo trastabilló al impulsar con la potencia de unos animales de tiro esa carrera alocada, en esa ascensión vertiginosa.

Te advierto, teniente, que tal hazaña es la audacia deslizándose con facilidad sobre la política concebida como una porquería.

No soy tan enfático, Franklin. Lo que pasa es que la política no tiene normas, carece de leyes, depende con frecuencia de los caprichos o del ojo avizor del líder. En cambio, la vida militar tiene sus reglamentos muy precisos. Mi General tuvo en esta ocasión, a partir de abril de 1953, que esperar un año más para ascender a general de brigada. Y creo, aquí entre nos, que fue el momento en que sintiose más satisfecho, más realizado, más a tono con su recia personalidad. Y tuvo que esperar tres años más para ascender a general de división. Quiere decir que transcurrieron 24 años de su egreso de la Escuela Militar para llegar a esa cumbre del generalato. En cambio, con apenas tres años trajinando en la política, era ya copresidente de Venezuela, y si le sumas cuatro años más, ya es el primer magistrado nacional. La política es una aventura, Franklin. La milicia es un monumento.

Si tú lo dices.

Sí, señor. Estoy viendo cómo en la ocasión anduvieron las botas de siete leguas. Me imagino a don Laureano en su despacho, paladeando un buen trago de whisky con soda y hielo, servido en vaso largo. Se asoma a la ventana y ve las marquesinas de los cines Ayacucho y Continental. Todo está tranquilo. Piensa: «—Sin derramar sangre, con unas pocas medidas, hemos torcido el rumbo de la historia y evitado una catástrofe». Su pecho se expande. De pronto, suena el teléfono. Lo llaman de Miraflores. Allá va.

—Don Laureano. Aquí están el doctor Ricardo González, el doctor Luis Acosta Rodríguez, y el doctor J.A. Cova. Los tres son tus amigos, sobre ellos hemos conversado en varias ocasiones y sabes su dedicación a las buenas causas. He querido que hablemos hoy acerca de los trabajos de la Asamblea Constituyente. Ya les he informado los detalles de tu incansable y valiosa labor en lograr el número suficiente de diputados para formar el quórum reglamentario, en vista de lo accidentado del proceso de contabilización de los votos, y de la defección de los electos en las planchas de URD y Copei, no todos, porque se ha podido formar una fracción minoritaria no oficialista, gracias a la incorporación de algunos que no han acatado la línea del boicot, hecho que tiene su interés porque en el extranjero esa noticia tiene su efecto favorable, y aquí en el país sirve para contrarrestar la sarta de denuestos de los extremistas y sus aliados contra la Asamblea. El doctor González me ha tenido al tanto de los debates allá, pero quiero que conversemos sobre algo que me parece fundamental. En general, no tengo nada que objetar al articulado que ha venido aprobándose. La experiencia de ustedes ha sido muy valiosa y vamos a tener una Constitución clara, moderna, digna de la etapa que vivimos. Ahora bien, al aprobarse la constitución, ¿tenemos que ir de nuevo a unas elecciones para elegir al presidente constitucional (yo soy apenas provisional, como me tituló la Asamblea en enero) y a renovar, asimismo, todo ese andamiaje de órganos del poder público, desde el congreso hasta el más lejano concejo municipal? ¿Hay que meterse otra vez en ese zaperoco de estatuto electoral, consejo electoral, planchas de candidatos y no sé qué otras cosas más? Con toda franqueza y a calzón quitado les digo: yo no voy a enredarme otra vez en ese revoltijo que tanto me desagrada. Señores, hay que ser sinceros, el 2 de diciembre de 1952 ha nacido una nueva Venezuela; la Constitución que aprueben será muy bonita, la disfrutarán a plenitud las nuevas generaciones, pero hoy hay que poner los pies en la tierra y la tarea de primer orden es conferirle ya, en este momento y con fuerza, el piso firme institucional al mandato de las fuerzas armadas y a la aspiración de las mentes más honestas del país que, sin tapujos, han pedido la conducción del país por una mano fuerte, ésta que les muestro, con toda sinceridad y desde lo más profundo de mi alma.

El grueso cortinaje escarlata del despacho presidencial se mueve con suavidad por la brisa que a las cuatro de la tarde sopla desde la sabana de Catia. La ligera luz de los candelabros con sus volutas de latón siempre brillantes por el constante restregar de la gamuza, comunica al recinto una atmósfera de gravedad. Las palabras de mi General entran en sintonía con el encierro palaciego de aquellos cinco personajes. Don Laureano ya sabía lo que iba a decir mi General: lo habían conversado varias veces. Ricardo González, satisfecho con el elogio que le correspondía por su labor de presidir las sesiones de la Asamblea, movía afirmativamente la cabeza. Su figura era más bien atlética, y sus modales sueltos lo hacían aparecer más como un *dandy* que como presidente de un parlamento. Dirigía sin apremio las sesiones de la Asamblea y tomaba su cargo con seriedad pero sin ínfulas de querer convertirse en una celebridad.

—Estoy de acuerdo —dijo— y creo que hay la disposición de mis colegas de cámara de poner firmes los pies en la tierra, como usted dice.

Calló, y no volvió a hablar. El académico Acosta Rodríguez, confiado en la buena impresión que causó en diciembre la edición de su monumental obra histórica y su valerosa actitud al aplaudir la decisión del Consejo Electoral al anunciar los nuevos cómputos que cambiaban de manera radical los resultados de las elecciones del 30 de noviembre, habló de la importancia de dotar al país de una moderna constitución que restableciera el estado de Derecho. Su cabeza encanecida, sus lentes colgando en el lomo de la nariz, su espalda encorvada por el incesante buceo que a diario hacía en archivos e infolios, la punta de su pañuelo de batista con encajes asomando en el bolsillo delantero de la chaqueta, suscitaban respeto y atención:

—En las circunstancias actuales —dijo— yo evoco la figura del insigne jurisconsulto y maestro mío, el doctor Luis Gerónimo Pietri, quien siempre tuvo como norte en su cargo ministerial la búsqueda del equilibrio para conducir al país por los mejores caminos, a contrapelo de aquellos sectores conocidos por su exaltación y sus miras ambiciosas que tratan de ensuciar las aguas y alterar la paz. El texto constitucional que se discute debe reflejar las más sanas intenciones de quienes abogan por una patria generosa y soberana. En tal sentido, todo lo que tienda de buenas maneras a esa perspectiva merecerá mi humilde apoyo.

Don Laureano estiró sus piernas, hundió más su humanidad en la cómoda poltrona estilo Luis XV, dirigió una mirada de picardía a sus colegas y se disponía a decir algo cuando fue interrumpido por un uniformado que traía café y galletas. El momento lo aprovechó J.A. Cova para ponerse de pie, dio unos pasos, y con sus pulgares halando de las sisas del chaleco, lanzó en tono solemne una perorata para recordar su obra plasmada en los diversos textos escolares de historia y, repitió, como si estuviera leyéndolos, algunos pasajes de sus libros dedicados a exaltar la primera constitución fundacional de 1811, las ideas constitucionales del Padre Libertador y la magna obra de la Federación que era la ley fundamental de 1864. Parece que no llegó a aterrizar en la materia actual.

—Señores —dijo Vallenilla Lanz— Como abogado y ministro de Relaciones Interiores, estoy muy agradecido por sus palabras. El Presidente quiere someter a la consideración de la Asamblea, por vuestro intermedio, claro está, una idea que sabrán ustedes darle la redacción más adecuada de acuerdo con la hermenéutica parlamentaria, y que consiste en lo siguiente: la Asamblea, como poder constituyente que es, puede aprobar, como única y excepcional provisión, a modo precautelativo —dotada como está de una amplia facultad legitimadora, y en vista de la reciente y accidentada consulta electoral que ha provocado mucha fatiga en la población, a punto de agudizarse si la nueva Constitución la llama a otra inmediata consulta ante la exigencia de superar la provisionalidad que hoy tienen todos los órganos públicos— puede aprobar, repito, una cláusula mediante la cual elige al Presidente Constitucional de la República por el periodo 1953-1958, y también a los diputados y senadores del Congreso de la República por el mismo periodo, y asimismo, a los miembros de la Corte Federal y la Corte de Casación, al Contralor de la Nación, al Subcontralor, al Procurador de la Nación, a los miembros de las Asambleas Legislativas de los estados, y a los ediles de los Concejos Municipales. ¿Qué constitucionalista, por más docto que sea, puede objetar semejante cláusula, excepcionalmente transitoria?

González, Acosta y Cova se miraron a las caras y luego de varios segundos en que pensaron cómo era que iban a nombrar a más de 12.000 representantes, entre ediles de los municipios, diputados legislativos estadales, y parlamentarios nacionales sin conocer siquiera sus nombres, exclamaron, casi al unísono:

—¡Todo sea por el bien de la patria!

Complacido, mi General expresó su satisfacción y agrado por las expresiones de los invitados, y agregó:

—Queda un último punto, señores, y es que a mi parecer también deben encararse los peligros que nos acechan, especialmente en lo que respecta a la máxima magistratura que yo represento. Contra mí se ha desatado una infame campaña de descrédito que ha llegado hasta el exabrupto de proclamar mi liquidación física. Ya son dos los atentados contra mi vida, felizmente conjurados por nuestros servicios de seguridad, uno en Plan de Manzano y el otro en el Paseo Colón. Se preparan otros más. Además, vean ustedes el clima de agitación que promueven los extremistas, ahora que han tomado como campo de batalla la universidad. Yo les ruego que promuevan en la Asamblea una disposición transitoria que limite el capítulo tan hermoso de las garantías constitucionales. Les pido que, entretanto se redacta la legislación anunciada en el capítulo sobre garantías individuales, continúen vigentes y en pleno vigor las disposiciones restrictivas aprobadas por el Gobierno Provisorio y se me autorice a tomar las medidas que juzgue convenientes a la preservación en toda forma de la seguridad de la nación, la conservación de la paz social y el mantenimiento del orden público.

En ese momento, un oficial de la secretaría irrumpe en el salón y se dirige a mi General: «—Lo llaman por teléfono, es urgente». Sale el Presidente y don Laureano, solo con sus tres amigos, les dice, para animar el momento:

—Es justa la preocupación del Presidente. Las mías son de otro humor, un reflejo vamos a llamar anecdótico de lo que debe soportar un alto funcionario público en un país en el que siempre ha predominado, como decía mi padre, el concepto de los ideólogos de la Revolución Francesa según el cual los pueblos pueden lograr su transformación a *coup de décrets.*

Animándose por el vaso largo de whisky con hielo y soda que le trajo, a pedido suyo, el camarero de palacio, quien repartió igual bebida al presidente de la Asamblea, y café negro a Acosta y a Cova, prosiguió:

—Es lamentable que uno tenga que dedicar buena parte de su tiempo a resistir el acoso de tanto pedigüeño y amigote. ¡Cuántas solicitudes de recomendación me piden personas que quieren recibir un contrato del ministerio de Obras Públicas, del Instituto de Obras Sanitarias, de la Gobernación del Distrito Federal, etc., etc.! Un sacerdote me ha dicho que soñó que la Virgen del Valle lo había hecho obispo, por lo que acudía a mí para hacer realidad la mariana unción. Amigos me dicen con mucha seriedad que se ofrecen al régimen para servirlo en una embajada, o como gobernador, o diputado o senador, no importa. Innumerables son las llamadas telefónicas de amigos o conocidos, incluso a medianoche, para que yo les solucione el problema de un choque de su automóvil, de una retención de maletas cargadas de compras en la aduana de Maiquetía, de la necesidad que tienen de recibir lo más pronto posible el certificado de solvencia del impuesto sobre la renta. Hay quienes se quejan ante mí del proceder de un funcionario al que califican de adeco para halagarme, o que hablan mal del trato de un ministro o un director de este mismo gobierno para adularme, diciendo que yo sí estoy con «ellos», es decir, con «el pueblo». De todos modos, no falta quien, ante mi respuesta negativa a su petición sin asidero, me califica de presuntuoso, uno más a quien se le han subido los humos a la cabeza.

—Muy cierto —terció J.A. Cova—. Tuve un altercado con un profesor, cuyo nombre me reservo, que basándose en la exaltación que hace el régimen de los valores de la nacionalidad, me acusó con duras palabras de cierta tendencia que vio en mis textos para las escuelas primarias, inclinada hacia la glorificación de la conquista española. Hasta insultó, sin venir a cuento, a mi familia. Ante la injuria, no pude sino responderle, salvando a medias mi condición de académico: «—¡El coño de tu Susana Fontanarrosa!»

La puerta del despacho presidencial se abrió de golpe y apareció mi General (todavía era coronel, Franklin).

—Ya se los había comentado —dijo—. Acaba de informarme el jefe de la Seguridad Nacional que lograron localizar a uno de los oficiales traidores a su cuerpo, el teniente Wilfrido

Omaña, alzado el año pasado en la base aérea de Boca del Río. Se le conminó, cerca de la plaza de Las Tres Gracias, a entregarse, pero hizo resistencia. En el tiroteo cayó muerto, y en el automóvil que lo transportaba se encontraron numerosos documentos y planes de nuevos atentados contra el gobierno.

Los invitados se ponen de pie, salen y al llegar a la Prevención ya la oscuridad de la noche se los ha tragado.

XXII

El guiso de los santurrones

Son las 7:30 am. Un Cadillac negro se detiene ante la quinta presidencial en el callejón Sanabria de El Paraíso, en realidad un conjunto de tres edificaciones de varios pisos, mezcla de barroco, rococó, colonial y modernismo, con torres semialmenadas y terrazas y ventanas al estilo de Frank Lloyd Wright. Dando el acostumbrado portazo, se apea Pedro Estrada para cumplir su rutinaria e inmancable rendición diaria de cuentas a mi General. Espigado, de contextura fuerte, cabello negro muy bien peinado con gel de brillantina, anteojos «Ray-ban» oscuros, nariz aguileña y mentón pronunciado, irradia una impresión de elegancia, aunque la severidad de las líneas de sus labios lo asemejan, según sus detractores, a esos jefes de mafias, con traje de rayas, chaleco y saco cruzado de seis botones que abundan en las películas de Hollywood. Hoy le lleva a mi General un informe que es un tesoro: acaban de detener al prófugo Alberto Carnevali, el más encumbrado e inteligente líder del clandestino partido «Acción Democrática».

Fue un golpe durísimo a la resistencia, teniente. ¡Caramba!, el acoso desplegado por la Seguridad Nacional contra la subversión se hizo cada vez más cerrado y persistente. Eran las instrucciones precisas de tu general de no dar cuartel a los que intentaban derrocarlo, o matarlo. «—A esa izquierda forajida hay que aplicarle todo el peso de la represión, sin ningún miramiento, don Pedro», insistía, cuando la migraña lo ponía de un humor de perros, ¿no es así? Ya mataron a Leonardo Ruiz Pineda, a Cástor Nieves Ríos, a Wilfrido Omaña. La SN disponía de muchos recursos para cumplir tal misión, pero también estaban a su favor las no escasas delaciones de militantes poco preparados y, ¡qué torta, Dios mío! la alegría con que muchas veces se organizaron acciones de calle o reuniones clandestinas. La caída de Alberto Carnevali es un ejemplo de la ligereza en el trabajo insurreccional. A este dirigente, con mucha pasta de líder, intelectual y político sagaz, había que cuidarlo y rodearlo de un aparato de seguridad en extremo blindado, porque era el sucesor del asesinado Ruiz Pineda, la cifra más valiosa de AD después de Rómulo Betancourt. Acababa de fugarse de manera espectacular del puesto asistencial adonde lo habían trasladado, y lo buscaban hasta por debajo de las piedras. Figúrate, teniente, que yo, que no era militante ni de AD ni del PCV, ni de URD ni de Copei, pero que colaboraba con ellos como simpatizante, estando en una de esas fiestecitas que hacíamos con un tocadiscos, varias cajas de cerveza, y la entrada a Bs. 5, en algún barrio de la capital para recaudar algún dinero destinado a imprimir propaganda clandestina, un amigo adeco me invitó a una reunión —un pleno de activistas, como lo llamaban— en una casa preparada a ese efecto, a la que asistiría nada menos que Alberto Carnevali. «—Te recojo en la esquina de Velásquez», me dijo. Con los tragos, olvidé la invitación. Menos mal, porque aquella plenaria, convocada de esa manera, llegó a oídos de los sabuesos del régimen. Un cerco de más 40 esbirros se hartaron de disparar, capturar y golpear a los ingenuos concurrentes, salvo unos cuantos que brincaron por los techos de las casas vecinas. La nueva captura de Carnevali fue su sentencia de muerte. A los pocos meses, moría en la Penitenciaría de San Juan de los

Morros, aquejado de un cáncer que ni siquiera fue tratado con algún calmante.

Tienes razón, Franklin. La SN acumuló muchos méritos en su lucha contra la subversión y fue el escudo imbatible tras del cual quedó guarecido mi General. Pero, no actuaba con un plan científico o criminalístico, ¿se dice así? No eran detectives, sino matones, lo confieso. Para que te des cuenta del porqué de esta actuación tan desequilibrada, brutal y epiléptica, que de todos modos infundía terror, pero dejaba muchos flancos abiertos a sus enemigos, te voy a contar cómo estaba organizada. No sé si mi General sabía tales detalles, lo que le interesaba eran los resultados, y cada preso, cada baja en las filas opositoras lo celebraba, y pedía más. Su confianza absoluta en Pedro Estrada desde que lo nombró en 1951, lo conducía a ese control matutino que, con las arepas y los huevos revueltos, le disparaban el ánimo para todo el día. Al decidirse una operación de localización de un foco insurreccional, o de captura con o sin liquidación del capturado, la Inspectoría General de los Servicios de la SN escogía el personal de agentes más adecuado a ese efecto. La lista pasaba a Pedro Estrada, quien daba su aprobación. De allí, iba a la Dirección de Personal para dotar a los agentes de la documentación necesaria para su camuflaje (cédula de identidad, pasaporte si la misión era en el extranjero, y cualquier otro papel que ayudara al despiste de su labor cuando esta acción encubierta lo requiriese). Luego, ocurría una sesión de entrenamiento, desde el encubrimiento para la observación, seguimiento, escucha, fotografía, hasta el entrenamiento en practicar capturas, secuestro rápido, tiro con silenciador o mira telescópica, golpizas, palizas, choque provocado de vehículos, y liquidación rápida del enemigo. Personalmente, Pedro Estrada insistía mucho en el control de la correspondencia en todas las oficinas de correos, para lo cual se importó de Francia un dispositivo refinado de irradiación de calor para abrir las cartas; y también era cuidadoso el entrenamiento de manera persistente de un grupo de élite, a semejanza de los cuerpos especiales de policías como el FBI. En esa macolla se hicieron famosos José Mercedes Polachini, Manuel Delgado (a) «El Mocho», José Hernández Sandoval (a) «El Loco», Luis Enrique Torres (a) «Torrecito», Braulio Barreto (a) «Barretico», Gregorio González Gómez (a) «El Alcatraz», Vicente Ferrer Borges (a) «El Indio», Jesús Manuel González Pacheco (a) «Pachequito».

¿Por qué tantos diminutivos, teniente?

No sé, Franklin. A lo mejor, una evasión ante tamaña monstruosidad encerrada. O la consabida chanza del venezolano para aniñar o disminuir al amigo, o al otro. Pero, oye lo que sucedió con la operación de la SN destinada a liquidar al teniente León Droz Blanco. Formada la brigada especial, Pedro Estrada los convoca a su casa en El Paraíso. Les comunica que deben acometer una tarea muy especial en el extranjero; más tarde sabrán el lugar exacto; no deben comunicarse con sus familiares; recibirán documentación de identidad falsa; se les prohíbe usar sus nombres verdaderos y mucho menos decir que son miembros de la SN en caso de ser detenidos o interrogados allá. Estrada está desayunándose, le sirve una criada alemana, no está su esposa, Mercedes Mujica, ni los dos hijos, porque están peleados y ella se ha ido a vivir con su madre. Termina de comer, enciende un Partagás, se toma un café negro, y sigue explicando la misión. El blanco es un activista adeco llamado Droz Blanco. Tiene que desaparecer del mapa.

—¿Matarlo?— pregunta Barretico.

—Es un acto de justicia —responde Estrada.

Los conjurados reciben $3.000 como viático. Salen de Maiquetía en un vuelo de PanAm a Ciudad Trujillo, y se hospedan en el hotel Lincoln. Allí, reciben una llamada, no saben de quién, pero es de control. Cada uno va armado con una pistola Lugger, metida en su cartuchera-sobaquera. Hay otra llamada, la recibe Barretico, no le gusta el tono, informa que viene alguien. En efecto, a las pocas horas, llega alguien, no da su nombre, deja un sobre con instrucciones, y vuelve a la mañana siguiente, esta vez montado en un lujoso Chrysler Imperial 5ª Rueda. Dice que al llegar a Barranquilla deben empezar por el consabido castigo a un activista sindical adeco de segunda categoría, y da su nombre. Vuelan, entonces, a Bogotá y de aquí a Barranquilla donde se hospedan en el hotel Astoria. Comienzan a vigilar al activista, y también a otro líder que lo acompaña. Ambos tuvieron que ver algo en el criminal atentado contra mi General en el paseo Colón. Entre tanto, la SN ha recibido el pitazo de una mujer: «—Droz Blanco acaba de llegar a Barranquilla, estaba en Curazao». El grupo se reúne, por primera vez, con el cónsul venezolano, quien los esperaba montado en un Oldsmobile, en la avenida 20 de Julio con calle Medellín, y les dice que Droz llegará pronto a la casa Nº 42-62 de esa avenida. Dada la certidumbre de la noticia de la ubicación de Droz, caen por sorpresa en Barranquilla, con la tarea de fiscalizar y reforzar la acción, el renombrado bachiller Luis Rafael Castro, del cogollo de la SN, y el jefe de la SN en Maracaibo. El grupo ejecutor, mientras tanto, ha salido a beber y a putear al bar arrabalero «El Pénjamo». Al regresar al hotel, en la madrugada, les espera una llamada de larga distancia. ¿Qué pasa? Temen algo. Barretico toma el teléfono:

—¿Quién habla?

—Tú sabes —le responden—. Al mediodía, tienes que estar en La Fundación (un lugar no tan cercano). Alquila un aerotaxi de ida y vuelta; el bachiller Castro ha llegado de Caracas y te espera, que te acompañe uno solo, traigan sus maletas.

Barretico queda sorprendido. Seguro que lo castigarán por la parranda, lo enviarán a las colonias móviles de El Dorado, o lo confinarán a un pueblito sin nombre. ¿Lo matarán en un accidente automovilístico simulado? Nada de eso. Respira, es que ha habido un cambio, ya aquel activista no interesa, le dice Castro, quien interesa es Droz.

—Tomen el coupé DeVille amarillo y negro —les explica Castro—, hagan una ronda permanente en esa dirección, ubiquen bien la casa, y ejecuten. En caso de salida de urgencia, cuenten con una avioneta Piper, que ha suministrado un alto ejecutivo de la línea aérea TACA, aparcada en el viejo aeropuerto de Avianca.

La noche del 10 de junio de 1954, pasa un Dodge azul con cuatro hombres a bordo, dos se bajan y dos siguen hasta unos 50 metros más allá, bajan del Dodge y se esconden. Los dos primeros esperan que salga Droz, lo siguen en un corto trayecto y le disparan dos tiros. Misión cumplida. El sinvergüenza de Barretico describió así el momento:

—Tras el chasquido sordo, las carnes se hunden, se expanden y se dilatan, dejando la huella maltrecha pero tangible. Las balas se introducen sin prisa y seguras en la humanidad de la víctima, destrozando las vísceras que les permitan el paso.

Un verdadero muérgano, teniente. Por una delación, también montaron el aparataje para matar a Antonio Pinto Salinas, cuando éste sucede en el mando al fallecido Carnevali. Un militante de la base adeca entrega a la SN la ruta que tomará Pinto para ir del oriente del país a Güiria y de allí dirigirse a Trinidad y luego a Costa Rica a una reunión de alto nivel de AD donde se fijaría la estrategia futura ante los golpes recibidos. Con datos tan valiosos, lo detienen en Santa María de Ipire y lo ametrallan en un recodo de la carretera cerca de San Juan de los Morros. No hay duda de que estos asesinatos amedrentaron a la población y generaron desconsuelo y a veces desaliento y desmoralización entre los activos opositores al régimen. Yo recuerdo a muchos de los prisioneros que salieron del campo de Guasina cuando se decretó su clausura en vísperas de las elecciones de 1952: macilentos, temerosos, intimidados, esquivos. Tito, zapatero, un activista comunista de El Cementerio, fingía estar ciego y salía a la calle únicamente acompañado por una de sus hijas. El simpático «Parrita», técnico de sonido de Radio Continente, hacía ahora su larga caminata diaria desde La Puerta de Caracas hasta la emisora, con la cabeza gacha y sin hablarle a nadie. El panadero Casanova, recluido en su habitación de la casa de vecindad cerca de Puente Miraflores, en el hueso, agonizando de una leucemia. Gregorio, el enamoradizo de antes, del barrio El Manicomio, tosiendo sangre, con una cáncer avanzado del pulmón.

—Les voy a poner una musiquita de piano, *Petite musique de clown triste*, de Satie—dice Pragedes.

De todos modos, Franklin, no vayas a creer esas estupideces que se dicen de mi General, que le gustaba ver las torturas, y de Pedro Estrada, que las gozaba más si las contemplaba vestido de smoking.

Teniente, por favor, no te pongas lírico. Ellos eran los principales responsables de aquel terror.

Bueno, no me creas, pero quienes eran los directos ejecutores de las peores torturas y suplicios practicados por la SN son conocidos de sobra: el «Negro» Sanz, Ulises Ortega y el «Bachiller» Castro. Ellos, en persona, idearon y practicaron lo que en verdad fueron crímenes. Ellos se prostituyeron hasta la más abominable sevicia, muchas veces innecesaria. Y desbordaron todos los límites, hasta atropellar incluso a gente que no tenía que ver nada con la subversión. Ahí está el ejemplo de la muerte de Genaro Salinas.

¿Quién?

Genaro Salinas, el popular cantante romántico (*Mis noches sin ti*, *Espérame...*) de los años 50, a quien llamaban

«La Voz de Oro de México». Era natural de Tampico y empezó a sonar cuando ya estaban en el estrellato Juan Arvizu, Alfonso Ortiz Tirado, y con ellos Pedro Vargas, Jorge Negrete, y Néstor Mesta Chaires. Salinas estaba casado con la cantante chilena Elena Torterolo, cuyo seudónimo artístico era María Elena Toledo, la célebre «Malena», como la inmortalizó el tango de Lucio Demare y Homero Manzi. La conoció Salinas en La Habana en una de sus giras a Cuba. Con su pareja viajó a Buenos Aires y fui allí donde él conoció a Zoe Ducós, entonces una estrella de película, quien estaba casada con el director de cine José María Fernández Unsain. Fue cuando empezó el romance, según dicen, entre Genaro y Zoe. Ya divorciada, ella viajó a Caracas hacia 1952 y pronto alcanzó los honores de una diva, primero en el teatro, donde debutó interpretando el papel de Linda, en el Municipal, en la obra, *La muerte de un viajante*, de Arthur Miller, y luego en la televisión, justo a partir del inicio de este medio en 1953. Tuvo una relación muy íntima con el galán Héctor Hernández Vera, con quien formó pareja imprescindible en los culebrones de la época. Nadie sabe cómo, pero todo el mundo quedó sorprendido cuando Zoe se casó, en 1955 con el «Negro» Sanz, con su piel de chocolate. Ciertamente, una mujer rubia, alta, elegante, educada, actriz de quilates, contrae matrimonio con uno de los más temibles capos de la SN, obeso, vulgar, fumador empedernido de largos tabacos traídos especialmente para él desde Cuba, bebedor ansioso de whisky, y poseedor de la fama de presenciar la tortura de los presos más codiciados del régimen, hasta el punto de quemar con el cabo de su habano las partes más sensibles del cuerpo del preso, cuando éste no aflojaba la confesión que se le pedía. ¿Cómo era posible que aquel matón, grandulón, consabido aficionado a saltar de una puta en otra, se deshiciera en amapuches, remilgos y besuqueaderas, incluso en público, con aquella beldad de 25 años, delicada, lejanamente parecida a Greta Garbo, una beldad, no hay que negarlo? ¡Hasta él le decía, con el acaramelamiento más cursi, «mi cuchicuchi», y ella le respondía, derretida, «mi cuchicuchi»!

¡El poder, teniente, el poder! Ese que pervierte, que corrompe, mientras más poderoso y absoluto es, como dicen los filósofos.

¿Tanto así? El drama se instala cuando Genaro Salinas, agotada su actuación de primera fila en Buenos Aires, viaja a Venezuela. Es su tercera gira en el país. Lo contrata Radio Caracas, tiene un relativo éxito en el programa "La media jarra Caracas", auspiciado por una cerveza, junto con la orquesta de Luis Alfonso Larrain. En el sur había conocido a Zoe, y entre los dos hubo la consabida empatía que surge en el campo de las luminarias de la farándula. ¿Estuvieron enamorados? Es posible, aunque el Genaro que llega a Venezuela no es el mismo, vive una hora menguada, ha perdido la tersura de su voz, bebe demasiado. De todas maneras, en momentos en que su mente es dominada por la ilusión de su lustre ahora marchito, intenta cortejar a la Ducós. ¿Simples requiebros?

Teniente, el comadreo, cuando se desata, es implacable. «—Sé de buena tinta...», comenta alguien. «—Según un chisme de primera lengua...», dice otro.

Es verdad. El runrún llega a oídos del «Negro» Sanz, quien se transforma de inmediato en un Otelo elevado a la segunda potencia.

Sin embargo, teniente, su víctima no será Zoe, sino el filistrín de Genaro. Para el ignaro Sanz, su Desdémona-Cuchicuchi vivirá, pero su Yago-Genaro morirá, una trasposición venezolana en sintonía con los tiempos de dictadura.

La cosa fue grave, Franklin. Se dice que, en la noche del 27 de abril de 1957, unos cuantos agentes de la SN se apostaron en el Paseo Los Ilustres, cerca de la iglesia de San Pedro, es decir, en lo alto del túnel en que termina la avenida

Victoria, a la espera del cantante que iría a su casa, es decir, a la habitación que le había concedido a título provisional una amiga cantante, en el cercano edificio San Bosco. Cuando lo vieron, le cayeron encima con violencia, lo apalearon y lo lanzaron a la avenida Victoria, al tiempo que un automóvil pasaba a gran velocidad. El vehículo le trituró huesos y vísceras, y siguió de largo. En la mañana del 28 apareció el cuerpo en un gran charco de sangre, aunque todavía vivo. El sagaz reportero policial de *El Nacional*, Ezequiel Díaz Silva, testificó, años después, con su acostumbrada truculencia, que el anatomopatólogo de guardia le dijo: «—Tú habrás visto un perro muerto en la calle, triturado una y otra vez por varios carros. Así estaba ese hombre. Es increíble que llegara al Puesto de Socorro de Salas todavía con vida. Murió a las dos o tres horas». El entierro contó con una enorme asistencia, y cargaron la urna varios artistas, entre ellos Alfredo Sadel, Olga Teresa Machado, Charlo y su esposa Sabina Olmos, Mario Suárez, América Alonso, Jorge Reyes. Malena llegó de Buenos Aires, para llevarse el cadáver de Salinas a Argentina y enterrarlo en el panteón de los artistas, del cementerio La Chacarita. Zoe siguió amando a su Sanz después de haber sido éste detenido y enjuiciado al ser derrocado el gobierno. Él murió en 1972. En cambio, Zoe abandonó el país, regresó más tarde, volvió a actuar en televisión, se casó por tercera vez, ahora con el director de cine Carlos Stevani, y acaba de morir de Alzheimer, en el Instituto Geriátrico de Colinas de Bello Monte, Caracas.

Teniente, ¿por qué Sanz le decía cuchicuchi a Zoe?

Cuchicuchi es un monito de ojos grandes y pelambre gris café, casi color castaño, muy suave al tacto; es juguetón. Será por eso.

¿Y Zoe a Sanz «mi corazón de oro»?

¡Uuuhm!

XXIII

El guisote de los oradores perpetuos

Entre dos algarrobos pequeños resalta una bromelia. La roseta de sus hojas semeja un abanico de puntas de lanzas que alberga en su seno las flores de un blanco impactante, agrupadas como una diadema de muy añeja casa real. Es un toque exquisito en medio del tiempo gris que pesa sobre la ciudad. Cruzo el jardín y llamo a la puerta. Hace meses que no veo a Constance. Ha mejorado su salud, ha vuelto Henri a la casa. «—¡Hola!», «—¡Hola!». Ella disimula sus dolencias que se arrastran en tono menor, yo oculto mi desazón ante mi vida que ha entrado en un hueco donde no hay perspectivas de progreso, de estudio, de nada.

—¿Un café?

—Un café.

—¿Un *Napoleon*?

—Un *Napoleon.*

Casi como un escape, empezamos a tocar el tema de la situación del país, es un escape para ella no hablar de su salud, y para mí que no quiero hablar de nuestra relación, pero no es un escape completo, porque la desazón se nos viene encima al notar las desgracias de gente conocida, de gente que se ha ido al exterior, de gente que no ves y sospechas que está presa. Lo que hacemos ahora es un rodeo, visto el clima imperante. Nos hemos acercado a los grupos de intelectuales no contaminados por la aclamación. Tratamos de estimular en algunas barriadas la formación de grupos artísticos, bien sea de teatro o de música, y muy en secreto repartimos esporádicamente alguna propaganda clandestina o pintamos a medianoche consignas en las paredes. Sentados a la mesa junto a la terraza, damos los toques finales a nuestra participación como colaboradores en un acto cultural que va a realizarse al final de la calle 9 de Los Jardines de El Valle. Esta vez cuéntase con la presentación de unos títeres y una sesión de aprendizaje a cargo de unas muchachas expertas en técnicas de confección de tarjetas de Navidad y de felicitaciones de cumpleaños o para el día de la madre y así, junto con el uso de pinceles, telas, acuarelas, óleos para aquellos interesados en los primeros rudimentos del arte de pintar. Actuarán en rol estelar dos personajes que son los caballitos de batalla en estos menesteres a los que nos dedicamos, dado el clima que los políticos llaman «de reflujo», Luis Luksic y León Levy, «Las cuatro L», como los apodábamos. Luis Luksic, pintor, escritor, poeta, cuentacuentos, titiritero, era un boliviano de Potosí que de repente apareció en Caracas cuando tenía unos 40 años. Era hijo de una croata de nombre Antonia Luksic, que se había casado en Bolivia con un abogado canario llamado Isidoro Betancourt. Fue un casamiento mal avenido; Antonia terminó por repudiar a Isidoro, harta de él, y juró que el apellido de su hijo no sería Betancourt sino Luksic, y Luis lo usó para siempre. Él vivió un tiempo en Chile y pronto se hizo marxista revolucionario. En Bolivia se casó, hacia 1940, con Paz Nery Nava, una destacada educadora y poeta. Cuatro años duró la unión. Luksic se casa poco después con la venezolana Gladys Guevara, y con ella milita en el Partido de la Izquierda Revolucionaria (PIR). Viaja por Europa, exhibe su pintura en París en la *Maison de l'Amérique Latine,* y recala en Venezuela, donde vivirá unos 40 años, hasta su muerte. Luis Luksic era alto, gordo, encorvado, de hablar pausado, sin tragarse las eses, pero con el típico sonsonete del indio boliviano. Con el tiempo se dejó crecer la barba y entonces parecía un oso, de andar torpe. Vivía al día, sin importarle las remuneraciones que recibía o no, por sus trabajos tan disímiles como ilustrador, artista de marionetas, narrador de cuentos, y hasta pintor de brocha gorda, que así debería llamarse su oficio de cubrir las marquesinas de los cines con las figuras de las estrellas de Hollywood que fielmente reproducía con la ayuda de un proyector. Es que su vida era una eterna contradicción: purista, infantil, iluso, educador, y conspirador, limosnero, librepensador, existencialista. Él mismo se calificaba en estos versos suyos:

Soy el «con su música a otra parte»,
soy un fantoche, soy una alpargata,
soy un violín roto, un marco
de cuadro viejo. Soy la telaraña
de cuervos de mi pecho.

Yo me quedaba pasmado cuando lo iba a buscar para uno de aquellos actos en los barrios, al ver su apartamento en un edificio cerca de la plaza de La Concordia: penumbroso, completo desorden de sus prendas de vestir, bocetos de cuadros, y fotografías por todos lados de su esposa Gladys desnuda, pues le servía de modelo para sus óleos. Con ella tuvo un hijo, pero más tarde se separaron. Varias veces retornó a Bolivia, y en una de ésas se casó otra vez, ahora con Josefina Vera. Tuvieron una niña. Tan disparatado como él, era León Levy. Nacido en 1924, en San José de Río Chico, pequeña población en el corazón de Barlovento, tierra del cacao y de los negros descendientes de los esclavos africanos de la época colonial, era hijo de Alfonso Levy y Estrella Salama, ambos de origen sirio o marroquí, no sé. Fue poeta, humorista, periodista, artista plástico, diagramador, ilustrador y también político marxista. Su imaginación era más que fecunda, y en su boca afloraba a cada rato el chiste oportuno, la comparación más insólita por su ridiculez o contrahechura. Su infancia es recordada en su pueblo natal por las travesuras que hacía (meterle a las gallinas un triquitraque por el culo, prender con un gancho un fustán con otro de las ancianas en las procesiones de Semana Santa...). De esa época datan sus pullas contra uno de sus blancos preferidos: los curas. Cuando el padre Ibarreña visitó San José en solicitud de contribuciones económicas para la iglesia, fue tan tenaz su apelación al bolsillo de los lugareños que Levy escribió:

En estos días
vino el Padre Ibarreña
y se quedó el pueblo
sin una peseta.

Su padre quiso que fuera herrero, de modo que aprendió a hacer ollas de cobre, frenos para cabalgaduras, y rejas para almacenes. Sabía empavonar pistolas y revólveres. Un día, marchó a Barquisimeto y allí hizo liga con los más revoltosos estudiantes liceístas. Fundó un periódico, *El Pirata de los Siete Mares*, sufrió persecuciones. Viajó a Bogotá y se incorporó a los trabajos de preparación de un congreso estudiantil latinoamericano, que sesionaría paralelo a la IX Conferencia de Cancilleres Americanos y como gesto de protesta antiimperialista. En esos días asesinaron a Jorge Eliécer Gaitán y se produjo el estallido popular del «Bogotazo». León Levy se echó a la calle también, y con su compañero el Ché Fernández se dirigen al Parque Santander, al hotel donde estaba hospedado el joven Fidel Castro, presidente del comité organizador del mencionado congreso. Lo despiertan, y juntos se encaminan a la sede del diario *El Tiempo.* Fidel se asoma al balcón que da a la Séptima Avenida y arenga a la multitud. León Levy está detrás de él, y contaba luego a sus amigos que empujaba al cubano para que su discurso fuese mucho más incendiario. De nuevo en Caracas, se incorporó a la lucha contra la recién instaurada dictadura militar. Nos ayudaba mucho con su genio de pintor e ilustrador. Se dedicó a lo que artistas más puristas llamaban el arte panfletario coloreado, pues tomaba las hojas de puertas y ventanas escacharradas que adquiría en depósitos de demoliciones y allí volcaba su

les podría ver el hueso, pero en sus planes no estaba previsto el montaje de una corte exquisita de plumas de valía. Al parecer, se contentaba con las alabanzas gruesas y despulidas de uno que otro escritor o artista ramplón, anclado en despreciables letanías sin brillo. ¿Hizo algo para evitar que el premio nacional de literatura, por ejemplo, recayera en escritores no afectos al régimen como Carlos Augusto León, en 1949, Juan Liscano en 1951, Mariano Picón Salas en 1954, Arturo Uslar Pietri en 1954, Miguel Otero Silva en 1956, Juan Beroes en 1957? El marxista hasta los tuétanos César Rengifo monta su magnífico mural inspirado en la leyenda de Amalivaca en uno de los pasillos del Centro Simón Bolívar, que es una de las construcciones emblemáticas de aquella época. En 1954 y 1957 la concha acústica de Colinas de Bello Monte en Caracas se llena de bote en bote por un público extasiado ante el programa de primera categoría del Festival de Música Latinoamericana sin importarle mucho la presencia de tu general, quien incluso acude a la fiesta correspondiente en la preciosa quinta del organizador del Festival, el doctor Inocente Palacios. Parecida tónica blanda se nota en artes plásticas, teatro, danza, cine. Hubo debates donde la voz oficial estuvo ausente y, en cambio, afloraba la postura disidente. De repente, de todas maneras, estallaba un conflicto, y surgía el grupo de agentes grises, con sombrero hasta las cejas, corbata que parecía estrangularlos, ademanes groseros, pistola disimulada en el sobaco, que disolvía la reunión y apresaba a algunos. Aunque a veces eran los opositores los que irrumpían a sabotear el acto oficialista en el terreno propicio de galerías, museos y universidades. Fue lo que sucedió cuando llegó a Caracas una misión de poetas españoles, en su gira latinoamericana bajo los auspicios del gobierno franquista. Un recital con ellos fue organizado por una institución que olía a cosa rancia, el Hogar Americano. Abrió el acto la presidenta de dicha sociedad, Mérida Valera, matrona de unos

55 años, pechugona, cabellera ensortijada teñida de un amarillo subido, lentes con lágrimas de vidrio colgantes. Presentó a los bardos Luis Rosales, Leopoldo Panero, Agustín Foxá y Antonio Zubiarre, pero cuando el primero de los nombrados comenzó a hablar, se produjo un apagón, y una lluvia de tomates y huevos podridos cayeron sobre ellos. Nadie esperaba tal arremetida, y la concurrencia se dispersó. Los cuatro poetas salieron muy bien escoltados hacia su guarida en el hotel Waldorf y no volvieron a presentarse en público. Los saboteadores abandonaron el local a la carrera, y sólo uno de ellos fue apresado, el joven poeta Carlos Gottberg. Quedamos contentos con el resultado, y mucho más Constance. Ella vio todo como espectadora, no podía arriesgarse más.

Fue una acción bizarra, Franklin, pero demasiado agresiva. Te lo digo porque tengo entendido que dos de esos poetas formaron parte de la gira más por cobardía que por convencimiento. Me refiero a Rosales y Panero, porque antes de estallar la guerra civil formaban parte de la crema de la poesía española, y por eso se les ve en un acto de aquellos años cordializando con Vicente Alexandre, Miguel Hernández, José Bergamín, Pedro Salinas, María Zambrano y Gerardo Diego... y Pablo Neruda. Como ves, muy conocidos, y nada franquistas. Es más, después de la muerte de Franco, ellos dos gozaron de la llamada reconciliación.

Claro, tú no estabas de este lado, teniente, pero a nosotros nos lució como un acción muy justa, sobre todo porque, en su conjunto, aquellos años de dictadura abundaban en sucesos y golpes desmoralizadores. Yo viví muy de cerca la tragedia de Homero Llanos. Él, que ya era un abogado, servía a su movimiento en tareas alejadas por completo de su profesión. Una de ellas fue alquilar una casa en los Altos Mirandinos que sirviera de refugio a militantes perseguidos, y se fue a vivir allí con esposa e hijos. Un día en que había salido a hacer unas compras, estalló una cocinita de kerosén toda destartalada. En la cocina estaba su hijo de 4 años, que no pudo escapar de las llamas, a pesar de que corrieron en su auxilio la madre y un militante de nombre Luis Aníbal, recién llegado de Europa y allí escondido, que nos tenía a todos embelesado con los poemas de Bertolt Brecht, que al menos yo no conocía. Al niño pudieron llevarlo al hospital, yo fui a visitarlo con Constance, me estremezco de tristeza al recordarlo, todo vendado. Murió a los pocos días. Fue una enorme tragedia para los padres, y un golpe demasiado doloroso para nosotros. ¿Cómo no recibir un estímulo de acciones como las que tú criticas? Y te digo algo más. Las malas noticias abundaban. Constance, en una visita que hizo a la casa del escritor Felipe Massiani, entonces cincuentón, pudo leer una carta que desde Puerto Rico le enviaba Rómulo Betancourt, con una apreciación de la difícil situación por la que atravesaba la oposición venezolana. A ella, con su alma demasiado sensible a los acordes nacidos de la condición humana, más que al frío análisis político, le quedaron grabadas en su mente las siguientes líneas de esa carta que luego me repetía con insistencia:

> *Una mezcla de apatía cívica y de vivalapepismo, adobado de nuevorriquismo grosero, hace tantos estragos como el dictador, Pedro Estrada y el cartel de los petróleos. Eso forma parte de un problema social grave. Nos parecemos cada vez más a la California de los días del gold rush. Hacer dinero es la palabra de orden. Y no importa cómo.*

Y agregaba Constance este lamento, dirigido a mí:

—Franklin, ¿eso es así?, ¿eso es verdad? ¿Qué esperanza tenemos?

Sus sollozos los recuerdo de una manera tan viva que oigo como si estuviera en un teatro esa música que ha puesto Pragedes:

—*Pierrot Lunaire*, de Schöenberg, señor.

XXIV

El soplete de los alquimistas

Cuando me monté en el teleférico para subir al Ávila y ver la ciudad desde una altura de más de 2.000 metros, tuve la sensación, amigo Franklin, de que era verdad lo que decía mi General: estaba transformando el medio físico para colocar a mi país en un lugar de honor en el concierto mundial. ¿Cuántas veces no lo ha repetido?:

—Mi empeño supremo: Venezuela, una nación cada vez más digna, próspera y fuerte.

Pero...

No me interrumpas. Yo venía de la sierra lejana, atravesando eriales y polvaredas. Cuando llegué a Caracas y era cadete, su población no llegaba a 400.000 habitantes. Viajé por carreteras estrechas, caminos cortados por quebradas, paisajes donde la enmarañada vegetación o la sabana reseca, y las chozas de bahareque te empequeñecían el ánimo, a pesar de los bordones del arpa, y el aroma de la carne en vara, y el gusto del queso de cabra. Se hablaba, sí, de democracia y de libertad, de prensa libre y de cárceles vacías. Tú me has contado que cuando fuiste por primera vez a Margarita supiste que en toda esa isla no había una sola prisión. La palabrería dominaba en vez de la ingeniería. Nos enorgullecíamos de las generaciones políticas y literarias (el 28, Viernes, Contrapunto...), pero el progreso reptaba entre canjilones y torrenteras de ideologías, y recitales de poetas trasnochados. Apareció, entonces, la voz rotunda de mi General con su teoría del «Nuevo Ideal Nacional».

Una repetición fastidiosa, sin densidad de discurso programático, teniente.

Tú sabes que mi General no era hombre de discursos. Don Laureano, que lo conocía muy bien —por algo estuvo cinco años consecutivos como Ministro del Interior, un record en la historia de la Venezuela republicana a partir de 1830— lo tenía como un ser tímido, reservado, reflexivo, que sólo se exaltaba y rompía a hablar hasta por los codos cuando en petit comité explicaba sus proyectos.

Son ciertos politólogos y aficionados a la historia los que ahora tratan de encontrar en el fulano Nuevo Ideal Nacional un proyecto bien pensado de gestión con aliento desarrollista.

Se acercan a la verdad, Franklin, porque ese postulado, y la doctrina correlativa del Bien Nacional se entroncan, es posible, con la tesis del «Gendarme Necesario».

Yo diría más bien que con la tesis del «Hombre Fuerte», vale decir, el jefe con charreteras y pistola al cinto. Todas las acciones de aquel gobierno tienen ese sello. A la fuerza las obras públicas tenían que ser inauguradas el 2 de diciembre, la fecha de su golpe armado. A la fuerza quiso eliminar los ranchos y meter a la gente en superbloques. Lo logró a veces, pero sin cambiar el substrato social, de modo que desaparecidos durante unos años, los barrios miserables volvieron a crecer como hongos. Además, teniente, aquellas balbuceantes arengas donde repetíase el ritornelo de que Venezuela iba a ocupar su puesto de primera magnitud en el concierto de las naciones por ser cada vez más digna, próspera y fuerte, gracias a la transformación del medio físico, servían de escenografía para el sainete donde él actuaba como el conductor, y sólo él. Así se lo dijo a sus amigos cuando se acercaba el fin de su periodo presidencial, emocionado, inclinado sobre el escritorio para dominar la escena, desorbitado, el cuello esponjado, las medallas bailoteando en el pecho:

—Creo que yo debo continuar en el poder por un periodo más. Falta completar las obras.

Y golpeaba con su mano regordeta el bolsillo para agregar:

—Aquí guardo dos mil quinientos millones de bolívares para la gran acometida.

¿No fue así como me lo contaste una vez?

Exageras un poco, Franklin. La verdad es que era monumental lo que estaba haciendo mi General. Ahí tienes la autopista Caracas-La Guaira. ¿Cuándo se había visto obra de semejante envergadura? ¿Sabes tú que la vieja carretera de tierra databa de 1845, cuando el trayecto de 40 km. se hacía en 12 horas? ¿Que el ferrocarril inaugurado en 1883, tenía 37 km de longitud y se invertían más de 4 horas en su recorrido, por causa de sus paradas en dos o tres estaciones intermedias? ¿Que cuando se le echó cemento a la vieja carretera el trayecto todavía duraba más de 2 horas? Ahora, la autopista, con sus 17 kilómetros, se recorre en apenas 17 minutos. ¿Quieres que te atragante de cifras?: tiene apenas 2 túneles, 3 puentes de concreto precomprimido (los más grandes del mundo en su época), y de éstos, el primer viaducto tiene el arco de concreto más grande del Hemisferio Occidental; cuatro canales de circulación y dos hombrillos de parada o emergencia (algo totalmente novedoso en materia vial), curvas suaves, y grado de pendiente de apenas el 6%.

Tales cifras, teniente, no impresionaron a la oposición en aquel momento. Puede resultar infantil el siguiente argumento, pero muchos dijeron que una autopista de apenas 17 kilómetros que descendiera desde 900 metros hasta el nivel del mar provocaría el desgaste rápido de los frenos de los vehículos cuando bajaban, y el recalentamiento del motor cuando subían.

¡Pamplinas, Franklin, pamplinas! Los mismos que decían tales mentiras eran los primeros en coger a su familia, montarlas en el automóvil, salir en la mañana a bañarse en el mar, y regresar antes del anochecer, algo que nunca en su vida hicieron antes los caraqueños en tan pocas horas.

Pero, el estudio de la autopista venía de años atrás, no fue un invento de él.

Pero, fue él, Franklin, quien se metió de pies y cabeza en su construcción. Salía en la mañana, en traje de faena, su pava de camuflaje, botas hasta casi las rodillas y apenas con dos o tres ingenieros, a inspeccionar las obras, hasta casi la puesta del sol. Con ellos, logró empaparse tan a fondo de los aspectos técnicos de la vía que podía explicar las ideas puestas en práctica para levantar las cimbras, los estribos, los cabrestantes eléctricos...

—Mire, teniente —me decía— tuvimos que emplear novedades en los pescantes, en un tipo de viga hueca, en bridas, almas, cimientos; emplear placas y vigas prefabricadas, grúas móviles, gatos hidráulicos especiales, y nos exprimimos el cerebro para que los túneles que horadaban montañas milenarias se blindaran con paredes aptas y contaran con controles eléctricos automáticos que regularan la ventilación, la iluminación y la sensibilidad de las señales de emergencia.

Mi mente flotaba en el limbo con semejantes explicaciones, pero mi General no titubeaba un solo instante, lo versado que estaba en los intríngulis de la alta tecnología que brotaba de las brillantes mentes europeas, a las que él, con tino, lograba que se aclimataran a nuestro medio, según sus palabras, vertidas con absoluta sinceridad. No pongas ese gesto de incredulidad, Franklin.

¿Qué puedo decir? *Ora pro nobis.*

Ojalá lo hubieras visto tú aquella vez cuando concluyeron los trabajos del teleférico del Ávila. Fue otro prodigio esa obra. Fue un cerro que sólo servía de contemplación hasta que llegó a estas tierras, cuando terminaba el siglo XVIII, el sabio

Alejandro de Humboldt, y lo explorara en toda su exuberancia de mole física, y flora y fauna («—No pudimos descubrir en Caracas un solo hombre que hubiese llegado a la cumbre de la Silla»— dijo). A partir de allí, sin embargo, apenas se convirtió en un lugar de caminatas de unos cuantos aficionados al montañismo, la inspiración de poetas y novelistas, y el símbolo arquetípico de la caraqueñidad por su imponente imagen de tornasol, de tiara real, al estilo de Enrique VIII, cuando lo contorneaba un anillo de nubes blancas como el armiño. Ahora, es uno más de los lugares habituales de paseo del habitante de Caracas, gracias a esa modernísima estructura que fue catalogada, en aquel momento, como el teleférico más largo del Hemisferio Occidental, con su línea principal desde el barrio de Maripérez hasta la cumbre de más de 2.000 metros sobre el nivel del mar, y de allí en bajada hasta Macuto y sus playas, además de la prodigiosa torre de 14 pisos del hotel «Humboldt», y de la pista de patinaje sobre hielo, y de la vista impresionante de la ciudad. Mi General, la última vez que inspeccionó los toques finales de la obra, levitó, lloró, y luego, caminando por el sendero, se quitó la gorra de campaña y el impermeable muy mojado, dejó a un lado la rama de un árbol que le sirvió de báculo, y se acostó cuan largo era sobre el césped humedecido por la perenne neblina del lugar. Mirando un trozo del cielo al atardecer, su vista captó la constelación de Orión. Y empezó a tartajear:

—Yo soy Orión, el gigante cazador, el aniquilador de todas las fieras. Mi destino está escrito, mi rumbo está definido, porque el Norte es, sin pérdida ninguna, la línea de unión entre mi espada y mi cinturón.

Al levantarse, me abrazó y me dijo:

—Tiene razón el doctor Vallenilla: ésta es la Reconquista, yo soy el nuevo conquistador de Venezuela. Los tractores penetran en la selva para incorporarla a la civilización, conquistar la selva es hacerla apta para la vida civilizada. El cascarón colonial, mal conservado, desaparece bajo la acción de la maquinaria pesada. Mire ahora, teniente, esta montaña, celebrada por los poetas y añorada siempre por todos, un orgullo de Venezuela, ahora incorporada a la vida ciudadana. Durante siglos estuvo esperando la acción civilizadora del hombre con sus mesas de dibujo, sus tractores, su entusiasmo... y mi tizona.

Una obra de recreación, un atractivo turístico, una moderna construcción, pero, ¿a costa de qué, teniente? ¿Por qué tanta opresión, tanta mano dura que asfixia? Tú conoces los rumores de prebendas y turbideces que llevaban consigo esos negociados. Sí, la gente acudía para su esparcimiento dominguero, pero repetía *sottovoce* el chismorreo circulante acerca de una mujer que se lanzó del séptimo piso del hotel, luego de ser descubierta por su amante, que no era otro sino tu general, cuando flirteaba con uno de los cocineros del complejo. El espanto de la suicida aún vaga por los espacios ruinosos del hotel olvidado. Y el solo interés turístico y recreacional de esa construcción tan audaz quedaba desvirtuado porque de inmediato corrió la voz de una función estratégica del teleférico, pues permitiría el desplazamiento hacia Caracas de refuerzos militares, en caso de que el valle estrecho fuera taponado por oriente y occidente a causa de un levantamiento popular. ¿Tú sabías que el diseñador del hotel, el arquitecto Tomás Sanabria confesó años después que el Presidente le dijo, cuando recibió de él los planes del proyecto: «—Mi interés no es promover el turismo. El teleférico podrá transportar a Caracas, en caso de necesidad, hasta 800 soldados por hora»?

Parece mentira, Franklin, que sigas dándole crédito, a estas alturas, a semejantes babiecadas. Un perito militar, de esos que crecen silvestres en los bares de Caracas, debe ser el autor de tamaño infundio, pronunciado con la sempiterna voz engolada. ¿Por qué reveló eso Sanabria después del 23 de enero y no cuando sudaba la gota gorda concibiendo la maravilla del «Humboldt»? Se cobijará, ahora, tras la eterna excusa: «—Hay que ser comedido». Yo no sé qué inventarían si se hubiera realizado el proyecto del túnel que perforaría el Ávila por su mera base para comunicar Caracas con las playas de Macuto en apenas 7 minutos.

Estás hablando de un proyecto que no es de él sino del arquitecto Luis Roche, concebido varios años atrás.

Pero, fue mi General quien lo culminó en todos sus detalles, y lo hubiera construido si no lo derrocan en 1958. Iba a ser la emulación tórrida del Mont Blanc que para la época estaba horadando con absoluta impunidad los Alpes para comunicar Francia con Italia y Suiza. Sería un trayecto en línea recta, apenas 7 kilómetros, y no la fatigosa horquilla que debe todavía utilizar la mayoría de los habitantes de la capital, corriendo en sus vehículos o autobuses siempre al Oeste primero hasta Catia, seguir la misma orientación a través de la autopista y, al llegar a Maiquetía, doblar en U para devolverse hacia el Este hasta llegar al mar azul de Macuto, Caraballeda y Naiguatá. Si Gulliver en Liliput se quedó tan orgulloso de la desproporción de su figura las veces que formaba con sus piernas un arco a través del cual podían pasar tres mil infantes y mil hombres a caballo en filas de 24 individuos en línea, a tambor batiente y banderas desplegadas, con sus lanzas en ristre, qué emoción no tendría ahora yo, cual nuevo gigante salido de la pluma de Jonathan Swift, al poner gracias al túnel, un pie en la falda sur del Ávila y el otro pie, pasando la cumbre de la Silla, en la arena tranquila del Caribe para que toda Caracas se volcara feliz en las playas, y así ahorrarle aquel viaje tan alongado a los caraqueños. Claro que se asemejaba a un cuento de hadas lo de traer las olas del mar a 20 minutos del bosque Los Caobos, como dijo Roche; sería como vivir entre los cocales de la playa y trabajar cómodamente en Caracas. Pero, en manos de mi General, el túnel hubiera estado terminado en 1960. Aconteció, sin embargo, el estallido del 23 de enero, y el nuevo gobierno archivó el proyecto. Hasta el sol de hoy.

Porque hubo el intento, teniente, de suplantar la política del «concreto armado» por la del desarrollo inteligente de la producción agrícola, ganadera e industrial.

No es justa esa simplificación que haces. Hubo algo más. Claro está, mi General abultaba un poco el resultado de su gestión, pero si podas algunas exageraciones, su discurso en noviembre de 1957, que es una de sus últimas rendiciones de cuenta, constituye una oda al progreso. Él dijo que teníamos el porcentaje de ingresos más alto del mundo dedicado a obras reproductivas (el 53,83 %); el mejor plan de vialidad de América Latina con unas carreteras que ocupan el primer lugar del planeta; el primer lugar en América Latina en organización sanitaria; el país de América con el menor coeficiente de mortalidad general, el primer país del mundo que logra erradicar la malaria, el primer país del planeta que en 4 años logra el incremento de su riqueza agrícola por encima de las necesidades de su población; el primer país del mundo que, en 4 años, disminuyó el coeficiente de analfabetismo (del 57.5 % al 37 %); el país que ocupa el primer lugar en América Latina en crecimiento y modernización de sus ciudades; el país que ocupa el primer lugar en el mundo en construcción de viviendas para la clase obrera (en proporción a su población); el país que ocupa el primer lugar en la América Latina en oportunidades de trabajo, empleo de trabajadores, salarios medios, horas de trabajo y rendimiento hora/hombre; el país con la menor población penal en el continente; y con el menor porcentaje, en el planeta, de delincuencia femenina; el país que ocupa el primer lugar en la América Latina en cantidad y desarrollo de planes nacionales; el país que ocupa el primer lugar en América Latina en reservas de oro, y el sexto lugar en el mundo, el tercero en América y el primero en América Latina en reservas internacionales; y el primer lugar en el mundo en la estabilidad de su moneda. Pódale cierto exceso a esto que te parecerá un apergaminado ditirambo, Franklin, pero lo que queda se debe al cumplimiento de los objetivos del Nuevo Ideal Nacional, que ha convertido a Venezuela en la primera potencia económica de toda nuestra América. Mi General llegaba al final de su quinquenio de gobierno con el respeto y admiración de la sociedad venezolana, que se expresaba cada año en la Cena de la Fraternidad y en los multitudinarios desfiles de la Semana de la Patria, ocasión en que todas las capas sociales marchaban por las principales calles de las ciudades al son de los redoblantes marciales, de los tambores calientes barloventeños, de las maracas y el arpa sabaneras, y el agregado, a mi modo de ver ridículo, de un simulacro de defensa iniciado con el ruido trepidante de las sirenas y el apagón total de la ciudad, ante el vuelo de unos cuantos aviones que surcaban el cielo en esas horas de la noche, acosados por balas trazadoras que, cual fuegos artificiales, disparaban varias baterías de largos cañones emplazados en la colina de El Calvario y en las azoteas de edificios cercanos. Era el momento en que el alto mando militar y todo el gabinete ministerial, más el grupo de los sempiternos adulantes, se encasquetaban hasta las orejas unos ridículos cascos de protección. Más a tono con la grandiosidad buscada era el despliegue deportivo en el estadio Olímpico, otra de las obras de antología de mi general, donde hacían piruetas y formaban cuadros varios miles de atletas, un escenario que poco le envidiaba a las paradas en el Olímpico de Berlín en tiempos de Hitler. En las ocasiones solemnes, el pecho de mi General deslumbraba por las 35 condecoraciones recibidas, entre ellas las de 20 países extranjeros, más las presillas de los grados militares honoríficos que le habían dado las fuerzas armadas de tres países. El general lucía todo no «con el orgullo ingenuo de las ramas torcidas que balancean al viento la flor que les nació», como dice el poema del niño campesino, sino con el apresto que otorga la gallardía castrense, salvo en una ocasión en que mi General volvió al regazo de su madre montaña, encandilado por el trato que le daba el rey Leopoldo III de Bélgica. Luego de la expedición del monarca belga a nuestra selva amazónica, donde ahora hay un lago que desde esa ocasión lleva el nombre de «lago Leopoldo», recibe mi General una carta de agradecimiento desde Bruselas. El rey, como era de rigor, coloca en el encabezamiento de la misiva la fórmula de «Excelentísimo Señor General». Turbado por la emoción, encendidas las mejillas por el rubor, exclama ante sus edecanes:

—¡Cuándo iba a creer yo, allá en Michelena, arreando burros a fuetazos para que no se desgaritaran, que llegaría un día en que un rey belga me iba a tratar de Excelentísimo!

Basto que era. Ese rey, que hasta hacía poco había gobernado con mano dura el Congo, como su padre Leopoldo II, era muy amigo de Napoleón Dupouy, un venezolano muy viajado, corpulento, emparentado por vía matrimonial con las familias más adineradas de la capital, aficionado a lo que hoy se llama el turismo de aventura a pesar de su miopía, afrancesado, tanto que gustaba en sus conversaciones aquí pronunciar en la forma gala correcta los nombres de Víctor Hugo y Carlota Corday, y gracias a esa amistad regia el ejército venezolano fue equipado con el famoso FAL, el fusil belga automático (mejor dicho, de asalto) ligero. Esa vanagloria de haber sido tratado tan cortés y cortesanamente por Leopoldo de Bélgica me hace creer que tu general nunca fue capaz de leer en su larga vida *El corazón de las tinieblas*, de Joseph Conrad. Lo que me dices, me hace pensar que ya el poder había provocado en su mente la distorsión típica del mandatario absoluto, que puede codearse con príncipes y taumaturgos, pero que no deja de pensar en la fuerza de un cordón umbilical que lo ata a una comarca de burros y a unas costumbres toscas por su llaneza. Por vía parecida en su mente todopoderosa tenía que aflorar también el furor sexual, ahora en su expresión más grosera. ¿Por qué no hablamos de eso?

XXV

El garito de los bergantes

Desatado, es el término. Con tanto poder concentrado en sus manos, con tantos golpes asestados a la oposición subversiva, con tantas obras montadas en la aplicación de su «Nuevo Ideal Nacional», con tan alto nivel de reconocimiento en el campo de la diplomacia internacional, y con tan sosegada índole mostrada por las «fuerzas vivas» de la industria y el comercio, era hasta cierto punto natural que los deseos de vida fácil y plena, nunca antes satisfechos como debieran ser, desbordaran su seca y encorsetada marcialidad y se rindiera él, así, a los halagos y emociones que florecían a cada rato, muy cerca de su mano ansiosa. Los bailes de suntuosidad palaciega en los jardines del Capitolio, los obsequios disparatados o barrocos que a menudo llegaban a su mesa, los papelitos con insinuaciones a veces indescifrables que le extendían en los actos públicos, las miradas, los roces, los apechugamientos, y los consejos interesados («—¡Diviértase, general!»), quebraron su resistencia, si es que alguna vez la tuvo, y liberaron sus afanes amarrados. La apetencia sexual a satisfacer tenía que figurar en primer término. Ni bebía ni fumaba, y había dicho en varias oportunidades:

—No se me puede obligar, a mi edad, a vivir como un monje.

Tenía 38 años cuando se sentó en la gran silla presidencial. La fuerza varonil tomó visos de aluvión. El descomedimiento provocó cierta erosión, y hubo que apelar a los estímulos inducidos. No me consta, pero se dijo que aquel frenesí sólo podía sostenerse mediante inyecciones y brebajes que con mucha frecuencia le aplicaba un tal doctor Cedeño. En la lista figuraban la mandrágora, las almejas, las ostras, las vieiras, el polvo del cuerno del rinoceronte, la cantárida, la yohimbina. En verdad, mi General no aplicaba ninguna práctica sadomasoquista, ni le servían de estímulo alicientes muy rebuscados. Él mismo explicaba sus reglas de moral, tales como no buscar niñas muy púberes, ni preferir determinado color de la piel. Desechaba los enredos con mujeres casadas, o novias de sus amigos militares o civiles, no practicaba orgías ni siquiera el *ménage à trois*. Tenía sus manías, por supuesto. Le gustaba rasurar el monte de Venus de la dama antes del acto. Decía que tal costumbre la tomó después de leer un libro sobre la locura de un tal Erasmo, creo que psiquiatra, quien recomendaba, son sus palabras, «depilar el bosque del bajo vientre».

Ese tratadista, teniente, debió ser Erasmo de Rotterdam, el que escribió *Elogio de la locura*. Era un sacerdote.

¡Qué raro! Sería por eso que mi General, luego de la depilación, recostaba su cabeza, durante unos cuantos minutos, en el pubis de la dama, para sentir en la mejilla la turgencia de la piel con su lisura, y oía, para aumentar su excitación, una música a todo volumen.

Me figuro que escucharía *Una noche en el monte calvo* (o pelado), de Mussorgsky.

¡Qué Rusoski ni que ocho cuartos, Franklin! ¡Un joropo de llano adentro! Yo creo que todo era una forma de romper con la timidez de sus años mozos. Tiene el recuerdo del padre, casado dos veces y con 13 hijos, que se conozcan. Pesa sobre él la rigidez de sus años de oficial subalterno, su matrimonio a los 30 años con una muchacha de 24, bonita pero bastante recatada, apocada, sin el encanto agregado de las jóvenes pizpiretas, y que, no se sabe por qué causa, sólo le da hijas hembras, ¡hasta cuatro!, en busca nunca alcanzada del varón.

Lo tratas con cierta conmiseración, teniente. Todo el mundo supo de las orgías en la isla de La Orchila, y de su éxito, por fin, en tener un hijo varón, aunque bastardo.

Lo del hijo varón fue un rumor, en la sociedad caraqueña de entonces, que superó con mucho el impacto de cualquier titular de última página, aun el más amarillista, del diario *Últimas Noticias*. Las sospechas comenzaron a circular cuando fue hospitalizada en el servicio de obstetricia del Centro Médico de San Bernardino la bella Clarita Carías, que había sido una Miss en concursos de fecha reciente. El despliegue policial y la atención diaria que le dedicó al embarazo el entonces ministro de Sanidad y Asistencia Social, doctor Pedro A. Gutiérrez Alfaro, uno de los fundadores, en 1947, de esa clínica privada, la mejor de la ciudad, sirvieron como imán para atraer la atención de todos. Aunque no existía a la fecha ningún instrumento de diagnóstico confiable del sexo de la criatura por nacer, muchos predecían que sería varón, comenzando por el propio ministro partero, quien confiaba en su ojo clínico al ver la exagerada protrusión abdominal, en forma de embudo, de la parturienta. Experimentadas comadronas y uno que otro hablador de oficio basaban su pronóstico en el hecho de haber sido concebido el nuevo ser en época de luna menguante. Cuando el doctor Gutiérrez recibió en la sala de partos al niño y lo alzó todavía pegado a su cordón umbilical, se quitó el tapabocas y lanzó el grito estruendoso:

—¡Varón!

No habían pasado dos horas cuando el pasillo de la habitación donde descansaba la madre, más el piso de arriba y el piso de abajo de la clínica se llenaron de ramos de flores y presentes innumerables.

—Se llamará Marcos— rugió Gutiérrez Alfaro.

—Marcos Rolando— acotó la madre.

Y a todas éstas, teniente, ¿qué dijo doña Flor?

La pobre sabía todo. Por causalidad, ella estaba en Guarenas, adonde fue a entregar a la iglesia de La Llanada, dedicada a la virgen de La Candelaria, una imagen de la madre de Dios, que databa su original del siglo XVII. Retraída, resignada a su papel de costilla sacramental del caudillo todopoderoso, apenas se le veía la cara en las festividades cuya asistencia reclamaba el protocolo, en algunos actos en beneficio de los niños y, muy emperifollada, abrigada con pieles, en las ocasiones en que tenía que codearse con las señoras del Country Club. Su madre, Angelina, apenas dijo:

—Todos los hombres son iguales.

El niño Marcos Rolando vivió su vida como cualquier hijo de vecina, con su abuela Elena Policastro, y su madre, casada luego con Enio Daza; y sus hermanas Meli Rebeca y Alison Karina Daza Carías, pero murió joven, en 1992, tendría unos 35 años, dicen los chismosos que de Sida. Está enterrado en el cementerio del Este, y siempre los obituarios de prensa nombraban como su padre a mi General, con su nombre completo y su grado de general de división, no sé si con su aprobación, pero nunca con su rechazo. En fecha reciente, ya muerto mi General, Clarita mandaba oficiar misas de recordación, en nombre de ella y del padre difunto, para que no quedaran dudas.

Teniente, la gente se indignó ante las proporciones que tomaron los escándalos en La Orchila. Visitas en bloque a la isla de los shows de los más renombrados cabarets de la capital, vuelos chárter desde Cuba de la troupe en pleno del dancing Tropicana, incluyendo a veces la presencia del propio dictador Fulgencio Batista, sainetes de persecución de beldades desnudas por las playas a bordo de la motoneta Vespa.

Si es de creerle a mi General, la idea de La Orchila fue concebida originalmente como una réplica marina del Círculo Militar. Tú sabes que cuando se le acercó creo que el entonces coronel José León Rangel para pedirle una partida presupuestaria destinada a montar un club de los oficiales de las Fuerzas Armadas en un caserón escogido a ese efecto en La Pastora, él dijo que no, porque sus compañeros de armas merecían algo sustancialmente mejor, y así fue como se proyectó esa enorme edificación del Círculo, mil veces más espacioso que el Country Club, o que el club Paraíso, para no mencionarte sino dos de lo más *chic* de los lugares de recreación de nuestra pletórica burguesía. Alguien, algún día, ideó una visita de esparcimiento a la isla, y así fue como se montaron en el remolcador «Felipe Larrazábal» mi General, su mano derecha don Laureano, su médico, compinche y ministro Gutiérrez Alfaro, y su gran amigazo, siempre listo para todas las ocasiones, Fortunato Herrera. También, el eterno edecán. Aquel paraje se les reveló, sencillamente como un paraíso, a 160 km de Caracas. Pequeña (40 km^2), apenas dos colinitas, larguísimas playas de arena coralina, un mar tranquilo, transparente, verde esmeralda, y un sol que reventaba. Apenas una docena de pescadores merodeaban por el lugar, un señor llamado Profeta fungía de vigilante provisto de una camioneta corroída en su casi totalidad por el salitre, y un toro que inútilmente buscaba las vaquillas que una vez pastaron allí en cuarentena por el temor de la fiebre aftosa. Embriagado por la belleza del lugar, mi General se desnudó y se tiró al agua. Buceó un rato, y ya relajado por completo, empezó a flotar cuan largo era, apenas con la barriga y las narices sobresaliendo en la quietud del agua caribeña.

— ¡Esto no tiene parangón con Hawaii!— exclamó.

Y, ¿cuándo estuvo tu general en Hawaii?

Fue un decir. Recorre la isla, armado con unos prismáticos y un rifle. Se sienta con un trago en la mano, y expresa lo que ha pensado: construir un muelle, una pista de aterrizaje, varias docenas de bungalows, una edificación central con restaurante y sala de espectáculos, un puesto de primeros auxilios, vale decir, una sucursal del Círculo Militar en pleno mar Caribe, un edén para las vacaciones de los oficiales, con sus familias. El proyecto requiere remontar algunos obstáculos, el servicio de agua dulce, por ejemplo. ¿Cuánto tiempo? Lo cierto es que esto será comparable con la isla de Brioni, el paraíso particular que tenía el mariscal Tito en el Adriático secular.

—Si el mariscal invitó a Brioni a Sofía Loren para que le cocinase unos espaguetis al tomate, yo lo haré con Silvana Pampanini para prepararle una langosta en vinagreta— dijo, y los ojos le brillaban.

Cabe pensar que se la llevó a la cama, después de la acostumbrada persecución en la Vespa.

No seas chabacano, Franklin. Pamplinas de gente ociosa, interesada en pintar a mi General como un sátiro. La realidad de su relación con la actriz es muy sencilla, pedestre si se quiere. Si ella aceptó la invitación a La Orchila, era porque ya estaba dando el primer paso para admitir un acercamiento íntimo con mi General. Cuando la diferencia de estatura entre los dos hizo incómoda la posesión en la cama, él la acostó en un gavetero de un metro de alto, de tal forma que quedara su fachada pudenda a ras del mueble y las piernas colgando, para así permitirle a él, de pie, llegar al deseado acoplamiento. Sin embargo, las incomodidades no desaparecieron, porque a ella se le engarrotaron las piernas de tanto bascularlas y apoyarlas en los hombros de él. Además, se le amorataron las plantas de los pies al acuñarlas contra el borde filoso del gavetero. Sucedió entonces que la Pampanini, violentamente, se apartó de mi General y salió a correr por la playa para sumergir en el mar sus extremidades adoloridas. Y él, no saciado del todo, y encalambradas sus piernas, montó en la

Vespa para alcanzarla. Unos albañiles vieron aquella escena, y palurdos como eran, se asombraron tanto que la comentaron en seguida con sus amigos en medio de risotadas, y éstos a otros hasta convertirse en una conseja que rodó por todo el país. ¡Por favor, Pragedes, bájale el volumen a ese aparato!

—Perdona, tío, es que es tan hermoso el *Preludio a la siesta de un fauno*. ¡Oh, Debussy!

Sigo, Franklin. Pronto, mi General buscó a uno de sus favoritos para el contrato de las obras, el amigo Sergio Casado, socio principal de la compañía Iveca. Con el aliciente de la coima acostumbrada, en cosa de semanas surgieron varios bungalows, el muelle y el edificio central. Hay un personaje de apellido Solano, un poco charlatán él, que asegura formó parte del personal que levantó las edificaciones en la isla. Al principio, fueron unas cabañas playeras, de madera de mangle, y palma en el techo. Los materiales se transportaban desde tierra firme en el barco «Golfo de Cariaco», y el personal sumaba 150 obreros. Dice este señor que pasaron varias semanas sin trabajar porque Casado quería contar con la presencia del general para que diera su aprobación a lo hecho y proyectado. En ese ínterin, construyó dos casas tipo campestre. El jefe, al arribar, tendió una hamaca en una de las casas, le gustó su diseño y la tomó como propia. A partir de allí, los trabajos cobraron rapidez, con la ayuda de más obreros y el arribo de más embarcaciones, gabarras, vehículos y hasta un avión. Fueron 32 las cabañas o bungalows construidos, más dos piscinas con toboganes y duchas de agua dulce. Y, de seguidas, empezó a llegar la turba de invitados, ante todo ministros, magistrados, oficiales superiores. Sin argumentos que esgrimir, la leyenda surgió en los meandros de la fabulación opositora. Nadar, esquiar, bucear entre los corales, relajarse durante horas en la silla de extensión eran las distracciones del jefe. La idea de traer algunos espectáculos de los night-clubs no fue suya sino de los más jacarandosos de sus oficiales allegados, entre ellos Wolfgang Larrazábal, que tocaba el cuatro y se sabía todos los boleros, y Roberto Casanova que hizo famoso su grito «¡O bebe o vete!». Al principio también los invitados costeaban de su bolsillo la presentación de shows muy caros pero, con el tiempo, imperó el relajo. Una revista norteamericana publicó un reportaje al respecto. Una vez estando en La Orchila, y deslumbrado por tanto confort y un ambiente tan placentero, yo pregunté:

—¿Y quién paga todo esto?

—¿Te importa?— me respondió en el acto el «Platinado».

—¿Qué puedo hacer? Aquí vienen familias, hay alegría, hay celebraciones —trataba, en cambio, de explicar mi jefe, alzando los hombros—. No hay por qué inquietarse más de la cuenta, los enemigos criticarán siempre, a nosotros nos debe bastar con nuestra conciencia. La historia se encargará de destruir las infamias.

O de confirmarlas como verdades. La visita especial de Silvana Pampanini ya no admite dudas. Hubo otras invitaciones que tienen que ver con las apetencias libidinosas del General Presidente. Se habló de Susana Duijm, de Maribel Llorens, ¿es cierto?

Lo de la Miss Mundo no es cierto. Una pulsera de oro fue lo que le regaló mi General cuando fue coronada Miss Mundo 1955. Esa cadena se la robaron después, junto con una gargantilla de oro, un diamante que le regaló el actor George Hamilton, dos relojes Bulova de oro, y unos anillos de zafiros, rubíes y diamantes, obsequios obtenidos en México y París. Tampoco es cierto lo de Maribel. La visita de esta última fue un invento, lanzado años después de 1958, por Mario Matute Bravo, confundido con el affaire de mi General con Marita Lorenz, que es otra aventura de muchos voltios. Es muy posible que la fama de Maribel Llorens, que llenaba «El Patio Andaluz» gracias a su bella voz y a su figura de colibrí, llegara a oídos de mi General, y quizás Fortunato le enviara un mensaje, pero la madre, ambiciosa pero juiciosa, se opuso a cualquier encuentro, y ya pensaba en un partido casi tan alto, es decir, un ganadero de quilates, más a tono con el alma brava de la alcireña Maribel. A La Orchila, sí fueron, por ejemplo, las Dolly Sisters (que el vigilante Profeta gritaba, al verlas desembarcar: «—¡Llegaron las hermanas Sister!»). También fue de visita una extraordinaria y muy rara artista, Wiera Gran, que fue cantante del ghetto de Varsovia, compañera en esa ocasión del pianista que inspiró la famosa película de Roman Polanski, recién estrenada aquí. ¿No la has visto, Franklin? Cantó en el Carnegie Hall de Nueva York, en Tel Aviv. Tuvo su temporada en el «Skippy» de la avenida La Paz. A mi General le gustó tanto La Orchila, que multiplicó sus visitas, unas veces en el transporte «Dos de Diciembre», construido en Francia, y luego en un flamante yate, más a tono con su sublime investidura. Fue construido en California antes de la II Guerra Mundial, tenía 23,80 m de eslora, estaba equipado con dos motores General Motors 6V71, un generador Northern Light de 15 Kw, un purificador de agua Sea Recovery con capacidad de 90 litros por hora, y un tanque de 4.000 litros de diesel. Daba cabida a 8 personas en 4 cabinas *queen size* con baño privado, y un comedor con 10 asientos. La tripulación de 4 personas se alojaba arriba. Es de imaginar el confort, la comodidad y el lujo de tal embarcación, muy adecuada al pleno goce de los sentidos.

¿Me vas a decir ahora que Matute Bravo era un santo funcionario del protocolo de Miraflores?

Lo conocí no porque buscara su amistad sino porque hace pocos años empecé a verlo con frecuencia, él sentado en un café al aire libre entre las esquinas de Veroes y Jesuitas y yo interesado en saber algo de sus antiguas funciones. Su labia era incoercible. Pienso que ningún personaje metido en las alturas del engranaje gubernamental de la época esté exento de responsabilidad, grande o pequeña, en lo que hizo y no hizo el régimen. Pero, él era un parlanchín, y sus cualidades de histrión fueron elevadas al máximo cuando su figura inconfundible de ujier miraflorino aparecía a diario en la prensa y en la televisión con el brazo extendido para abrirle paso a mi General, o un tanto detrás de él, en las actos sociales, en la inauguración de obras, en los desfiles militares, con sus trajes de corte impecable, sus mostachos negros y su rostro plácido. Había nacido en Santa Cruz de Mora en 1927, hijo de Arístides Matute Delgado, emparentado con Román Delgado Chalbaud. Estudió la secundaria en el colegio La Salle de Caracas y, como buen andino, tomó la carrera de las armas. De modo inexplicable, abandonó la Escuela Militar cuando cursaba el tercer año. Fue vicecónsul en Nueva York, y más tarde pasó a trabajar en la II Sección del Estado Mayor, a las órdenes del comandante Jesús Manuel Pérez Morales. Cuando mi General buscaba a alguien eficiente que trabajara en el protocolo de Miraflores, Pérez Morales le recomendó a Mario Matute Bravo. Y allí comienza el estrellato de este personaje. Gracias a la enorme exposición de su figura ante la opinión pública, siempre al lado de mi General, se le encajó el remoquete de «Ministro de alcoba». No sé, pero tal función la llevaron a cabo otros a plenitud, como el «Platinado» e Isabel Sánchez. Quizás le correspondería más el calificativo de adulante, lacayo, pero no sé. Por supuesto, cuando cayó mi General, se asiló en una embajada y viajó a Chile. Regresó al país amparándose en la política de pacificación del presidente Caldera, pero volvió al destierro cuando cayó preso en medio de una oscura circunstancia todavía sin explicación. Sus allegados dijeron que él se fue a pasar un fin de semana a una casa que tenía su madre en Playa Grande, y que estando allí se le presentó su primo Tulio Dugarte Bravo, con una «sorpresa»: «—Te traigo —dijo el primo— para que lo conozcas, al guerrillero más buscado y más radical del país: Fabricio Ojeda». Venía acompañado de su «compañera», una mujer alta, de porte resuelto, Anayansi Jiménez. Muy pocos días allí pasaron, porque una patrulla de la policía política allanó la residencia y los llevaron presos. Fabricio murió a la semana, suicidado según el gobierno, ahorcado según sus camaradas de armas. Y Mario con su primo fueron expulsados del país. Regresó otra vez y disfrutó de la amistad de viejos amigos y de nuevos también, que se complacían en oír sus juicios sobre el pasado, cargados de anécdotas chispeantes. No volvió a la política, pero dejó testimonios de sus pareceres, ahora desterrado su «monarca». Escribió en 1964:

> «Vengo a la Cárcel Modelo con un solo fin. Pero tendré, antes, que superar dos grandes sentimientos: la tremenda emoción cívica de hablar con el ex Presidente y la emoción humana no menos honda de hablarle al General, símbolo del orden y del buen gobierno y amenaza constante para aquellos que atentan contra el espíritu de la Nación».

Pero, unos cuantos años después, cuando ya en la situación no cabía un retorno, escribió:

> «Por muchas diferencias ideológicas que puedan tenerse con el Gobierno hay una verdad que se impone, y es la de su rectitud y afán de estar a la altura del interés nacional».

En fin, su admiración por tu General se fue enfriando con los años, y varias veces calificó la decisión tomada por él de abandonar el país en la mañana del 23 de enero como un acto medroso. En esos años de fin de fin de siglo, su vena sarcástica hacía leña abundante del árbol caído, pero, también buscaba la superficialidad divertida mediante unas cortas líneas —simulacro de greguerías— que enviaba al famoso cronista deportivo y social del diario *El Universal*, Omar Lares, para que éste las reprodujera en su muy leída columna semanal. Recuerdo las siguientes:

> «Caro Omar, hay dos clases de personas, las que creen que nadie es perfecto y las que creen que nadie más es perfecto».
>
> «Hay amigos que cambian de esposa en buen estado de conversación por otra en buen estado de conservación».
>
> «Una mujer, caro Omar, jamás contradice al marido: porque sabe que dejándolo hablar se contradirá solo enseguida».
>
> «No es la diferencia entre la gente, caro Omar, la que crea los problemas: es la indiferencia».
>
> «Mientras los vestidos de las mujeres se acortan, las miradas de los hombres se alargan».

Y así, otras. Teniente, ¡qué fácil es saber deslizar la pluma sobre el papel, o lanzar la voz como un río! Es el consejo de Mefistófeles a los estudiantes: «*Pues si faltan conceptos, al momento oportuno, se encaja una palabra. Con palabras se puede discutir, con palabras se puede hacer sistemas, con palabras se puede dar creencias; no hay que borrar ni una jota a una palabra*».

Dejemos el tema, que se ha vuelto peliagudo, y volvamos a las distracciones sanas de mi General.

¿Eran sanas las anteriores? ¡Por favor!

Tranquilo, satisfecho, a mi General le dio por colmar otra de sus aficiones, el volante de un automóvil. Según él, ya la resistencia a su mando había sido yugulada, sólo las prédicas de los filosofastros al estilo de los que se atrincheraban detrás de una cátedra de provincia o de un periodiquito clandestino introducido del exterior tenían eco en el vulgo ignaro. La Venezuela militar había militarizado todo, y hasta el militarismo explicaba la bondad de nuestras fechas patrias: el 12 de febrero de 1814 la juventud universitaria inmolándose en el campo de batalla; el 24 de junio de 1821 la sabana de Carabobo retumbando en las cargas de la caballería de los Bravos de Apure y en la rodilla en tierra y las banderas desplegadas de la Legión Británica; el 5 de julio de 1811 ya no era la fiesta de la independencia sino la del general Simón Bolívar, nacido el 24 de julio de 1783, ya Libertador desde la cuna; el 9 de diciembre de 1824 es Sucre en Ayacucho; y ahora el Desfile de la Patria era el toque del redoblante, el casco en la cabeza y la bota en el pie dando el paso uno, dos, tres. Puedes violar impunemente todas las reglas del tráfico, comerte la luz roja, circular en el sentido contrario de las flechas, detenerte encima de las rayas de cebra, cambiar a capricho de canal, a condición de que pongas encima del asiento trasero de tu automóvil, bien visible a través del vidrio, una gorra militar. Y hasta la orquesta de la Billo's Caracas Boys con sus trompetas y saxofones y trombones y el piano de Pat O'Brien tarareaba no «*La burrita de Petare tiene amores...*», sino «*Mamá, yo quiero un cadete de la Escuela Militar...*». En ese ambiente que transcurría bajo el manto malvado de una muselina almidonada, él decide inspeccionar sus obras con la velocidad graciosa que sólo se estila en las pistas de Fórmula 1. La Mercedes Benz le ha obsequiado un formidable vehículo de carrera que recibe el nombre de «El Bólido de Plata», modelo 1956, con sus renombradas portezuelas como alas de gaviota, muy veloz. Movido por una alegría casi infantil, lo estrena en el amplio espacio de la avenida Los Próceres. Imprudente, oprime el acelerador hasta el fondo, una y otra vez. Al sentir que domina ya el bólido, emprende la gira que lo llevará hasta el Táchira fronterizo. Lleva chaqueta especial, guantes, casco con anteojos y audífonos. Le sigue la escolta acostumbrada de la Casa Militar, más varios ministros, algunos invitados, y un corresponsal de la revista *Time*. Al poco andar, le ha sacado media hora de ventaja a sus acompañantes. Para sorpresa de los representantes de los poderes locales en Maracay y Valencia que lo esperaban a su paso, lo que ven éstos es apenas el bólido como una exhalación. Tratando de no rezagarse, algunos automóviles del cortejo apuran la velocidad y al rato se quedan con las llantas despichadas; hay una camioneta que se estrella contra un árbol, y un funcionario que abandona la marcha al sufrir un síncope. Mientras tanto, mi General acelera y acelera, es un Fangio... Todos se detienen en Barquisimeto para dormir. En la mañana toman la vía hacia la carretera Panamericana, obra suya que acorta mucho las distancias hacia la región andina. Otra vez el acelerador a fondo en aquella vía bien asfaltada y con rectas interminables. En algunos lugares hay gente que se arremolina a ambos lados de la carretera, porque saben que va a pasar el Presidente. Gritan:

—¡Ahí viene el platillo volador!

Además de algunos fiscales de tránsito que vigilan en los cruces, hay una avioneta que sobrevuela sobre la comitiva en previsión de una emergencia. El piloto es el mayor Martín Parada, su aviador favorito. Mi General no tiene la facultad de imaginarse el futuro y, por eso comenta con su copiloto que sería muy fácil en esos largos trechos en que ha dejado atrás a la escolta, montar un atentado contra su vida, porque sería tan rápido el suceso que el mayor Parada no tendría tiempo de hacer nada. Con dos horas de anticipación llegan a la finca del gobernador del Táchira, Antonio Pérez Vivas, su primo. Comen algo, y siguen montaña arriba, bordean peligrosamente un precipicio. Se detienen un rato en Michelena. Aquí los niños gritan

¡Marquitos!, y hay campesinos que lo abrazan; es un baño de multitud. Deja inauguradas varias obras, entre ellas la avenida Libertador, que une a San Cristóbal con Táriba. Le llaman la atención construcciones como el central azucarero Ureña y la fábrica Cementos Táchira en La Blanca, a pocos kilómetros de Palmira, construida con equipamiento fabricado en Dinamarca, Su gerente es el ingeniero Axel Tveskov. Lo han seguido en este trecho el gobernador Pérez Vivas, a bordo de un Cadillac, y el Secretario General de Gobierno montado en un Buick Rodmaster. Hasta en las vías cercanas a su casa en Caracas, mi General practicaba el manejo de varios automóviles de modelos novedosos. Seguía de cerca las noticias de las nuevas producciones en la industria automovilística y no dejaba escapar la ocasión de él mismo manejar un Mercedes o un Alfa Romeo de nuevas líneas. Participó, por ejemplo, en la adquisición de una flota de camionetas rancheras Mercedes Benz 300 para el servicio de su escolta militar del Presidente, bajo la responsabilidad del regimiento de Policía Militar, acantonado en Miraflores. Ya antes, hizo traer varias limusinas Cadillac Fleetwood, una de ellas especialmente blindada. Su último capricho fue la casi reconstrucción que mandó hacer de una limusina Cadillac 1957, que tenía un valor inicial de US$9.000. El trabajo duró tres meses y estuvo a cargo del taller Plaza Auto Body Corporation, en 52-19, Queens Boulevard, New York. Ahora el vehículo valía US$30.000, por los accesorios de lujo y confort añadidos. ¿Sibaritismo? Quizás.

Y uso indebido de los caudales públicos, teniente. ¿Qué argumento podía alegar él para justificar el costo tan alto de sus excentricidades: autos lujosos, casas que parecen palacetes, regalos de una rareza inexplicable y, lo más indecoroso, el uso de unos amigotes de esa calaña que llaman interpósitas persona para agenciarse comisiones, mordidas, dinero turbio mal habido? Fortunato Herrera es el ejemplo típico. Muy conocido por su particular figura adornada con la elegancia de un *dandy*, alto, contextura fuerte, bien parecido, ojos acaramelados, cuello de toro y una cabellera inconfundible por su espeso tramado, suaves ondulaciones, brillante a causa quizás del uso abundante de una brillantina llamada Glostora (que pudo reemplazar luego por alguna de esas lociones super exquisitas de las casas francesas), y, lo más resaltante, de una blancura inmaculada, una melena plateada muy particular, inconfundible. Por tal razón, lo llamaban el «Platinado». Mis amigos de La Pastora, de la esquina de Torrero, picaflores de la plaza, decían que venía de familia modesta, que se había destacado en la venta de vehículos de uso particular, motivo por el cual paseaba por esas calles que bajaban en línea recta desde la Puerta de Caracas hasta la iglesia, y luego cruzan para llegar a San Ruperto, Perú, Cristo al Revés, y regresar y seguir dando vueltas, a bordo de un Ford, o un Chrysler, o un Dodge, o un Buick, o un Pontiac, relucientes, sin estrenar, por lo general en la compañía de una bonita muchacha, sentada muy junto a él, por permitirlo el asiento corrido delantero. De pronto, hizo esporádicas sus apariciones, al tiempo que empezaron a correr detalles de sus «hazañas». Vivía en concubinato con una mujer pobretona, llamada Luisa Dolores Jiménez, que le había dado tres hijos, pero un buen día aparece ella casada, y luce el apellido Herrera en varios documentos de registros de propiedades y cuentas bancarias. El mundo es pequeño, teniente, y resulta que alguien nos contó una de sus trácalas que tiene como personaje, sin quererlo, a un militar ya retirado, nativo de Carúpano y residente en Maracay, que se dirigió por escrito al Presidente para invitarlo a su boda, por ser amigos de años atrás cuando daban sus primeros pasos en el terreno marcial. Este tipo de misivas la desviaba el general hacia Fortunato Herrera para su debida respuesta o para botarla al cesto. Como Herrera conocía también al novio, lo llamó por teléfono.

—¿Cómo se te ocurre, Félix, invitar al Presidente para tu boda en Maracay? ¿No sabes lo inmensamente ocupado que está él?

—Pero, puede enviarme un regalito— respondió Félix.

Días antes de la ceremonia, Félix recibió vía correo presidencial, un grueso sobre, que al abrirlo vio que contenía una fajo de billetes de la lotería de Maracay, válidos para el sorteo de la semana siguiente. Un tanto intrigado, los dejó a un lado, pero casi de inmediato recibió una nueva llamada de Fortunato.

—Guarda esos billetes. Espera el sorteo.

El sorteo era para el domingo que seguía a su boda del viernes y, en efecto, el número recibido por Félix ganó, pero ¡el primer premio!, unos cuantos miles de bolívares. El Presidente, a través de Fortunato Herrera, controlaba no sólo la lotería de Maracay sino la de Valencia y la de Oriente y a través de semejante control, los premios se distribuían a voluntad. ¿Cuánto le quedaba al Presidente y a su carnal a través del cambalache?

No estoy enterado, Franklin. Algo sabía de la mano metida de Fortunato en esas loterías, pero ignoraba lo enrevesado, pero divertido, del negociado, si es que lo hubo.

Fortunato era un pillo de mil tramposerías. Basta el siguiente ejemplo para medir su catadura. Al confeccionarse el proyecto de construcción de una nueva vía carretera desde Petare hacia el oriente del país, surgió la necesidad de expropiar diversos terrenos, unos yermos y otros ocupados por viviendas o por empresas industriales. Entre estas últimas estaban las tierras pertenecientes a una familia de apellido Issa, donde funcionaba la así llamada Industrial de Cartón, propiedad, desde 1954, de una reunión de socios, entre ellos John V. Spachner, de la Container Corporation of America, Gustavo Delfino, de la fábrica de papel Maracay, y la firma de abogados Rodríguez y Mendoza. El lote de terreno afectado por el proyecto carretero fue ofrecido por sus dueños con la consiguiente indemnización monetaria, a razón de Bs. 40 el metro cuadrado. Enterado del asunto, Fortunato Herrera aparece como agente de la Nación y propone una rebaja a Bs. 30. Luego de un breve forcejeo, los Issa aceptan dicha cantidad, pero por medio de circunloquios y rodeos desdibujados por la vaguedad, surge una condición insólita para cerrar la operación: el documento a registrar debe decir que la Nación ha comprado el terreno por el precio de Bs. 120 el m². ¿Cómo?, exclaman los vendedores. Así como lo oyen, responde el agente intermediario que no es otro, tras bambalinas, que don Fortunato Herrera, y agrega, también mediante medias palabras, que se trata de un requisito que viene de la presidencia de la República. Por supuesto, todo aquel tejemaneje se desenvuelve en la penumbra y de boca a oreja, sin ningún papel, salvo el documento a registrar. Cuando en fecha muy posterior se trata de aclarar el asunto ante los tribunales, la luz llega a través de un interrogatorio muy sui géneris que pone de manifiesto el consabido comedimiento y prudencia que exhibieron los propietarios de la época, presionados con mucha levedad por el dicho etéreo de que tan corrupto es el que soborna como el que se deja sobornar, pero con mucha energía por el mandón:

—¿Usted vendió esos terrenos a la nación?

—Sí.

—¿Por cuánto?

—A razón de Bs.120 el metro.

—¿Usted fue quién fijó ese precio?

—No.

—¿Qué precio había fijado usted?

—Bs. 30.

—¿Y por cuánto fue vendido?

—Ya le dije, por Bs. 120.

—¿Y quién recibió el pago?

—Eso está en el documento.

—Señor, usted dice que fijó un precio de Bs. 30, y la venta fue por Bs. 120. ¿Cuánto recibió usted?

—Recibí un pago a razón de Bs. 30 el metro.

—¿Y por qué en el documento figura el precio de Bs. 120?

—No sé.

—Si usted recibió a razón de Bs. 30, ¿quién recibió el diferencial?

—No sé.

—En el documento figura el ciudadano Fortunato Herrera. ¿Fue él quien recibió el diferencial?

—No sé.

—¿Cómo que no sabe?

—Bueno, puede ser.

Franklin, mi General siempre habló de lo conveniente que era retribuir los servicios al país mediante las llamadas comisiones. De ese modo, los funcionarios del Estado no metían la mano en la Tesorería. Sergio Casado en la construcción, Fortunato Herrera en diversos escenarios, Napoleón Dupouy en la adquisición de armamento, muchos oficiales superiores, ministros varios, participaron en aquel festín de Baltasar, como lo llamaba, con su quincalla verbal, tu admirado don Romulón. Es el caso de los negociados de un personaje operático con sus arrestos de noble, Sir Raymond Smith, un hombretón sumamente simpático, para nada flemático; había adoptado la calidez criolla en sus ademanes sin que mermara ni en un ápice su dulce cortesía. Sus padres fueron Horace P. Smith y Mabelle Osborne-Couzens. Había estudiado en el Colegio Salesiano de Londres y en la Universidad de Barcelona (España) y se destacó en Venezuela por su activa presencia como cónsul de Su Majestad Británica y como representante de las firmas de Rolls-Royce Limited, y Rolls-Royce Motors Inc. y muy ligado a las obras emprendidas en el marco del Nuevo Ideal Nacional. Figura en las negociaciones de la ventas del ferrocarril inglés al gobierno venezolano; es representante de la British Aerospace; de la Commonwealth Association of Venezuela; directivo del Instituto Cultural Venezolano-Británico; actúa a nombre de Plessey Decca y Marconi en la instalación y equipamiento con motores Rolls-Royce de aviones de la Fuerza Aérea y de la Línea Aeropostal Venezolana. Fue directivo del periódico *Caracas Daily Journal*, caballero de la Knight Grand Cross of Order of St. Lazarus of Jerusalem, y miembro del Caracas Country Club, y del Jockey Club. Mucha gente de diversa ocupación política fueron sus interlocutores en amenas conversaciones sostenidas con él en su empresa Reyreca, en la Calle Real de Sabana Grande, frente al cine Broadway. El acercamiento lógico en esos menesteres con mi General condujo a la adquisición por éste de un flamante Rolls- Royce modelo Silver Cloud 1957, sedán azul.

¿No fue un regalo?

No me consta, pero de lo que sí tengo absoluta seguridad fue de sus labores para el servicio de seguridad británica, muy ocultas, por cierto. Su incorporación a ese mundo del espionaje fue así: al estallar en toda su plenitud la II Guerra Mundial, Raymond Smith quiso abandonar su cargo de cónsul en Venezuela para ir al combate. Pero, desde Londres, el Foreing Office le respondió con una negativa rotunda. Tenía que quedarse en Venezuela oficiando como coordinador de la Seguridad Británica. Es sabido que antes y después de este cargo, no sé, Smith sirvió al cuerpo de inteligencia en Francia,

India, Birmania, Malasia e Indonesia. ¿Sabes, Franklin, que una vez mi General le preguntó a sir Raymond Smith que cuál podría ser la reacción del gobierno inglés a una ocupación militar de la Guayana Británica?

Me ha parecido, teniente, que tu apreciación sobre este tema tan sonado y, a veces pútrido, de los negociados con los dineros de la Nación, es un tanto superficial. El trapicheo fue de marca mayor, a veces recubierto con un manto de fingida respetabilidad.

Ya es tarde, Franklin. Sigamos mañana. Despídete de Pragedes.

XXVI

Las cuestiones disputadas de los casos de conciencia

Convencí a Constance para que visitáramos el vecino pueblo de Macarao. Era prudente alejarse un poco de la ciudad, porque la Seguridad Nacional estaba anunciando la debelación de un plan conspirativo que tenía el propósito de asesinar al Jefe del Estado. Parecía un invento más para infundir miedo en la resistencia, vista la debilidad de los grupos subversivos a estas alturas, cuando el régimen lucía consolidado y faltaban menos de dos años para las elecciones presidenciales. Los detalles estaban revestidos de cierta truculencia (operación dirigida por Rómulo Betancourt desde Puerto Rico, armas y explosivos traídos desde Costa Rica, y dirección a cargo de Carlos Andrés Pérez que entraría desde Colombia; numerosas ametralladoras, pistolas, granadas fragmentarias, bombas molotov almacenadas; coordinación a través de radioemisora clandestina, y acción directa sobre el Presidente el 3 de julio mientras observaba en la plaza España el acostumbrado desfile cívico de la Semana de la Patria). Según el parte oficial que fue divulgado, los complotados salen temprano del apartamento Nº 9 del edificio Sofina, cerca del Paseo de Los Ilustres, armados hasta los dientes, llegan cuando todavía está casi desierta la avenida Urdaneta y se guarecen en la puerta del edificio Ávila. De pronto, aparece una docena de camionetas muy bien artilladas de la Policía Militar y empiezan a rastrear palmo a palmo toda la plaza, sus alrededores y los comercios y viviendas a ambos lados de la avenida. El jefe de la operación ordena la retirada al ver que nada puede hacerse. Algunos cayeron presos. Y otros más lo fueron luego, entre ellos destacadas figuras de la intelectualidad, con el historiador Ramón J. Velásquez al frente, a quienes se les acusa de ser los autores intelectuales del conato de atentado. Uno de los detenidos, el industrial Pérez Pisanty, íntimo amigo de Rómulo Betancourt, murió a los pocos días en los sótanos de Seguridad Nacional, en circunstancias nunca aclaradas.

Le dio un infarto, Franklin. Era él quien desde hacía tiempo protegía a Betancourt. Le conseguía casas para reuniones, y en el exterior daba mucho dinero para sus viajes a México, Estados Unidos, Cuba, Costa Rica. Y Ramón Velásquez y los otros escritores y economistas eran los responsables de preparar el ambiente psicológico para el atentado, con sus escritos de doble sentido en los periódicos, y sus análisis incendiarios, incluidos en hojas clandestinas que eran enviadas a mucha gente. Toda la trama del complot lo supo la SN porque un piloto de la Línea Aeropostal Venezolana, que era agente doble, suministró muchos de los nombres de quienes enviaban con él mensajes a los dirigentes de AD en el exterior.

Eso lo agregas tú. Bien, le indiqué a Constance que era conveniente esperar a que pasara el temporal fuera de Caracas y se me ocurrió ir a Macarao. Nos vestimos con un atuendo de excursionistas, y emprendimos el viaje en autobús. El trayecto después de pasar la llamada curva del Pescozón todavía suministraba la imagen plácida del campo: camino estrecho, con huecos en los bordes, sembradíos de hortalizas, colinas de poca altura y el río Guaire sereno, ya turbio. Al pasar un recodo pronunciado, Constance lanzó un grito de admiración al ver, coronando una loma, una casa de líneas coloniales con su peristilo de columnas ventrudas, techo de tejas de dos aguas, maceteros vibrantes de geranios y rosas.

—Es «La Majada», la mansión de descanso de Fortunato Herrera— le expliqué.

Nos apeamos en Las Adjuntas. Todavía se levantaba allí la estación del Gran Ferrocarril Alemán que enlazaba la capital con Los Teques. A pesar de la ruina que la afeaba, sus líneas a la europea le daban un aspecto melancólico. Más allá, también persistía, pero ya convertida en otra cosa, la casa de abastos donde se abastecían los vecinos que tomaban la vía hacia Macarao, y donde todos los sábados se montaba un baile de joropo que recibía el nombre de golpe tuyero, gracias a su típico ritmo sincopado. El lugar de Las Adjuntas se llamaba así por la confluencia que allí hacían los ríos San Pedro y Macarao para formar el Guaire. Tomamos otro camino para seguir el curso del Macarao. Era ahora una carreterita de tierra, en medio de un estrecho valle, lleno de gamelote, caña brava con sus hermosos penachos de espigas, mangales, tamarindos, y sauces muy copudos. El pequeño autobús en que nos montamos se bamboleaba de lo lindo, pero Constance no dejaba de poner atención en las bandadas de pájaros del entorno: arrendajos, cristofué, cardenalitos, turpiales, y el estruendo de los pericos. La aldehuela de Macarao ya tenía luz eléctrica, y algunos teléfonos, superadas las lámparas Coleman de gasolina y el único teléfono de manivela que funcionaba en el mismo local del servicio de correos. Tampoco eran inmensamente estruendosas como antes las crecidas del río que inundaban sementeras y el camino, hasta el punto de dejar el pueblo incomunicado por uno o dos días. Pero la escuela, la jefatura civil, la iglesia, la plaza y el cementerio quedaban en el mismo lugar, aunque ya al borde del desahucio, en pronta espera de las edificaciones modernas que, junto con la desmesurada circulación de vehículos, y los ranchos de zinc, harían del poblado un barrio marginal más de los extramuros de la capital. Recorrimos la única calle empedrada porque las otras vías eran pasajes estrechos sin nombre, y vadeamos el río para llegar a una barriada llamada Pueblo Nuevo. Quisimos subir a otro lugar, un poco más cercano, pero muy bello, según los vecinos, llamado El Volcán, pero la noche nos sorprendió en conversación con un personaje conocido de nuestras andanzas «culturales» por los cerros de Caracas, a quien vimos por pura casualidad en la iglesia. Era el padre Serafín.

—¿Qué hacen por aquí?— preguntó, con mucha decencia.

Paseando, padre, —dije— el lugar es bien agradable.

—¿Siguen en aquel trabajo?

Por supuesto, padre.

—A mí me gusta mucho realizar esas labores con la gente humilde, desasistida de lo más esencial, sobre todo del pan espiritual.

Y nos relató varias de sus actividades en las barriadas desde hacía muchos años. Era de hablar lento, un tanto encorvado, mirada triste, pelo entrecano y ya escaso. Nos dijo una vez un amigo común que en su juventud, todavía sin tonsurar, tuvo ciertos encontronazos con sus superiores por su labia desenvuelta, sus interpretaciones de los textos sagrados a veces con mordacidad un tanto provocada, más para ironizar y captar la atención que por afanes heterodoxos. Incluso, tuvo ciertos acercamientos hacia el sexo femenino que las malas lenguas interpretaron como requiebros amorosos. Dicen que hizo abortar el matrimonio de una de sus discípulas de colegio, justo días después del cruce de aros, a causa del embeleco que en ella provocó una de sus disertaciones. Dicen que cursando el doctorado de Teología en Roma trabó una amistad demasiado cercana con el cardenal Truixj, de Uganda. Claro está, de nada de eso hablamos, pero el padre Serafín aprovechó la ocasión en que la sed nos hizo pedir un vaso de cerveza, para contarnos el chasco que dice él padeció en una de sus peregrinaciones por Lagunillas y Cabimas en el estado Zulia. Apretaba demasiado el calor, y él y sus acompañantes buscaron sombra en un bar. Cuando el padre Serafín ya parecía sentir la frescura de la bebida burbujeante en su boca, oyó que el guía del grupo le gritó al barman:

—¡Sírvenos cinco vasos de cervezas, y una Coca-Cola para el cura!

Eran otros tiempos, ahora el padre Serafín andaba en una onda más seráfica.

—¿Por qué no vienen a unos ejercicios espirituales que dirigiré mañana aquí en la casa parroquial?

Constance y yo nos miramos con picardía, pero asentimos. El padre ofreció a Constance una habitación en la casa donde estaba hospedado, y yo busqué la posada más cercana.

—Estos ejercicios son para aprender a encontrarnos con Dios sin intermediarios, cabalmente, según lo permita el grado de intención de cada quien. Quiero con ello que tú, y tú, y tú, se interioricen para poner en orden tus afectos. No es para aprender; es para sentir y gustar. Es orar de boca y de mente— así empezó.

Enseñó, entonces, a concentrarse y relajarse, tanto física como espiritualmente. Sentado, con los pies firmes en la tierra, la espalda recta, las manos sobre los muslos, los ojos cerrados. Respirar con lentitud, irse deslastrando de otros pensamientos, hacer una respiración prolongada y decir: «—Estoy en paz». Pasar revista mentalmente a todas las partes del cuerpo y, luego, lograr apoderarse del sentido de un pasaje del Evangelio. Propuso, para ello, a Juan: 4; 5-41 (Jesús y la samaritana en un pozo). Y de ese modo, fue disertando sobre el destino del hombre, su libertad, sus peticiones, sus preguntas como ¿cuál es el fin de mi vida?, ¿sobre qué he montado mi proyecto? Citó la carta de Pablo a los efesios. La verdad es que las palabras del padre Serafín, sus muchas alusiones a diversos pasajes de la Biblia, tanto del Antiguo como del Nuevo Testamento, calmaron bastante mi intranquilidad, mi desazón, mis sentimientos encontrados hacia Constance, mi inquietud de casi todos los días. Hubo que dormir otra noche en Macarao, y fue cuando, al abrigo de aquel ambiente de quietud le escribí una carta a Constance, que no llegué a entregársela, la metí en el morral, la perdí, pero la encontré hace poco. ¿Te la leo?

Sí.

Bueno, algunos párrafos: «Tengo la sensación creciente de que te escapas de mis manos. Es un vacío por la presunción de que no puedes amarme. Lo siento cuando más cerca estoy de ti. En ese momento, una excusa tuya, aun fundada, me derrumba hacia una soledad que me muerde muy adentro... ¿Es que no estás en estado de amarme? Siento tu simpatía, tu cariño, tu admiración hacia mí, pero hasta allí... Quisiera que el amor entre nosotros fuera la mutua dependencia anímica, sentimental y afectiva, es decir, un flujo constante de afectos que no esté gobernado por ley, ni normado por la razón, ni alumbrado por la sensatez, ni por los lógicos y respetables comportamientos del buen ciudadano. El amor es un clamor de la sangre. Es un hervor de las entrañas, y a su calor es cuando se sueldan dos almas. Si estas líneas te lucen disparatadas es porque así confirman la demasía de mi amor».

Estaba enferma, Franklin.

Lo sé. Fue por eso que no se la entregué. Muy de mañana partimos de Macarao, pero un segundo antes llegó el padre Serafín con una confidencia:

—No les quería decir nada, pero oigan esto. La curia está muy disgustada con el gobierno. La están sometiendo a humillaciones. Hablen, si pueden, con monseñor Arias o con monseñor Hernández.

XXVII

El fandango de los heréticos

El Presidente llamó al ministro del Interior:

—Doctor Vallenilla, véngase a la casa.

Debía de ser algo muy importante o, al menos, de suma reserva. El Presidente está regando unos helechos. Viste pantalón caqui, chaquetilla simple, sin insignias, y corbata beige militar. Parece un típico padre de familia serrano, con sus tres hijas al lado: Margot de 11 años, Flor Ángel, de 9; y María Sol, de 5. La cuarta, que se llamará Flor de María, viene en camino. Doña Flor luce uno sencillo vestido gris, holgado, que disimula una cintura inflada que ya no es cintura. La pareja luce distendida, en el patio, delante de una mata de plátano; y las niñas alegres, porque hace rato su padre las ha montado a horcajadas sobre sus hombros, y luego, poniéndose «a cuatro patas», las ha paseado cabalgando por el patio y los pasillos.

—Ya estamos cerca del fin de este periodo constitucional, doctor, y tenemos que pensar en el mejor abordaje del problema electoral. La Constitución obliga a abrir el proceso para elegir al presidente mediante la votación directa, universal y secreta. Está permitida la reelección, pero tendría que ser sobre esa base eleccionaria. ¿Ha pensado usted en eso? ¿Cuál es su opinión?

El salón que sirve de escritorio a mi General no está bien iluminado, tiene pocos muebles, y en las paredes casi desnudas cuelgan unos retratos de familia, y un cuadro de Virgilio Trómpiz.

—En teoría, Presidente, hay varias posibilidades. La primera: participación de todos los partidos, incluyendo a varios de los ilegalizados, si se someten a la ley, contienda con varios candidatos, y el ganador recibirá de usted la silla el 19 de abril de 1958.

—Sería lo ideal, pero en las circunstancias actuales su aplicación desentona, me parece muy prematura. ¿Usted cree que las fuerzas armadas van a aceptar un triunfo de Villalba o Caldera? Primero me sacan a mí en volandillas de Miraflores— contesta el jefe.

—Otra posibilidad es la de repetir la situación de 1952, pero ahora con un absoluto control del proceso, a fin de asegurar el triunfo del candidato del Gobierno. Hay una tercera, y es la de modificar la Constitución para que sea el Congreso el gran elector—dice Vallenilla Lanz, y lanza diversos argumentos a favor o en contra de cada escenario.

—Pero, doctor, usted me habló una vez de la fórmula llamada plebiscito, y me discurseó entonces sobre la historia de Suiza y de la Francia de Napoleón. Yo creo que por allí es por donde está la solución: una consulta al pueblo sin los consabidos intermediarios de los partidos. ¡Qué fastidio volver a una campaña con una fila de candidatos, muchos de ellos lanzados con el exclusivo motivo de halagar vanidades; y con mitines donde se ofrezca hasta el cielo! Aquí ya no hay partidos políticos, ya los factores que mueven a Venezuela son otros muy distintos. ¿Para qué volver a esas jornadas llenas de demagogia y de vicios como las del trienio adeco, incluso las de Medina y López Contreras? Seamos sinceros. Además, doctor, queda mucho por hacer del Nuevo Ideal Nacional y de la doctrina del Bien Nacional para poder enterrar por fin a esa republiqueta del pasado. Necesito que me den cinco años más, por lo menos. Vamos, déjese de tantos aguajes, no me vuelva a repetir que la fórmula del plebiscito tiene sabor cesarista (¡César fue un gran conductor, por lo demás!) y enciérrese con el doctor Rafael Pinzón para redactar la ley. Usted es un perito en ese arte, muy sagaz, y brillante, sí señor.

Vallenilla se revolvía en su asiento, Franklin. Es que dudaba, no porque estuviese en contra de la prolongación del mandato de mi General, sino porque la figura plebiscitaria la veía muy sencilla, extremadamente artificial por lo esquemática y por conducir la confrontación sucesoral por un solo callejón, demasiado estrecho y ceñido a una sola respuesta posible: él o él. Mi General se da cuenta de las vacilaciones de su ministro, y lo convida a seguir conversando, ahora en el Círculo Militar, su obra magna de esparcimiento para todos los camaradas de armas. Los dos se montan en un bote de paseo en el lago del Círculo. Vallenilla examina con detalle algunas facetas de la situación que a su juicio hay que ponderar a fin de abonar un terreno que sea propicio a la implantación de una fórmula electoral tan inédita. ¿Es mejor anunciarla por sorpresa, o sería más conveniente ablandar de mil maneras la opinión pública con anterioridad? ¿Sería preferible pagar la abultada deuda pública para tener contento al empresariado de aquí y de afuera, en vez de acumular en el Fisco miles de millones y soltarlos en el quinquenio que viene?

—Presidente, por allí se comenta que el Gobierno se está creando una fama de maula.

Más le hubiera valido callarse. Un sacudón de ira estremece la humanidad de mi General. Descarga un remo con fuerza sobre el agua, y él y su ministro quedan bañados. Los edecanes y unos curiosos en la orilla miran sorprendidos la escena.

¿Es que se salía de sus casillas de esa manera?

De un tiempo para acá estaban aumentando los accesos de cólera de mi General. Sufría de migraña, y cuando estaba erizado de nervios nadie podía acercársele. Vi varias veces cómo batía contra el suelo sus espejuelos.

—O exageras o inventas —rabió el Presidente—. Es usted el que le llena la cabeza al ministro Guzmán con los desatinos que él vuelca sobre mí en su cuenta semanal. Con esas opiniones usted está alimentando esa fábula que rueda por ahí de que es usted el gran consejero y el que me alerta sobre los huecos donde puedo hundirme. ¡Usted es el guía y mentor del buen gobierno! Le advierto y se lo digo sin ambajes: detenga ese clima donde usted aparece como el duque de Lerma, o Godoy. Me está desacreditando. ¡Mire, yo me salvo solo!

No han pasado dos días y el Presidente llama al ministro para que lo acompañe en la inspección de varias obras. Es como matarle el gallo en su propia mano. La caravana presidencial baja al litoral, lo recorre desde Maiquetía hasta Tanaguarena. Se bajan a ver las obras de un complejo habitacional para obreros, un hotel de turismo, un tramo carretero. El Presidente sube escaleras, andamios, mete las botas en los montones de arena y piedra picada. Todos sudan. Suben a Caracas, a la inspección de avenidas. Comen a la carrera. Despiertan en la madrugada, ahora rumbo al estado Anzoátegui, atraviesan pueblos, se meten por caminos que son vericuetos llenos de baches, se internan por roquedales, manglares, morichales, chapotean por fangales, recorren arenales, todos están cubiertos de polvo, el Presidente indaga sobre la marcha de los sembradíos. Rematan en las salinas de Araya, en el extremo bien al este del mapa. La gira es un catártico que borra las desavenencias. Vallenilla termina redactando el Estatuto Electoral, en compañía de ese otro genio de la hermenéutica jurídica que es Rafael Pinzón. Falta, por supuesto, explicar el asunto a los militares. Hay sesiones plenarias en el teatro de la Escuela Militar de Caracas y en el cuartel Páez de Maracay. Los estribillos de mi General son los mismos: los partidos están convertidos en trastos ya sin vida, por mí hablarán las obras públicas, no hay deudas que oscurezcan el porvenir sino compromisos livianos. La parquedad de mi General, la sequedad de los números, y la estolidez del ambiente de cuartel convierten las reuniones en un monólogo, por fortuna para el equipo mandón. ¿Por qué esos ojos de carnero degollado, Franklin?

¿Es que nadie objetó nada?

Tonterías dijo alguien. Entre los marinos hubo quien, en una partida de dominó, preguntó a título personal si el plebiscito estaba contemplado en la Constitución. Los que lo oyeron arguyeron que no había otra fórmula. ¿Quién puede ser presidente sino él? El director de la Escuela Militar parece que rezongó algo, pero, escudándose en la línea de mando, informó al personal civil que su deber era votar por el SÍ y traerle a la dirección la tarjeta roja sobrante.

XXVIII

Las trabas de la religión

Un susurro casi al oído del padre Serafín nos dio la pista, a Constance y a mí, para acercarnos a los predios de la iglesia. A Constance no le significó un esfuerzo contrario a sus creencias, porque su formación intelectual, y no una cerrazón o un odio sentimental la habían llevado al agnosticismo. Ni tampoco a mí me contrarió, porque nací en hogar cristiano, fui bautizado, había hecho la Primera Comunión, y mi ropaje de ateísmo lo obtuve por la vía del llamado sarampión juvenil. Muy pronto, supimos que en el Arzobispado había nacido la idea de lanzar una carta pastoral para el 1° de mayo con motivo de la celebración del día del trabajador, de acuerdo con la orientación trazada por el Papa Pío XII, quien en la plaza del Vaticano, en 1955, había declarado ese día como el Día de San José Obrero, en vez de la fecha tradicional hasta el momento, que era el 19 de marzo. Con suficiente antelación, en el Palacio Arzobispal comenzó a redactar un esquema. Hubo la ayuda de varios sacerdotes. Y monseñor Rafael Arias Blanco, cincuentón, afable, arzobispo de Caracas desde hacía dos años, le dio cuerpo a la pastoral. Fue leída, entonces, en el púlpito de todas las iglesias del país, y su enfoque de la cuestión social rompió la unanimidad acerca de un pretendido bienestar impuesto a la fuerza por el oficialismo. Ningún periódico, salvo *La Religión*, que era casi una hoja parroquial, publicó la pastoral, circunstancia que contribuyó, por carambola, a hacer de aquel papel un manifiesto subversivo.

Esa pastoral, Franklin, la escribió el líder copeyano Rafael Caldera, según lo comprobó el gobierno. Es que monseñor Arias estaba disgustado porque el gobernador de Anzoátegui se había opuesto a que la iglesia de ese estado promoviera la venta de unos terrenos municipales para unos inversionistas privados. Y el director de *La Religión*, Jesús Hernández Chapellín, estaba avivando la candela porque el periódico había caído en bancarrota y quizás podría salvarse si aumentaba la circulación mediante cualquier alboroto.

¡No, chico! Eso lo repite tu mente calenturienta. Nadie sino los curas fueron los autores de la pastoral. Léete algunos de sus párrafos, nada incendiarios:

«*Se dice que la cuestión social sólo es de tipo económico. Por el contrario, es principalmente moral y religiosa*».

«*El Primero de Mayo, lejos de ser fomento de discordias, de odios y de violencias es y será una incitación constante a la sociedad moderna a completar lo que aún falta a la paz social*».

Claro que hablaba también de los profundos desajustes sociales que se observaban, desempleo, salarios bajos, déficit de escuelas, violaciones de la ley del Trabajo. Era natural que esa reacción parecida a la que ahora expresas y que condujo al gobierno a desatar una persecución contra muchos prelados, hiciera que aumentara el interés por leerla. El ministro Vallenilla citó a monseñor Arias, pero éste aguantó en silencio el chaparrón de una justificación de la obra oficial, sin fuerza alguna, y no le arredró una amenaza, metida en el disimulo de una amable exhortación, sobre los santos deberes de la iglesia. Es más, el ministro Laureano Vallenilla publicó en *El Heraldo*, bajo el seudónimo de R. H., la interpretación correcta, a su manera, de concebir la justicia social. De inmediato, el padre Hernández Chapellín le respondió desde *La Religión* con «*Orientaciones a R. H*», sin pasar el escrito por la censura. A las 5 pm. del día siguiente tuvo que acudir a la citación que le hizo el ministro en su despacho:

—Padre, es necesario que usted modifique su actitud. Está invadiendo un terreno que no le corresponde.

—Ministro, voy a hablar como sacerdote que sólo teme a Dios. El régimen es odiado por casi todo el pueblo.

El ministro calla, mira al techo. Para sus adentros, ve al prelado como una sotana llena de ambición, de vehemencia, pero escaso de cultura. El antiguo director del colegio «Pío XII» de Coro, magro, sombrío, crispado, palidez en el rostro, sequedad en los ademanes, se retira. Está sentenciado. Entre tanto, hubo quien ayudó a sacar de *La Religión* las galeradas de plomo de la pastoral y llevarlas a la imprenta de los hermanos La Salle, en la urbanización

Sebucán, para confeccionar un modestísimo folleto que al rato se vendía en las calles por buhoneros zahoríes a cinco bolívares. Una muchacha chilena, por cierto amiga de Constance, sacó un ejemplar en su equipaje, y alcanzó así mucha difusión en su país; y de allí circuló hacia otras partes del mundo.

Te digo que la Seguridad Nacional tuvo al instante evidencias concretas de los movimientos sospechosos de varios curas. Querían calentar el año electoral, según dicen voceros del gobierno, y cabe la conducta de hostilizar al sacerdocio, hasta acoquinarlos. Sin embargo, tales fintas no carburaron. De repente, hay un eco: la oposición aparece con un llamado a la paz y al respeto de la Constitución, y empiezan a surgir amagos de candidaturas. El regreso al país del doctor Caracciolo Parra Pérez, veterano diplomático y corredactor de importantes documentos fundacionales de las Naciones Unidas en la Conferencia de San Francisco, sirvió para que su nombre flotara en esa nube de los presidenciables. Pero, al poco rato, tal como llegó, se fue. Otra candidatura en ciernes fue la de Rafael Caldera, ya conocido por sus aspiraciones al solio de Miraflores, pero fue una idea igualmente fugaz, porque el líder del socialcristianismo fue apresado, luego de tomar en sus manos la defensa de la primera esposa de Pedro Estrada cuando éste promovió el divorcio. Una noche, y sin que nadie apareciera como responsable, fue lanzado un explosivo por la ventana de su casa. Una bomba, dijo el líder; un petardo, dijo un periódico oficial. Ya preso, Caldera fue abandonado a su suerte. Si lo hubieras visto, Franklin, él, tan modoso, perdió el apetito, enflaqueció, dejó de cortarse el pelo, lucía una frondosa cabellera que le enmarcaba coquetamente su sempiterno semblante pálido. De todas maneras, era un preso incómodo por las presiones en favor de su libertad que hasta la Nunciatura y el Vaticano promovieron. Mi General optó por expulsarlo del país.

Al gobierno se le ha abierto otro frente de oposición, más fresco, y aún no golpeado si lo comparamos con el frente político, donde persisten la desunión y la amargura de los descalabros anteriores. Apenas había surgido una pequeña llama representada en lo que se llamó la Junta Patriótica, especie de plataforma unitaria donde confluían los cuatro partidos de oposición: el PCV, raquítico, con una cuantas células en Caracas, Maracay, Valencia y Barquisimeto; AD, en manos de jóvenes aún inmaduros y esperando la confirmación de su autoridad por la alta jerarquía del exilio; URD, inclinada hacia la convergencia opositora pero sin dirigentes curtidos en el país; y Copei, paralizado aunque con varias de sus jóvenes figuras tratando de hacer oír su voz de protesta. Era un cuadro lamentable y así se lo dije varias veces a Constance, para que no cayéramos en ilusiones y no nos arriesgáramos a participar en actividades destinadas al fracaso. Transcurren unos meses en que las aguas se aquietan. El Gobierno trama algo, dicen muchos. Pasará lo mismo del 2 de diciembre, tenemos al tachirense para rato, dicen los más. Cuando sale publicado en la *Gaceta* el Estatuto Electoral llamando al plebiscito, hasta el más plácido de los opositores siente un latigazo en pleno rostro. Las fibras de dignidad, de decencia ciudadana se estremecieron con aquella grosería tan descarnada, tan desnuda de siquiera un adarme de raciocinio político, o institucional. Con razón se ha dicho que una de las partes más sensibles de la sociedad en los asuntos del comportamiento cívico y de la preceptiva más elemental es la del mundo universitario, de sus profesores y, correlativamente y a veces en grado superlativo, de su estudiantado. Constance y yo tuvimos la oportunidad de comprobarlo en las reacciones que despertó el plebiscito en dos recintos universitarios tan dispares: uno añejo, con más dos siglos encima, la Universidad Central de Venezuela; y el otro, novísimo, con apenas cuatro años de existencia, la Universidad Católica «Andrés Bello». La UCAB había comenzado sus labores en el viejo caserón que ocupó durante años el colegio San Ignacio de Loyola, en la esquina de Jesuitas, a tres cuadras de la plaza Bolívar, pero aún no había consagrado su primera promoción de graduados. La inquietud provocada por el llamado a unas elecciones de las que ya se sabía su resultado, llevó a su profesorado a redactar un comunicado de protesta. Era rector el padre Pedro Pablo Barnola, quien advirtió que la reciente Conferencia Episcopal, celebrada en Mérida, había llamado al sacerdocio a no suscribir ningún manifiesto político a favor o en contra del plebiscito, visto el aluvión de mensajes favorables a la consulta electoral, unos con almibaradas alabanzas, y otros, los menos, con tímidos apoyos, y que llenaban literalmente las páginas de toda la prensa, con el encabezamiento de «*Los abajo firmantes...*» y el final de «*Siguen centenares de firmas más*». De todas maneras, los profesores que eran jesuitas asistieron también a la reunión.

Fue una reunión con pocos asistentes, informó la SN al Presidente.

Es cierto, no todos se enfrentaban al gobierno, había quienes titubeaban o la dieron por callar. Incluso, algunos miembros de la Compañía de Jesús pensaron que la actitud del rector podría traer como consecuencia el cierre de la Universidad. Además, lo corto del espacio donde se iba a celebrar la reunión y la cercanía del ministerio del Interior, convertían aquello en una ratonera. Ya los estudiantes habían realizado su protesta, con la quema del estatuto electoral, un ejemplar del diario *El Heraldo* y un retrato del dictador. El debate entre los 60 profesores asistentes fue ardoroso. A los que venció el clásico «culillo» no asistieron, y los vacilantes negaron su firma con diversos pretextos. Hubo dos interrupciones, la vez que se oyó un frenazo y todos pensaron que habían llegado las camionetas de la SN, y la vez que pasó, rauda y veloz, una ambulancia con su sirena escalofriante. Se recogieron 13 firmas, más otras seis obtenidas en unas clases que se dictaban en un local situado entre las esquinas de Bucare y Pilita, otras en el local de San Pedro a Cujicito, y en el campanario de Santa Teresa. El rector dijo que con estas firmas se había vencido «el conformismo vil» y «la amenazante indecisión». Los decididos no eran corajudos luchadores dispuestos a todo, por supuesto. El padre Barnola viajó a Barquisimeto para eludir la segura prisión, y varios profesores firmaron, junto con el manifiesto, un poder a sus familiares cercanos para que pudieran movilizar sus cuentas bancarias. Fueron pocos pero salvaron el honor. Lo dijo el padre Barnola meses después: *«Estábamos convencidos de que hacíamos más por la patria y por la iglesia si conservábamos íntegro el honor sin Universidad Católica, que si se conservaba abierta una Universidad Católica sin honor»*. La protesta en la Universidad Central fue más sonora. Aprovechando que en el Aula Magna de la Ciudad Universitaria se reunía un congreso internacional de Cardiología, un grupo de estudiantes irrumpió en el recinto dando mueras al gobierno, al plebiscito y clamando por elecciones libres y libertad de los centenares de presos políticos. La gritería fue descomunal, y hasta las nubes acústicas de Calder vibraron. La acción fue respaldada por los estudiantes de los liceos Fermín Toro, Aplicación, Juan Vicente González, Andrés Bello, Razetti, Caracas y la escuela Miguel Antonio Caro. Constance y yo vimos aquí a muchos conocidos, varios de los cuales ni sospechábamos que eran activistas de los partidos ilegalizados, sino jóvenes preocupados por llevar la cultura y la distracción a los barrios populares. En la calle hubo acción. Grupos de estudiantes y activistas desplegaron propaganda con volantes y mitines relámpagos. Un zapatero de la barriada El Manicomio de apellido Álvarez, comunista, bravucón, con una eterna monserga en su boca contra todo y contra todos, ideó un simplísimo artefacto al que llamó «Tres minutos» para repartir los volantes clandestinos. Era un pequeño cucurucho de papel lleno de volantes tipo «mariposa», que manteníase cerrado mediante el nudo frágil de un cordel impregnado con sal de nitro (un polvo de venta corriente en cualquier droguería) disuelto en agua azucarada. Al acercársele el fuego de un cigarrillo o un fósforo, el cordel se quemaba, como la mecha de un explosivo, y dos o tres minutos después el nudo también ardía, y la nube de volantes caía sobre los transeúntes, cuando ya el propagandista estaba lejos del balcón, ventana o azotea donde había dejado colgado el cucurucho. Los activistas se entusiasmaban cuando veían que sus papeles caían como lluvia (¡desde el cielo!) sobre los transeúntes sorprendidos, en las avenidas Urdaneta, México, Baralt y otras. Mucho efecto causaron los volantes que caían desde lo más alto del superbloque «El Sietemachos», de 14 pisos, en la urbanización obrera «Dos de Diciembre». Y había otras maneras más arriesgadas, cuando los militantes se confundían entre los feligreses que oían la misa y repartían de modo relámpago las octavillas contra el régimen. En una ocasión, un agitador se subió al púlpito de la Catedral y desde allí arengó a la concurrencia.

Fuegos fatuos, Franklin. Mi General jugaba dominó, podaba su limonero, examinaba el nivel de aceite de su «Bólido de Plata», recibía a *Peter* (Estrada) en la mañana, llamaba por teléfono a Vallenilla, le preguntaba al ministro de Hacienda cuánto había en el Tesoro, planeaba, planeaba. La campaña marchaba bien, sin complicaciones, no había registro electoral, no había candidatos, no había mitines, pero muchas adhesiones, sí, por la prensa, muchos avisos desplegados de las obras inauguradas, de las obras en construcción. Es ascendido a general de división, le nace su cuarta hija. Pasa unos días en la nueva urbanización Playa Grande, con sus buenas instalaciones de recreación y para la navegación costanera, y a la que se accede por la carretera que pasa por el lado sur del aeropuerto de Maiquetía. Su casa, de líneas muy modernas, fue diseñada por el joven arquitecto Vivas, quien también hizo lo mismo con las mansiones de otros jerarcas del régimen, en audaz desafío a la anfractuosidad del terreno. Los resultados del plebiscito no sorprendieron. Largas colas se formaron en los centros de votación. La tarjeta que solicitaba la continuación de mi General por el nuevo quinquenio obtuvo más de dos millones de votos. No hubo alteraciones, no corrió la sangre. Tranquilidad total. Llegó la Navidad y el Año Nuevo, las parrandas de aguinaldo y las hallacas. Todos a una: ¡Feliz Año Nuevo!

Constance se derrumbó, no esperaba tanta calma, tanto silencio, tanta aclamación. Yo, alterado por la ira, exclamé: «¡Este es un país de mierda!».

XXIX

El blefador de los boticarios

Sentados en la terraza, en silencio, vemos pasar los minutos. El techo de las copas de los árboles de la avenida parece congelado, ni una hoja se mueve. De pronto, se estremece una rama, es que se ha posado sobre ella un azulejo, apenas picotea, en busca de un gusano, quizás, alza el vuelo y desaparece dejando el rastro azul como un brevísimo relámpago. Constance lo ha mirado, esboza una sonrisa, que se deshace en el rostro pálido, y cierra los ojos. Estrecho sus manos, frías, huesudas, trato de decir algo, parpadeo, me vence también el mutismo. La hija le trae el desayuno, aunque es casi el mediodía. Es el alimento de la mañana que más le gusta, una *omelette baveuse.* No tiene apetito. Con el tenedor, pasea la tortilla por los bordes del plato, toma un trozo muy pequeño, se lo lleva a la boca, suelta el tenedor, la abate un desánimo total. Me levanto, me ha hecho señas el marido, Henri. Me habla aparte:

—Tiene otra vez una complicación. Parece que le ha salido un tumor en el cerebro. La llevamos al médico porque sentía repetidos dolores de cabeza, muy fuertes, a veces no veía con nitidez las cosas, tiene las piernas muy débiles, se ha caído, sufre mareos. «—El pronóstico es sombrío», me ha dicho el médico. No hemos querido decirle nada, pero ella intuye su gravedad. No habla, no tiene ánimo para nada, come muy poco. Para complicar las cosas, tiene que someterse a un tratamiento muy difícil, que le quitará o aliviará los dolores, pero que le agravará su debilidad. Tendrá que tomar varias dosis de cortisona y de un preparado de mostaza, si es que entendí bien la jerigonza del médico, además de morfina para cuando el dolor arrecie.

¡Qué broma tan seria! Peor no puede ser. Constance trata de hablarme, vuelve sobre su enfermedad, su familia, es repetitiva:

—Franklin, ¿te acuerdas de mi hermana Margot? Ella gozó siempre de buena salud, vivía cada momento intensamente, sin tiempo ni necesidad para reflexionar sobre sí misma. Yo la quería y la admiraba, aunque con cierta reserva, a veces. Margot confiaba a plenitud en su bello aspecto, en su distinción, en su preparación para obtener lo que deseaba, es decir, una familia disfrutando su armonía, que la quisiesen mucho a ella, sin criticarla ni objetarle nada para nada. Ella también me amaba, pero su amor tenía una dosis de rencor. No era obstinada en sus intenciones, al contrario, cancelaba con rapidez todo aquello que la angustiase. Cuando me llamaba ponía énfasis en mis dolencias.

—¿Cómo estás? ¿Estás bien, verdad?

—Yo le explico mis males físicos, los económicos, los existenciales. Pero, ella no me escuchaba, le daba miedo enterarse de mi enfermedad, porque sus llamadas no eran para saber cómo estaba, sino para convencerse de que yo estaba bien, sana, por lo que me repetía:

—¿Cómo estás? ¿Estás mejor, verdad? ¿Cómo andan tus asuntos económicos? ¿Mejor, verdad?

—No, no andan mejor— le contestaba.

—¡Aah! Te llamo en quince días— me decía.

—No, no me llames, las llamadas cuestan mucho.

—Entonces, besos a todos, Constance.

—Besos a los muchachos y a Jacques—le replicaba.

Y, de pronto, Constance volvía a hablarme de ella misma.

—¿Cómo puedo -pensaba- aceptar cualquier transformación de mi cuerpo, amputaciones, fármacos destructivos, sin que el horror de lo que está pasando en mi cuerpo se extienda a mi espíritu?

Por algún tiempo su enfermedad pareció inexistente. Ahora, poco a poco, empezaba a sentirse embargada en una difusión de miedo, casi de parálisis. Intelectualmente, Constance estaba muy viva, pero la destrucción demasiado violenta de aquel cuerpo se iba extendiendo a su yo afectivo. Un temor interior, un vacío, una indiferencia terrible por todo, se posesionaba poco a poco de su alma.

—Franklin, conocí la sexualidad un tanto tarde. Henri Laforge me recuerda un oso en París en su juego amoroso. Cuando te conocí, surgió un afecto casi espontáneo. Pero, pronto mi enfermedad me hizo verte de varias maneras. Tu amor lo sentía como un simple querer, tu pasión me sonaba a compasión. Me sentía intranquila contigo y, al mismo tiempo, me diste fuerzas que no conocía. Creía sólo en mí y en mi entorno cercano, y contigo empecé a creer en los demás, en los desasistidos, los oprimidos por una ausencia de cultura o por una atosigante presencia de poder.

Yo intenté explicarle mis sentimientos, cómo de una manera apacible, sutil, tal cual esa luz que se tiende en silencio a brillar sobre calles y edificios a las primeras horas del amanecer, en medio de ruidos muy tenues, apagados, dulces al oído, antes de que el sol ardiente lo aplane todo. Era el discurrir del adagio de una sinfonía hasta que retumban las trompetas y los cornos y los timbales, y reducen la sala y al público a una delgada masa anhelante. Sabía, desde luego, cuan difícil era el transcurrir de la relación, pero de todas maneras sentía que crecía, que conmovía todos mis músculos, mis nervios y mi sangre, y miraba con horror tan mala jugada del destino. Estaba atrapado, era verdad que sentía bajo mis pies el crujido de las tablas de un puente endeble, pero la idea se disipaba con la fragancia de una flor dormida en su mano, aunque allí estaba también el encono de una espina. Constance, mírame, eran mil obstáculos y una sola la oportunidad de tenerte. Aunque decenas de circunstancias alejaban el amor, una sola de tus muestras de cariño me colmaba de placer. Con los días, ¡qué desgracia!, aumentaba la ruina, se quejaba, la cara abotagada ahogaba sus gestos, ya estaba postrada en una silla de ruedas. En sus ojos que naufragaban en la oscuridad de sus ojeras, bailaba todavía una llamita de genio. Un día que estábamos solos, me dijo:

—Acércate, Franklin, quiero pedirte algo. Me siento muy mal, esto ya no tiene remedio, cada día me hundo más en la invalidez, me asaltan momentos de dolor que no soporto. Los médicos dicen que he experimentado una leve mejoría, pero es mentira, sé que tratan de consolarme. Te ruego que me oigas y que me digas que me vas a ayudar. Si se acerca la hora de mi muerte y soy presa de dolores insoportables o quedo en la ruina total, un vegetal despreciable, quiero morir por medio de un medicamento que me lleve tranquila al más allá. Ni Henri ni mis hijos me ayudarían en ese extremo, pero tú sí, ¿es verdad? Es la última y definitiva prueba de amor que te exijo.

Al principio, quedé paralizado con su exigencia, pero pensé que ella no se merecía una muerte con la tortura de una agonía supremamente dolorosa. Busqué al doctor Castillo, un médico amigo mío y le expuse el caso. Tenía que proveerme de una sustancia llamada gluconato de calcio o de potasio, a aplicar por vía intravenosa, y me dio unas pastillas de seconal. Con el seconal quedaría adormilada, y el fármaco intravenoso provocaría una parálisis cardio-respiratoria inmediata. Quedaba erizada mi piel cada vez que pensaba en semejante recurso. Pero, se lo había prometido. Y lo tenía que cumplir. De eso estaba seguro, teniente.

—Oigan el *lied «Alma, cuán bella eres»*, es de Alban Berg— dice Pragedes.

XXX

Tarraballationes Doctorum Colononiensium adversus Reuchlin

Eran, aproximadamente, las 6 de la mañana, ya había amanecido el primer día del año, cuando el ruido de un avión que volaba a poca altura me sacó de la cama. Al poco rato, se oyó el estallido de una bomba hacia el centro de la ciudad. Ahora, son tres los aviones que están bombardeando, y suena el fuego antiaéreo en respuesta. Parece que los aviones están ametrallando sobre algo.

A mí también me despertó el rugir de los aviones, la explosión de las bombas y el tableteo de las ametralladoras sobre Miraflores y la respuesta antiaérea. El doctor Giacopini me dijo que igualmente se despertó a esa hora. Su hermano Carlos subió a la azotea de la casa, a tres cuadras de Miraflores, y observó que el objetivo era el palacio. Se estaba desayunando de pie, tragando la arepa casi sin mascar, para salir a ver qué pasaba cuando lo telefoneó el jefe de la 2ª sección del Estado Mayor (Inteligencia). No lo atiende, sino ordena a la mucama que le diga que ha salido. Dos coroneles amigos también lo llaman. Debe ser para lo mismo, tampoco los atiende. Como no sabe con certitud lo que pasa en Miraflores, sale disparado hacia Los Caobos, a la SN, a ver a Pedro Estrada. Peter le informa:

—Se ha alzado la guarnición de Maracay. Yo lo sospechaba, es que el jefe quiere manejar todas las cosas él solo. Es muy terco.

Estrada ya ha sacado de la cama al ministro Vallenilla, que se había acostado hacía apenas una hora. El timbrazo del teléfono interministerial lo deja turulato:

—Se alzó Maracay, ministro. El gobernador del estado, Ferrero Tamayo, está preso.

Cuando se está vistiendo, vuelve a sonar el teléfono. Es el jefe de la Casa Militar:

—¿Ya sabe que un avión ha intentado bombardear Miraflores? El Presidente desea que se traslade de inmediato a palacio. Nosotros ya salimos para allá.

O sea, que también al Presidente lo ha sorprendido el golpe en su casa. En el trayecto, pensativo y nervioso, el ministro recuerda que lo acompañó en Maracay a la celebración del día de las Fuerzas Aéreas, los primeros días de diciembre. El Presidente fue en su «Bólido de Plata» y él de copiloto. Atrás, en el Cadillac negro presidencial van las señoras Flor y Elena. La pareja presidencial se alojó en la quinta «Mariscal Franchet d'Espérey», en Las Delicias, y Vallenilla y señora en el hotel Maracay. En el Círculo Militar maracayero, luego de una fiesta en el club de Suboficiales, se reúnen todos. El Presidente baila, como lo dicta el protocolo, con la esposa del comandante de las Fuerzas Aéreas, Odila de Guerrero Rosales. Él da unos pasos breves, como si recogiera alguna basura con los pies, y los repite y repite, mirando hacia el techo. Y Flor, dejando la piel en la silla, lo hace con Guerrero. Vallenilla se topa con el mayor Martín Parada y conversan, intercambian chistes, y terminan la charla cuando el piloto preferido de mi General le anuncia a Vallenilla que irá pronto a Caracas a buscar su aguinaldo. El ministro ve de arriba abajo a Parada, un tanto huidizo, poco marcial, quizás a causa de esa gorra poco rígida y ese uniforme de un azul desvaído que usan los aviadores. Y ahora, Vallenilla recuerda algo que no le preocupó en ese momento: el ambiente era frío; no todos los oficiales asistieron al acto, y el Presidente, que había dicho que se quedaría a dormir en Maracay, partió para Caracas antes de terminar el baile. ¡Aah!, y ayer mismo supo que habían detenido al general Hugo Fuentes y al coronel Castro León. Bueno, de Castro León se esperaba todo porque era notoria la habladera de tonterías que a cada momento proferían él y su esposa. ¿Pero, Fuentes, el «Elegante»?

Todo Caracas se levantó a esa hora, teniente. Tú debes acordarte que en octubre de 1945 también unos aviones que vinieron de Maracay tiraron varias bombas. Aquella vez no causaron daños mayores, pero ¿ahora? A lo mejor nos acostumbramos. A otros, el espectáculo de los aviones en picada y las balas trazadoras los hechizó. Uno de ellos fue el novelista Gabriel García Márquez, que a la sazón trabajaba como reportero en la revista *Momento*. Esa mañana, se despertó con la rara sensación de que algo extraño iba a suceder, y ya se aprestaba a meter en el maletín su traje de baño y una toalla para irse a la playa de Macuto, como lo había convenido con unos amigos, cuando su amiga de toda la vida, Soledad, anhelante, casi derriba la puerta del apartamento donde vivía en el edificio Roraima de San Bernardino.

—¿Tan temprano?— preguntó, sorprendido.

—¡No! No podemos ir, ¡se alzó la aviación!

Y esa fue una experiencia imborrable, porque de ahí en adelante vio, por primera y única vez en su vida, cómo derrocaban a un gobierno. Lo que para mí no cuadraba en mis cálculos era la forma tan sorpresiva del estallido, si recordamos que habían transcurrido 15 días de entera calma después del plebiscito. Parecía que a la gente le hubieran inyectado un somnífero potente, y ya empezaba a acostumbrarse a cinco años más de gobierno dictatorial. Yo estaba realmente decepcionado por esta mansedumbre imposible. Fue después cuando me enteré de lo que llaman los políticos los prolegómenos del asunto. Los primeros encuentros de esta conspiración militar tuvieron lugar en junio de 1957, en Maracay, cuando varios capitanes se pusieron de acuerdo para constituir la primera célula insurgente. Pronto, se dan cuenta de la existencia de otros oficiales que expresan su descontento con lo que ellos llaman una mafia militar incrustada en el Alto Mando y alrededor del Presidente. Ya para septiembre consiguen el respaldo del teniente coronel Hugo Trejo, un andino de 35 años, rostro cuadrado, hablar rotundo, con intachable hoja militar (primero en su promoción de la Escuela Militar, especialista en la rama de artillería con cursos en Madrid), en ese momento instructor de la Escuela Superior de las FFAA. Será el jefe, no hay dudas. Tan cerca como diciembre, se les une una ficha invalorable, el capitán Martín Parada, que está muy ligado a José María Castro León, quien añora promover algún revoltijo.

Del «Cabito» Castro cabe esperarlo todo, pero ¿por qué Parada, si era el piloto de mayor confianza de mi General? Bueno, hay una sola respuesta: la ambición, Franklin, la ambición.

Ya consideran maduros los preparativos, ya han tocado a oficiales de la Marina y de la Guardia Nacional. Falta ahora el apoyo y la labia de los civiles. En el escritorio de un abogado se reúnen personalidades civiles muy conocidas en los mentideros políticos. A ellos, varios militares comprometidos explican sus planes, y también piden luces sobre el mejor manejo de la situación. Llega a hablarse de una posible Junta de Gobierno y surgen nombres de numerosos notables.

¡Qué raro que Castro León no aspiró a nada en esos conciliábulos!

Es que estaba metido en otro movimiento, teniente, que se cocinaba a fuego lento en el extranjero. El joven economista Tomás Enrique Carrillo Batalla ha llegado a Nueva York, después de más de un año encerrado en la cárcel y de obtener un PhD en una universidad gringa. Su liberación se debió a esa conexión tan venezolana que siempre se encuentra, por más negro que sea el panorama, entre algún familiar del preso y el amigo o familiar del mandamás, incluso a veces directamente con éste mismo. El empalme adecuado lo teje la madre de Carrillo, doña Edelmira Batalla de Carrillo, con la madre del coronel Rafael Herrera Tovar, asiduo visitante de la casa desde sus tiempos de cadete, cuando también se hacía acompañar a veces por su jefe, y tuyo también, con quien hizo buenas migas. A solicitud de doña Edelmira, doña Tovar de Herrera se dispone a hablar por la libertad de Tomás Enrique, y la ocasión viene a pedir de boca en una reunión mitad conciliábulo, mitad social, en la casa del Presidente, donde están oficiales de alto rango. A dos de ellos les confía la súplica y, muy caballeros, se acercan al Presidente y le trasmiten la solicitud.

Mi Presidente, que está disfrutando del ágape, se incomoda y contesta de mala manera:

—Amigos, yo me encargo de los políticos presos. Ustedes, de los militares presos, así que no me hablen de ese doctor Carrillo.

El comandante Pulido, siempre confianzudo, toma del brazo al Presidente:

—No seas pendejo, Marcos, tú estás aquí por nosotros los militares. Por favor, atiende el ruego.

Carrillo salió expulsado del país.

Así fue. Entonces, en Nueva York, intenta lograr alguna coordinación entre la gente del exilio para afrontar el nuevo cuadro político creado por el plebiscito. Habla con Betancourt, con Villalba, con Miguel Moreno. Explica la situación venezolana a Arthur F. Burns, presidente del Consejo de Asesores del presidente Eisenhower, a H. Holland, Subsecretario de Estado para América Latina, y a Paul Lester Wiener, arquitecto, muy ligado a los medios de prensa; a los renombrados periodistas Tad Szulc y Herbert Mathews, ligados al *Christian Science Monitor* y el *New York Times*. Incluso logra hablar con John Foster Dulles, ese enigmático Secretario de Estado, alto, de cuello estirado y manos grandes y largas, parco en el hablar, que recordaba con vaguedad la ciudad de Caracas y el paseo en yate que le ofreció Laureano Vallenilla Lanz, en 1954, a raíz de la X Conferencia de Cancilleres Americanos:

—Con aquel calorón, le pedí un trago de *Jack Daniel's*, el muy de mi gusto bourbon de Tennessee, pero lo que tenía era *scotch*.

Peor elevación de temperatura fue la que soportó Carrillo cuando trató de reunir a Jóvito Villalba con Rómulo Betancourt. Los rencores que venían arrastrándose desde 1936 fueron multiplicados cuando a oídos de Jóvito llegó la acusación en su contra, no directa sino insinuada, de que había vendido su triunfo electoral del 30 de noviembre de 1952 por un cómodo exilio. ¿Y las pugnas de todo orden que enfrentaron durante larguísimos años a estos dos líderes del espectro democrático con el cavernario, reaccionario, filogomecista y represor del pueblo, el troglodita general Eleazar López Contreras, quien de pronto se aparece en Nueva York en afanes también conspirativos? Era un campo minado el que había que recorrer, evocador, aunque fuera en el terreno político, del que encontraron los infantes de marina y tanques Sherman de Estados Unidos en la batalla de Iwo Jima.

—¿Dónde está hospedado el ex Presidente?

—En el hotel Delmonico.

Hacia allá se dirige Carrillo Batalla. Toma el Metro y se baja cerca de 502 Park Avenue. Es un hotel de apartamentos suite, muy céntrico. Hablan y llegan a un acuerdo, en principio, de hablar con los líderes máximos del exilio. Al día siguiente, se dirigen los dos, más María Teresa, la esposa de López Contreras, a Forest Hills, una urbanización en Queens, donde Jóvito y su esposa Ismenia rentan un apartamento. El ambiente se torna amigable, abrigan esperanzas acerca de la evolución de la situación en Venezuela. Cuando se asoma la posibilidad de ir a hablar, a continuación, con Rómulo Betancourt, el presidente López toma del brazo a Jóvito y le susurra al oído que deben hablar aparte sobre ese tema. Se trasladan a otra habitación, Jóvito cierra la puerta y el general López le explica:

—Perdone, doctor, pero que no nos oiga María Teresa, ella es muy susceptible, y todavía no le perdona a Rómulo que cuando nos expulsaron de Venezuela a raíz del golpe del 18 de octubre, la Junta por él presidida nos quitó todo, incluso las prendas que ella llevaba puestas al abordar el avión.

La reunión con Betancourt se hace no en la residencia de Carrillo, quien teme que esté vigilada por los sabuesos del consulado venezolano, sino en la de Miguel Moreno.

¿Miguel Moreno, el secretario de la Junta que derroca a Gallegos, el cerebro político y jurídico de los militares hasta el 2 de diciembre?

Sí, señor, las vueltas que da la política, teniente. Es que Moreno tenía otras miras, y Pedro Estrada estuvo a punto de malograrlo, una golpiza, un atentado, es la verdad. Él vive ahora un exilio dorado en Sutton Place, la exclusiva barriada neoyorquina, donde una vez vivió Marilyn Monroe, cuando estuvo casada con Arthur Miller. Al apartamento de Moreno se puede llegar sin ser vistos desde la calle, si el auto baja al sótano y allí se toma el ascensor. Luego de los saludos, Carrillo y Moreno se retiran a un salón y López Contreras y Betancourt se quedan solos. Hablan durante hora y media. La conversación arroja buenos resultados y el whisky relaja la tensión. Ya en el auto, López le susurra a Carrillo en ese tono y volumen que es típico de los conspiradores:

—Tomás Enrique, estoy en comunicación permanente con Castro León, quien asegura tener juramentados a muchos compañeros de armas, no me dio la cifra pero parece que va en aumento. También he recibido noticias buenas de la actitud del actual jefe de la Policía de Caracas. Él vacila, vacila, pero creo que cuadrará al fin. Hay que comprender su situación, es compadre del Presidente. El plan que promuevo consiste en esperar el 19 de abril de 1958, que sería la fecha de toma de posesión e inicio del nuevo periodo presidencial. Ese día, los partidos de oposición deberían desencadenar manifestaciones de calle, pero que sean masivas, lo cual permitiría el pronunciamiento de los militares comprometidos. Yo encabezaría una Junta muy provisional, que convocaría a elecciones en el plazo de un año. Te invito para que vayamos al hotel Savoy, en Chelsea, calle 23, porque llegó allí un enviado de Caracas y debemos trasmitirle los acuerdos a que hemos llegado.

Sin embargo, los resquemores seguían allí, no tan vivos como antes, pero agazapados, a punto de estropear los entendimientos. La dirección de URD estaba muy reacia a emprender acciones conjuntas con los dirigentes de AD en el exilio, por el temor a que la relegaran a ocupar un lugar secundario en el desenlace de la revuelta. En cambio, Jóvito estaba entusiasmado con la formación en Venezuela de la Junta Patriótica de los partidos, porque dos de sus dirigentes en Caracas habían sido los autores de esa idea. En una reunión en el hotel Wellington, estalló un encontronazo entre Jóvito y su compañero de partido, Manuel López Rivas. Éste disentía de la conducta hostil hacia AD. Por su cuenta y riesgo, tuvo una entrevista con Rómulo Betancourt en uno de los viajes a Nueva York de Rómulo, desde Puerto Rico. He de confiarte un chisme, teniente. Los viajes de Betancourt a Nueva York no eran por el puro interés político. En las reuniones que hacía con los exilados venezolanos, quedó flechado por la personalidad y la bonitura de Renée Hartmann, una pisquiatra, divorciada dos veces, que estuvo presa en la cárcel Modelo de Caracas durante varios meses y salió luego al exilio. Betancourt sufría intensamente el stress de su apartamiento de la dirección real de su partido, por lo demás, muy venido a menos por la persecución policial, los asesinatos de varios de sus dirigentes, las deserciones de los timoratos y el lastimoso estado de apatía de la población ante la marcha arrolladora del Nuevo Ideal Nacional, que Rómulo calificaba como la bazofia más miserable, exponente del grado de analfabetismo en que había caído el curso de la política venezolana. Escribía, pero, ¿para qué?, ¿quién lo leía?, ¿quién lo apoyaba? La invitación de Renée para que se sometiera con ella a unas sesiones de terapia que descargaran su psique del peso de la creciente alienación que sufría, fue un bálsamo para sus crisis de depresión y abatimiento. Compartía su tiempo entre el diván de la Hartmann y la máquina de escribir y el apartamento que le prestaba Carrillo Batalla, donde llenaba páginas y páginas de un libro que creía sería capital a la hora de historiar el decenio sangriento. Cada vez que Rómulo se excusaba de asistir a una reunión de exilados era porque estaba con Reneé, en la ciudad o viajando, a Filadelfia, a San Francisco o escapados a Rock Island.

—¿Quién te autorizó para hablar con Rómulo?— emplaza con dureza Jóvito a López Rivas.

—Pienso que la línea de unidad de nuestro partido autoriza a cualquiera de sus dirigentes para hablar con quien sea en estos momentos de tanta agonía —le riposta Manuel López Rivas, y agrega este desiderátum— ¡O renuncio o me botan!

La enorme araña del lobby del hotel Wellington está resplandeciente, y el hogar en marco de granito derrama su calor sobre el grupo de venezolanos que, luego de una discusión tan agria, terminan por ponerse de acuerdo y salen a la Séptima Avenida, rumbo al Winter Garden Theater, en 1634 Broadway, a ver *West Side Story*.

¡Coño, Franklin, qué líos! Allá ellos con sus disparates, pero aquí la situación se volvió muy negra. Después de aquella celebración fastuosa de la Navidad y del 31 de diciembre, con una recepción al mediodía del ministerio del Interior en los jardines del Capitolio, seguida de la recepción tradicional de fin de año en Miraflores, de la alocución también tradicional que pronuncia el Presidente en cadena de radio y televisión, y del baile, con la orquesta de Rafael Minaya, en la casa del Presidente en El Paraíso, se veía expedito el camino para el nuevo y clamoroso quinquenio. Champaña, chistes, abrazos, el infaltable escocés, pieles, condecoraciones, los consabidos pedidos al oído («Espero que me recomiendes para la gobernación del Zulia». «¿Podrás lograr que me salga el cheque?, llevo esperando tres meses...»). Y de pronto, aquello... Son las 6:30 am. Las calles están desiertas. El palacio, en cambio, ya está acordonado por vallas y alambradas; se ven sacos terreros en puertas y ventanas. El Presidente está en su despacho, en traje de campaña.

—Doctor Vallenilla, informe por cifrado a los gobernadores de estado y solicíteles comunicar cualquier anormalidad— ordena, con gravedad en el rostro.

En cambio, el general Llovera Páez está risueño, y comenta que ya le desapareció el sabroso malestar de los tragos que pasaba adormilado en su cama.

Mira, teniente, la situación en Maracay era muy desfavorable para el gobierno. Ante las detenciones de algunos complotados, se da inicio al golpe. Un coronel de los complotados hace cuatro viajes a Caracas el 31 de diciembre, en medio de las angustias generadas por las detenciones. Un último contacto lo hace minutos antes de que suene el acostumbrado cañonazo de Año Nuevo. Todo queda cuadrado. A la 1 am., ¡primera hora del año!, los golpistas detienen a la oficialidad del cuartel Páez, y mandan a formación a la tropa del grupo de artillería Salom y a la compañía de transporte en reclamo de su obediencia al movimiento. Media hora después, se pronuncia el cuartel Bolívar, le siguen el cuartel Sucre y el batallón de paracaidistas. Queda sin responder el batallón blindado Bravos de Apure, que lo hará después del mediodía a favor del movimiento. Sin embargo, las ventajas de la sorpresa no son explotadas en profundidad. Allí está la situación con la unidad blindada. Unos catorce entre oficiales y sargentos muy fogueados le piden al mayor jefe del destacamento que se vaya, al no estar comprometido. Igual lo hacen con el mayor subjefe. Se van. Pero, lo que es la unidad blindada de tanques acantonada en el cuartel sigue sin plegarse a los alzados. Habrá que rendirla a fuego limpio, tanto con fuego de artillería como con bombardeo desde el aire. Así lo comunican por teléfono al comandante de la unidad. Son las 8:30 am. Hay un intercambio de amenazas:

—¡Ríndase!

—¡No me rindo!

—¡Ríndase!

—¡No me rindo!

Pasan los minutos, se arman los complotados con granadas incendiarias, una batería de humo, y bloquean la salida con dos cañones. Ya un avión se dispone a despegar, los dos cañones se mueven hacia la puerta, van a estallar las granadas, pero el comandante, por fin, con voz trémula, se rinde. Salen los nueve tanques a favor del movimiento, pero hay órdenes y contraórdenes, la situación es gelatinosa. Varios tanques se devuelven. ¿Y qué pasa con Caracas? No se sabe nada. A temprana hora llega a Maracay, casi con la lengua afuera, Martín Parada, que había dormido en el Círculo Militar de Caracas, y toma el mando de la fuerza aérea. No se sabe nada del cuartel de El Rincón. Ya han sido tomados sin lucha los edificios, centros neurálgicos y vías de acceso de la ciudad, es decir, las entradas y alcabalas de La Cabrera, El Limón y La Encrucijada. No hay noticias del levantamiento en Caracas. ¿Habrá que avanzar sobre la capital? No parece probable.

El Presidente no sabía de la defección de Martín Parada. Ha llamado a un edecán y le encomienda que participe a Martín Parada que se traslade de inmediato a Maracay e informe con rapidez lo que está pasando. ¡Martín Parada más dos pilotos comprometidos, a esa hora, están intentando pulverizar desde el aire el palacio de Miraflores! Otras órdenes de mi General son más atinadas: escoge a un coronel de su confianza a que tome el mando del batallón Carabobo en Valencia y que marche sobre Maracay, con el objeto de capturar la base de Boca del Río, que es de donde parten los aviones en rebeldía; ordena a Vallenilla que llame al gobernador de Carabobo, Iván Darío Maldonado, para conocer sus impresiones.

—Aquí el gobernador de Carabobo. Valencia está tranquila, sin novedad. Ya sé lo que pasa en Maracay, por boca de la señora Inés Kellerhoff de Tamayo, esposa del gobernador Ferrero Tamayo, detenido por los alzados. Ella me ha informado, en alemán, que lo apresaron los mismos militares que recibieron el año nuevo en la Gobernación. También está preso el «Gato» Abel Romero Villate, fiel a usted. Hay mucha agitación en las calles. Una emisora trasmite a cada rato proclamas incendiarias. El cuartel Páez está en manos de los rebeldes. Dicen que el Presidente ha renunciado, y se oyen vivas a AD. Presidente, le sugiero una medida: inutilizar los depósitos de gasolina situados entre Carabobo y Aragua, para restarle movilización a los golpistas. Estoy en continuo contacto con los oficiales fieles y espero sus instrucciones para marchar hacia Maracay.

Mi General promueve la salida de un grupo de tanques del batallón Bermúdez para que ataque a Maracay. Llama con esa intención al mayor jefe de dicho batallón. Otra equivocación más, porque tal oficial está con los alzados.

—¿Es el mayor Gilmond Báez? Le habla el Presidente. ¿Sabe que Maracay está alzada?

—Primera noticia, mi General.

—Bueno, mantenga la unidad en alerta.

—Sí, mi General, pero sepa que la unidad está prácticamente desarmada, sin municiones para las ametralladoras punto 50, ni granadas para los cañones de 70mm.

—De todos modos, mayor, mantenga el alerta. Pronto llegarán las municiones.

Siguen llegando altos funcionarios a Miraflores. Algunos quieren asistir al acto protocolar de Año Nuevo con los embajadores en la Casa Amarilla, al mediodía. Negativa de mi General: cada quien en su puesto. Llega José Giacopini, ya todo el mundo lo extrañaba. De inmediato, comienza a lanzar sugerencias e ideas: que se muevan tropas leales sobre Maracay, entre ellas el batallón de San Juan de los Morros y el de Valencia, y que hable el Presidente, ¡ya!, en cadena, y diga que domina la situación por completo. De acuerdo, dice el Presidente, pero hay que esperar que anochezca para introducir el aparataje necesario para la trasmisión, en previsión de un nuevo bombazo. Desde hace más de una hora, el Presidente y edecanes, altos oficiales y ministros se han trasladado a los sótanos del palacio, junto con el ministro de la Defensa y el Estado Mayor, más oficiales de mando y algunos civiles y de aquí toman el túnel que va al Palacio Blanco y al cuartel de la Guardia Presidencial. Arriba se quedan Vallenilla, Giacopini, Pinzón y otros. Pasan dos aviones en vuelo rasante y sueltan varias ráfagas de ametralladora.

—¡Todos contra la pared!— grita Giacopini, y explica la razón.

Las baterías del palacio responden. Los vidrios de los ventanales estallan en pedazos.

—¡Cuidado, Perecito, mete la cabeza para adentro!— le grita alguien al portero del palacio— ¡Lo que ves no es un espectáculo!

La advertencia llega tarde. Una ráfaga impacta en su cabeza, y cae al suelo en medio de un pozo de sangre. Un teniente es herido en un pie. Vallenilla y los otros pasan a un despacho, vuelven los aviones, hay llamas en la azotea. El grupo decide ir al refugio de los sótanos, pero en vez del túnel abordan un Chevrolet aparcado adentro que sale a toda velocidad, cruza el corto trayecto hasta el Cuartel de la Guardia Presidencial, enfrente, y los del grupo desaparecen en la oscuridad del subsuelo. Un *Canberra* sigue ametrallando y desaparece. Tales aviones eran inalcanzables, constituían la estrella de la fuerza aérea. (En 1952 llegaron seis aparatos modelo B.Mk.2, y en 1957, dos T.Mk.4. Tenían dos turborreactores Rolls-Royce, y desarrollaban una velocidad de 933 km/hora, y además de sus bombas, estaban armados con varios cañones de 20 mm). En el sótano hay camas tendidas, aire acondicionado y, lo principal, paredes blindadas a prueba de bombardeos. Metía angustia la situación en que se encontró mi General y con él sus más cercanos colaboradores entre ministros, asesores y oficiales del alto mando militar, en aquel estrecho sótano y sus oscuros y húmedos pasadizos, situados a una profundidad que no llegaba a los 10 metros. A ratos el ambiente era enturbiado por el sobresalto de las detonaciones que retumbaban con fuerza y hacían saltar chorritos de arenilla de las paredes. Más de uno se persignaba al compás de cada descarga cercana. ¿Podrían dirigirse las operaciones contra el alzamiento desde aquel refugio improvisado? Fue Vallenilla Lanz quien recordó en esos momentos dramáticos, los años en que Winston Churchill y su gabinete de guerra mantuvieron la dirección de su país entre 1940 y 1945, a pesar de los continuos ataques de la aviación alemana, que comenzó en septiembre de 1940 con mortíferos *raids* sobre la capital británica. Es que a más de 20 metros de profundidad, entre el Parlamento y la clásica oficina-residencia del primer ministro en 10, Downing Street, se había construido un enorme complejo capaz de resistir los más duros bombardeos. Vallenilla recordó a sus asustados compañeros de sótano que sólo en el mes de septiembre de 1940, los aviones alemanes dejaron caer sobre Londres 5.300 toneladas de explosivos, lo que obligó a añadir a las gruesas paredes del refugio una nueva capa de hormigón reforzado de metro y medio de espesor.

—Sepan, amigos —agregó con ciertas ínfulas de conocedor, pero también como un gesto poco convincente para tranquilizar a su auditorio— que Winston Churchill dijo, al ver que allí no llegaba con fuerza el impacto de las bombas, que ese sería el lugar desde el cual iba a dirigir la guerra. Y así fue, porque la última sesión del gabinete de Guerra (la número 115), se hizo en marzo de 1945.

Nadie se rió, nadie comentó aquella odiosa comparación. Pronto, trajeron fiambreras en un carrito para almorzar. Resulta que uno de los platos es de sesos en salsa de tomate y arroz. El general Llovera Páez, siempre guasón, exclama:

—¿Estos como que son los sesos del pobre Perecito?

Pinzón se levanta y sale corriendo al WC a vomitar.

A veces por nerviosismo, a veces por quererse destacar, a veces por atraer la atención del Presidente, hay quienes lanzan ideas para derrotar la intentona golpista. Napoleón Dupouy, por ejemplo, experto en armas, por algo tiene en sus manos buena parte del negocio de aprovisionamiento bélico de las fuerzas armadas, sugiere la necesidad de bloquear la pista del aeropuerto de Palo Negro, cerca de Maracay, y él mismo se ofrece, con su avión. Dice:

—Tengo un De Havilland Chipmunk DHC1, es muy bueno.

Nadie entiende. Está Fortunato Herrera, fiel a su jefe. Entra un oficial, dice que pudo salir de Maracay, y asegura que el jefe de los amotinados es Martín Parada.

—¿Cómo va a ser? ¿El piloto del Presidente en sus viajes al exterior?— gritan a coro varios.

Se dice que uno de los jefes de los rebeldes en Maracay ha enviado un ultimátum: o se rinden o volamos el palacio en mil pedazos. El «Bachiller» Castro ofrece 800 reservistas que trabajan en la Seguridad Nacional, pero pide que los armen con FAL o FN30.

—Ese es un loco —dice el Presidente— Mis oficiales no lo permitirían.

Las baterías antiaéreas emplazadas en la azotea del palacio están silenciosas desde hace rato. Al parecer, un avión fue tocado, tuvo que aterrizar en Maiquetía y su piloto fue detenido. Es un alivio, pero al rato llega una noticia preocupante. Yo vi, Franklin, porque estuve allí todo el tiempo, cómo palideció el rostro de todos los presentes:

—Casi toda la tropa del cuartel Urdaneta lo ha abandonado, y los tanques ya rugen en las calles.

Se trata del poderoso batallón motoblindado Bermúdez. La noticia tiene plena verosimilitud. O sea, que vienen para acá. Y esa es la deducción que extrae el Presidente:

—Las tropas no se mueven si no hay una orden expresa de hacerlo. Con toda seguridad se han plegado a Maracay y quieren tomar Miraflores —dice el Presidente, mordiendo casi cada palabra— Habrá que pelear.

Pide a la treintena de oficiales que lo acompañan que se armen todos con FAL y subametralladoras. El Presidente da el ejemplo, y se cubre la cabeza con un enorme casco. La tensión ha aumentado. ¿Quedaremos aquí encerrados? Transcurre una hora. ¿O dos?

Desde la madrugada, Hugo Trejo se había encerrado en un apartamento con los civiles conspiradores. Allí, recibe una llamada del cuartel Urdaneta donde los complotados le anuncian que tienen controlada la situación. Junto con otros oficiales llega al cuartel y toma el mando. Antes, han recibido unos lotes de municiones. Trejo sopesa las fuerzas de ambos bandos. A Miraflores lo protegen un grupo de artillería antiaérea, la policía de Caracas, el batallón de la Policía Militar, 28 tanques (AM-X13 y M-18), y la Seguridad Nacional. Los del cuartel Urdaneta suman 260 hombres, 10 tanques, 2 cañones de 155mm sin munición suficiente. Se discute si se dirigen a través de la urbanización «2 de Diciembre» para desde lo alto de esas colinas empezar a descargar fuego sobre Miraflores, blanco que queda abajo, a menos de 800 metros de distancia, o bien dirigirse hacia Maracay, tomando la avenida Atlántico, la avenida San Martín, la vieja carretera de Antímano hacia Los Teques, bajar a Las Tejerías por Guayas y aquí incorporarse a la autopista hacia la capital aragüeña para unirse a los insurrectos que dominan la ciudad. Esta última fórmula es la que escogen, pensando que todo va viento en popa en la sublevada Maracay, aunque no disponen de noticias precisas, salvo el vuelo de los aviones. Es la misma precariedad de información que por su parte existe en Maracay con respecto a Caracas, lo cual provoca que el éxito inicial de la operación se vaya hundiendo en dudas y vacilaciones, porque no llegan noticias de respaldo en otros lugares, y en cambio notan que la presión de tropas leales al gobierno que vienen de Valencia y de San Juan de los Morros aumenta, al parecer. Lo peor: no se sabe nada, pero nada en absoluto del jefe Hugo Trejo, y ya la fatiga de los aviadores por las continuas incursiones sobre Caracas no permite ampliar el número de vuelos.

La calma relativa que produce la disminución de los *raids* aéreos y el hecho de no haberse avistado ninguna avanzada de los blindados en el supuesto avance sobre Miraflores, hace pensar a mi General en otras posibilidades.

—Bueno, hay otra posibilidad —dice al rato el Presidente—. Puede ser que se dirijan a Conejo Blanco para tomar los depósitos de armas y municiones, repletos hasta más no poder.

Y da la orden de enviar hacia allá a un destacamento de la Policía Militar.

—Proceda, Pulido.

Los tacones de las botas de Pulido al chocar suenan como las de un cadete de 20 años.

La calma que se prolonga conduce a un hondo respiro cuando el gobernador del Distrito Federal, teniente coronel Guillermo Pacanins, telefonea que el jefe civil de Antímano ha avisado que a las 9 de la noche pasó por el poblado hacia Caricuao una columna de tanques, con probable rumbo a Los Teques.

¿Ese Pacanins es el padre de Carolina Herrera, teniente?

Sí, Franklin, su apellido de soltera es Pacanins. Y el Presidente le pide a Vallenilla que llamen al comandante de Los Teques para que esté alerta.

Noto, teniente, que lo que me estás contando habla de un servicio de inteligencia y de información muy informal: que si fulano llamó, que a zutano le parece, que en Miraflores no hay cámaras de TV y otros aparatos para establecer la cadena de radio y TV. ¡Qué de negligencias se ven! ¿No había un mejor sistema de comunicación?

A los pocos minutos, el gobernador de Miranda llama para informar que los tanques se han estacionado en el cercano parque de La Macarena, que están con los amotinados de Maracay y van a reforzarlos, y piden hablar con él para que se rinda. Si se acercan, saltará por el corral de atrás del despacho. De nuevo llama, dice que logró escaparse, que uno de los funcionarios que atendió a los insurrectos se fugó después y le ha dicho que el comandante de los alzados es un tal Hugo Trejo, que cuatro de esos oficiales se montaron en el Cadillac oficial y le colocaron en el parabrisas delantero una cartulina que dice «Comando Supremo del Ejército de Liberación». Antes de irse se hartaron con las hallacas que el gobernador guardaba en una neverita. Confirmada la noticia, Miraflores da la orden de lanzar sobre la carretera Caracas-Los Teques y entre Los Teques y Las Tejerías toda la maquinaria pesada posible del ministerio de Obras Públicas (tractores, bulldozers, aplanadoras...), para obstaculizar el regreso de los tanques a la capital, si así lo ordenaran los alzados.

Las indecisiones se prolongan en el bando de la sublevación. Los de Maracay no saben si Trejo se alzó, o si lo hizo con éxito. Y Trejo no sabe a ciencia cierta si los de Maracay mantienen el dominio de la ciudad y sus alrededores. No hay ningún contacto entre las dos fuerzas insurgentes. Entre tanto, llega la noticia del avance de las fuerzas leales de San Juan de los Morros sobre Maracay para dominarla. En busca de más información verídica, una avanzada de las fuerzas de Trejo llega a La Encrucijada, en vía hacia Maracay, y allí se encuentra con dos oficiales insurrectos salidos de Maracay con idéntico propósito. Se devuelven entonces a Maracay para dar la noticia de la próxima confluencia de los dos brazos de la operación, pero ya es tarde. Martín Parada y los otros pilotos, ante la falla de Caracas y el agotamiento del parque, creen que ya no hay victoria posible. Se llega a un acuerdo con el vencido coronel Abel Romero Villate para no sacrificar a nadie. Se entrega el mando del destacamento de paracaidistas a un teniente gubernamental, y se van en el avión presidencial «La Vaca Sagrada», un cuatrimotor C-54. Viajan con Parada siete mayores, siete capitanes, tres tenientes, y un maestro técnico. Tocan en Barranquilla, y piden asilo.

Romero Villate informa a Miraflores que los alzados han volado a Barranquilla. Mi General duda y toma el teléfono:

—¿Usted es el coronel Abel Romero Villate? ¿Está libre de apremio? ¿No está bajo presión, bajo amenaza?— pregunta. Y pone al mayor Jesús Cova Rey, unos de sus pilotos de confianza, para que verifique si la voz de quien habla es la de Romero. Es cuando mi General le dice a Romero que recoja todos los aviones y los lleve a Maiquetía, sin sobrevolar sobre Caracas.

En aquellos momentos, Giacopini se había ofrecido para hablar con Trejo y los otros alzados:

—Son mis amigos, creo que lograré convencerlos para que depongan las armas—dice.

—No, mejor que vayan dos comandantes de mi entera confianza y que saben también quiénes son los alzados, porque han sido jefes de las unidades blindadas y creo que tienen mejor poder de convencimiento— dice mi General.

De todos modos, no logran la rendición y se devuelven a Caracas, aunque estuvieron a punto de ser detenidos en su misión porque un cabeza caliente de los rebeldes propuso que los dejaran presos. Los comisionados hablaron de la muy baja moral de la tropa rebelde en La Macarena. Es que los alzados habían perdido la iniciativa, Franklin. Desde Valencia avanzaron tropas gubernamentales y desde San Juan de los Morros se movió el Grupo de Caballería Plaza, con el gobernador del estado, coronel Roberto Casanova, al frente, por la vía de La Puerta, Cagua y La Encrucijada. Cerca de aquí, reciben a Hugo Trejo, ya rendido en La Encrucijada cuando trataba de llegar a Maracay, recuperada de manos del oficialismo. Cuentan que entre el alzado y el leal se estableció el siguiente diálogo:

—¿A dónde pensabas ir, pajarito?

—Son paradas que tiran los hombres, mi comandante, unas dan en el clavo, otras fracasan— responde Trejo—y le entrega su arma para que no haya derramamiento de sangre.

Los tanques en La Macarena fueron una amenaza potencial, pero se habían quedado aislados. Hubo alguien en Miraflores que expresó la preocupación de un posible emplazamiento de los cañones de 155mm que tenían los insurrectos en La Macarena, con lo cual empezarían a disparar fuego cerrado sobre Caracas. Mi General descartó por completo tal posibilidad: ellos no tenían cartuchos suficientes, y los tiros que podrían disparar caerían en forma errática, sin crear pánico alguno; la distancia es muy larga y anfractuosa: 30 kilómetros. De todas maneras, llamó a Abel Romero Villate y le ordenó que una escuadrilla de bombardeo volara sobre La Macarena, primero con el objeto de lanzar panfletos que intimen a la rendición. Le pidió a Vallenilla que redactara el texto. Sin embargo, había bajo techo. Mi General insiste, y agrega que si no se rinden hay que desmoralizarlos con el lanzamiento de algunas bombas de napalm. No hubo necesidad de tales extremos. Luego de recibir la rendición de Trejo, el comandante de las tropas fieles al gobierno toma el anillo de promoción del prisionero como prenda, se lleva a un oficial rebelde preso como rehén, porta consigo unas líneas escritas por Trejo a sus compañeros, y se va a Los Teques, a rendir a los tanquistas, con la esperanza de que no haya derramamiento de sangre en este último acto de los acontecimientos. Como una manada de rinocerontes sesteando bajo los árboles y entre los mogotes, así quedan en el campo de La Macarena las unidades del batallón motoblindado «General en Jefe José Francisco Bermúdez, N° 1», tanques, cazatanques M-3A1, M-32 Sherman, M-8 Greyhound, M-18 Helicat, y unas cuantas motocicletas Harley-Davinson; los cañones dirigidos al cielo, quietos, silenciosos. Con las evidencias a la vista, los mayores derrotados se rinden. Estamos a un poco más allá del mediodía del día 2. Los llevan en autobús a Caracas, los confinan en el Palacio Blanco y les arrancan las estrellas de sus hombros. Viene entonces la ceremonia de pase a retiro, con el toque de atención, toque de oración, lectura de la resolución correspondiente, y reclusión en las celdas, donde al poco rato reciben de sus casas la ropa de civil. Más tarde vienen los interrogatorios. En total, suman 24 los oficiales insurrectos enviados a los sótanos de Miraflores y del Palacio Blanco, convertidos en prisión provisional. Son pasados después a los sótanos de Conejo Blanco, en El Valle, un coronel, dos tenientes coroneles, ocho mayores, doce capitanes, cuatro tenientes y 19 militares más. Para aquietar su ánimo turbulento, el capellán monseñor Lizardi los visita, algunos se confiesan, hay quien teme un fusilamiento. Yo vi al Presidente muy ensoberbecido con la victoria alcanzada, y era de temer que expidiera una orden de fusilar a unos cuantos, pero era muy difícil tomar una decisión tan extrema. Un buen número de los prisioneros formaban parte de la misma promoción, la «José Antonio Anzoátegui», de la cual fue profesor Carlos Pulido Barreto, llamado por sus amigos el «Chingo» o el «Negro», en ese momento la mano derecha militar de mi General. Es que ya mi General estaba golpeado en su prestigio por lo ocurrido. Me dijo un edecán que le oyó a Pulido Barreto, compañero de promoción de mi General, reclamarle en estos términos:

—Si esto sigue así, las cosas se van a poner serias entre tú y yo.

Yo vi, Franklin, a mi General muy cambiado, con un ánimo oscilando entre los bandazos de una ira irreprimible y una alegría pueril. Se creía, ante todo, el gran vencedor. Lanzó al suelo sus gruesos anteojos cuando supo que Rafael Caldera aún estaba en el país y pidió su arresto de inmediato. El líder socialcristiano se refugió en la

Nunciatura, donde ya estaban varios militares comprometidos en solicitud de asilo diplomático, y pronto viajaría al exterior. Se paseaba a zancadas por su despacho con el pecho inflado y dicen que lloró cuando le trajeron prisionero a Hugo Trejo, a quien también se le aguaron los ojos. Cuando recibía noticias de nuevas detenciones o de respaldos entusiastas chillaba, lleno de entusiasmo, mediante su varias veces usado barbarismo:

—¡Arduo soy! ¡Arduo soy!

La vez que le fue notificada por teléfono la rendición de La Macarena, mi General respondió:

—Los felicito por su empeño, que les será reconocido. En cuanto a las unidades que se han rendido y que deben reintegrarse a Caracas, voy a pensar lo de su destino, los llamaré en 5 minutos.

Es que las palabras se le atragantaron y no pudo continuar. Se dejó caer en el sillón y empezó a llorar. Oculta el rostro con un pañuelo, se pone de pie y abraza a sus oficiales, a Vallenilla, a Giacopini.

—Vamos a informar a la nación, dice.

Y se encamina a Miraflores por el túnel. Varios soldados de la Policía Militar duermen a pierna suelta a ambos lados del pasadizo. Como es su costumbre, pronuncia un breve discurso por la cadena de radio y TV, para referirse a la admirable actuación de los jefes leales a su deber, a la magnífica calidad y decisión de las tropas, lo cual demuestra que en la defensa de ideales se templa el ánimo, se realizan cosas por encima del normal esfuerzo físico; es que son las fuerzas morales actuando cuando se buscan fines nobles, son energías dosificadas para efectos determinados, sin causar daños innecesarios, con mínimo de bajas en vidas y material. Y termina alabando la notable compostura del pueblo venezolano, y pidiendo ponderación, ecuanimidad, y serenidad en circunstancias tan difíciles. Otra vez en el despacho presidencial, lo rodean los que han compartido con él horas de angustia. Llegan otros. Hay un silencio así como solemne. Giacopini se levanta y se acerca a mi General:

—¿Qué se le ofrece, don José?

—Mis felicitaciones, Presidente. Es un gran triunfo sobre un movimiento que pudo alcanzar grandes proporciones.

—Lo que más me complace, don José, es que no hubo pérdidas de vida, y las de material de guerra fueron escasas, gracias a Dios. Bueno, váyanse a sus casas, descansen, cuenten lo ocurrido en estos días en este recinto convertido en trinchera. Saludos a sus familiares.

—Perdone la impertinencia, Presidente, pero, ¿por qué se emocionó tanto con la llamada última que se le hizo?

—¿Cómo no voy a llorar? —La voz de mi General es suave, sutil— Usted conoce cuánto quiero a la institución armada. Es muy grande la decepción sufrida. Mis mejores esfuerzos han sido para ella. ¿Qué no le he dado a la aviación? ¿Sabe la confianza que deposité en mi piloto Martín Parada? ¡Ay, don José, estoy destrozado por dentro!

Giacopini intuye aquel desencanto.

—Procure descansar, Presidente. Tranquilice su mente.

Y se abrazan. Es cuando, al oído, mi General le susurra un halago:

—Ahora tiene usted una campañita más en su hoja de servicios a la patria.

Días después, luego de revisar los diversos legajos donde se asentaban los partes enviados por los comandos operacionales de los días del alzamiento, me dijo:

—Amigo teniente, quiero que me hagas el favor de ordenar estos folios según su importancia y materia, para enviárselos al capitán Jacinto Pérez Arcay para que él, con su experiencia de tratadista de la historia y estudioso de los grandes ensayos de ilustres estrategas del pasado, extraiga las lecciones y conclusiones correspondientes para que sirvan de lección viva en las cátedras de la Escuela Militar.

Le pregunté acerca del comportamiento de Pérez Arcay en los recientes sucesos, porque alguien dijo que simpatizaba con los alzados.

—No importa, Jacinto siempre está con el gobierno.

Una primera revisión que hice de la documentación arrojó algunos balances dignos de mención. Allí estaban las bajas y daños que hicieron los bombardeos del palacio. Un muerto: Cupertino Pérez, el portero. Varios heridos, entre ellos un teniente, con un tiro en un pie. Una persona deshidratada, el doctor Rafael Pinzón. Cuatro metros cuadrados pulverizados de la losa que cubre el techo, a causa de los ametrallamientos, varios metros de cables y tabiques quemados por el fuego en la azotea. Daños no cuantificables provocados por esquirlas en el enrejado exterior del palacio, y en el pavimento de las calles cercanas. Algunos daños provocados por el bombardeo en la avenida México frente al edificio de la Seguridad Nacional, pero apenas una bomba explotó con todo su poder devastador, abriendo una enorme tronera en la calle frente a la iglesia de Nuestra Señora de Fátima en El Conde, a más de 300 metros de la SN. Cinco bombas no estallaron, por defectos en el acoplamiento de los detonadores, y su extracción del subsuelo constituyó un espectáculo animado para mucha gente, después de estar todo en calma Empecé también a recoger la información, según lo había remarcado mi General, y son sus palabras, en torno al efecto demoledor que tuvo el audaz movimiento de pinzas de las fuerzas leales desplazadas desde Valencia, al este de Maracay, y desde San Juan de los Morros al sur. Ninguno de los partes suministraba los datos de las bajas, entre muertos y heridos, sufridas por ambos bandos, ni cuántos fueron los encuentros o escaramuzas que tuvieron lugar. Apenas se hacía mención de los prisioneros tomados entre el 1 y el 3 de enero. Sin embargo, la escasez de información verídica en ese momento, y los sucesos desencadenados a partir del 9 de enero me hicieron desistir de dicho trabajo, lamentablemente. Yo no sé, pero también la marrullería del investigador designado lo llevó a escurrirse por los vericuetos de una interpretación libresca, ante el nivel modesto de las operaciones militares que adelantaron ambos bandos. Los sucesos habían sido tan candentes e inesperados que reinó el propósito de reducir la magnitud de la intentona y destacar su pronto fracaso. Los anuncios en primera página de la prensa caraqueña sugieren una censura inducida, impuesta. *El Universal* tituló así: «Criminal atentado»; *Últimas Noticias*: «Repudio del pueblo»; *El Nacional*: «Condenamos las acciones del día de Año Nuevo».

Teniente, otra vez me asaltó la frustración al leer aquellos titulares. ¿Cómo no acongojarse al ver la facilidad con que el régimen podía retroalimentarse de ese modo? Busqué algún consuelo o, mejor dicho, una ocasión dónde expresar mis cuitas, y visité a Constance. Enferma, postrada en una cómoda *chaise longue*, de armazón de aluminio y acolchada con piel, parecía desambientada, algo somnolienta, aunque su mirada conservaba el atractivo de unos ojos verdes que miraban con afecto, incluso curiosidad. Le expliqué lo que había pasado, la manera de sobrevivir de un régimen que en apariencia era repudiado por la mayoría de la población, pero que encontraba en su ruta un adversario debilitado por las rencillas, tan continuas y recurrentes que liquidaban en su cuna el buscado liderazgo que pudiera neutralizar al gendarme único, y así lograr que se agrietase el piso de bayonetas que lo sostenía. No sé si comprendía lo que le hablaba, me miraba, sostenía mi mano entre las suyas, parecía darme ánimo y, así, yo sentía su presencia como un revulsivo ante mi desorientación. Me habló poco de la marcha de sus dolencias, que unas veces se aquietaban, otras empeoraban. Ella no cejaba en su esperanza de volver a trabajar. Luego de tomar un café, me despedí, la besé en la frente, le dije el consabido «que te mejores». Constance trató de erguirse un poco para decirme:

—No te olvides de nuestro pacto.

En la calle, sentí un vacío. Traté de pensar en otras cosas.

La marcha de los acontecimientos iba a borrar tu desánimo, Franklin. El 1° de enero fue un trauma sin que hubiese recuperación. Varias cadenas de mando fueron descoyuntadas, las indagaciones del consejo de investigación pulularon, la desconfianza cubrió el ambiente de los cuarteles, la palabra del jefe sonaba más autoritaria. Muy pronto, surgió en el Alto Mando la idea de un remezón en el ejecutivo nacional que le suministrara un nuevo aliento a la administración general del país. El general Rómulo Fernández, jefe del Estado Mayor General de las FFAA, llevó la voz cantante en una audiencia que le fue concedida por el Presidente a los oficiales. De las diversas materias tratadas, la que trascendió al público fue la reestructuración del gabinete, anunciada en fecha tan temprana como el 9 de enero. El gran descabezado fue Laureano Vallenilla Lanz y, tras él, Pedro Estrada. De 15 ministros, la mayoría, es decir 8, eran militares. Mi General quería complacer a sus conmilitones. En su primer gabinete constitucional, 1953, sólo se contaban dos militares. El puntapié en todo el trasero asestado a Vallenilla Lanz fue un portento de desprecio. Lo acusó de burlarse de sus instrucciones, de alentar la conseja según la cual era el sabihondo del régimen, el genio de toda brillantez, mientras la brutalidad la monopolizaba el Presidente; le atribuyó el pecado de favorecer sólo a sus amigotes los godos caraqueños, de ser un maniobrero contumaz. Fue así como aquel todopoderoso ministro a lo largo de 5 años, ahora humillado, con el rabo entre las piernas, baja las escaleras de su solio capitolino hasta la fuente del patio central donde lo espera su automóvil oficial. No quiso la custodia de los guardias nacionales porque ya temía lo peor: la prisión o el asesinato; lo acompañan sólo sus guardaespaldas civiles de confianza y su amigo Giacopini, va directamente a la embajada de España, en el Country Club, a asilarse, no está el embajador, ha ido a una recepción diplomática; va a la embajada de Italia, tampoco está el embajador, pero el hijo le dice que le va a avisar. Mientras espera, manda por Elena, su mujer para que lo acompañe. Llega el embajador Giusto de Giardino, quien le explica que no puede conceder el asilo por no haber suscrito su país la convención de Montevideo, pero que puede acompañarlo a la embajada de Brasil, donde lo aceptarán. Mientras tanto, los miembros de la escolta civil, a las puertas de la embajada, se han quedado solos, miran los dos automóviles del séquito, abren los maleteros y se preguntan:

—¿Y ahora qué hacemos con estas pistolas Browning, Lugger, Beretta, estas ametralladoras Uzi, Thompson, estas granadas, estas lacrimógenas, estos cascos y chalecos? ¿Y nuestros empleos?

Estaban confundidos al quedar sin jefe, no sabían que el poder se ejerce un rato, no más. Y es Pedro Estrada el que también se asila, acude a la embajada de la República Dominicana, de allí a La Carlota, con la esposa y las niñas, y es cuando su mujer sufre por primera vez el abuso de los mandones: le «decomisan» su cartera con prendas y algún dinero. Con él se quiere ir el segundo de a bordo en la SN, Miguel Silvio Sanz. Estrada lo rechaza, pero Sanz, montado en su Chrysler, hace un intento desesperado de abordar el avión cuando empieza a corretear por la pista, lo sigue durante un trecho, pero es en vano. Más tarde, metía el embuste a quienes le recordaban la cómica escena, que corrió tras el avión para así proteger la salida de su jefe.

Es cierto, teniente, los escenarios cambiaban, se sucedían unos tras otros. Yo tuve la oportunidad de escuchar años después la conversación sostenida entre Tomás Enrique Carrillo Batalla y José Giacopini Zárraga cuando éste narraba su nombramiento como ministro de Hacienda el 10 de enero, en aquella casa que me resultaba familiar desde que la vi por primera vez, yo de 8 años de edad, desde una de las ventanas del salón del segundo grado de primaria en la escuela federal Brasil, en toda la esquina de Cuartel Viejo, apenas a 50 metros de distancia, con su zaguán estrecho, su anteportón de madera y volutas *art-nouveau* en cristal multicolor, y un ventanillo por donde se podía alcanzar el pestillo para abrirla, su sala con un mobiliario antiguo, sobrio, un pequeño patio con una gran maceta de palma en el centro, una romanilla también multicolor detrás de la cual estaba el comedor, y más allá otras dependencias que nunca recorrí.

—A las 8 de la mañana del 10 de enero —contaba Giacopini— recibo en mi oficina de la Shell una llamada del secretario de la presidencia de la República para que vaya de inmediato a Miraflores. Ya uno de los edecanes me da, a la entrada, la buena nueva de que he sido nombrado ministro de Hacienda. El Presidente está solo en su despacho y me anuncia el nombramiento, en razón de la emergencia nacional y de los largos años de amistad y confianza que nos unían. Como se estila a menudo, le expreso, después de algunas palabras convencionales, que afronto el sacrificio, lo que suena a acomodaticio, no hay dudas. Quiero, de todos modos, hacerle una pregunta. ¿Por qué me nombra, si mi fuerte no son las finanzas? Su respuesta es un tanto vaga, pero agrega que tiene, además, otros planes para mí. Ya pisado el terreno del compromiso, solté mis impresiones de la situación. En dos platos, ante usted, le dije, se perfila un panorama diferente por completo del que enfrentó Rómulo Gallegos. Mientras en aquella ocasión el gobierno se enfrentaba a una institución armada sólida y unida, y la oposición estaba desarticulada y en función desestabilizadora, ahora el componente militar está peligrosamente erosionado y la oposición da muestras de unirse y expandirse. ¿Corolario? Hay que jugar a la política. Usted, presidente, debe rodearse de un equipo de personalidades que lo asesoren. Yo, incluso, puedo buscar algún encuentro con Jóvito, o con Rómulo, o con Caldera. Allí en Nueva York está el doctor Carrillo Batalla —y te nombré a ti, Tomás Enrique— que es un hábil negociador. Hay que tender puentes con la iglesia, es urgentísimo. El Presidente me oyó, no dijo nada, pero me sentí autorizado para ir a hablar con el arzobispo, quien recibió de buena manera la intención de mi mensaje. Creo que la esperanza de un cambio empezó a desvanecerse justo cuando al regreso a casa, me encontré con ese ambiente propicio a ser confianzudo en vez de ser veraz, y a tapar los problemas con abrazos y frases de empalago. Paladeando la clásica champaña, varios generales brindaban por mi cargo, por esto y aquello, intercambiaban chistes con mis hermanos, veían las cosas color de rosas. Por el contrario, la marcha de la erosión continuaba. La primera reunión de gabinete fue el día 13. Para mi sorpresa, lo primero que anuncia el Presidente es la decisión que ha tomado de destituir del ministerio de la Defensa a Rómulo Fernández, porque se estaba creando una situación en que no se sabía si la presidencia estaba en La Planicie, sede de Mindefensa, o en Miraflores. Agregó que ya lo había invitado a salir del país y a esta hora debe estar tomando el avión hacia la República Dominicana. Nos miró a todos los ministros y dijo, de pie, temblándole la papada, golpeando la mesa con los nudillos de los dedos:

—Quiero que sepan que al frente del gobierno hay un jefe, y ese jefe soy yo. Seré también el ministro de la Defensa, para que nadie piense en la fulana dualidad. Les repito, pueden confiar en este jefe de ustedes, estén seguros en sus cargos, trabajen con tranquilidad por la patria, por Venezuela, por su pueblo.

—Claro, aquella invitación a Fernández no fue tal, —le decía Giacopini a Carrillo—. Llovera Páez tuvo que ir, en forma preventiva, con una unidad de tanques a La Planicie para arrestar a su titular. El Presidente detuvo a dos ministros más, militares ellos; trajo a su primo Antonio Pérez Vivas del Táchira, para el Interior, y a su amigo y admirado científico, Humberto Fernández Morán, el que lo había ilusionado con la construcción de un reactor nuclear como inicio de una planta termonuclear en la selva guayanesa, para el ministerio de Educación. Cuando el Presidente nos pidió que habláramos, yo le repetí lo que le había dicho antes. Otra vez para mi sorpresa, el Presidente trató de refutar mis opiniones, una por una. Dijo que tenía el respaldo sólido de todos los venezolanos, y que son unos cuantos agitadores los que hablan mal de él; que quienes alborotan, o murmuran, o vacilan son los mismos que están afiliados a eso que se llama el «Sindicato Tírame Algo».

¿Tú crees, teniente, que Rómulo Fernández aspiraba a suplantar al Presidente?

No te lo puedo asegurar. Sin embargo, muchas versiones circularon en aquellos días acerca de sus reales intenciones. Se rumoró que Pedro Estrada, al saber que fue él quien pidió su destitución, insinuó a mi General su liquidación y, al efecto, quiso contratar a tres sicarios para la tarea. Yo no creo que mi General diera su asentimiento, pero el rumor agregaba que los pistoleros se apostaron en la quinta «Mis Amores», en Bello Monte a esperar la llegada habitual de Fernández, al atardecer. Sin embargo, Fernández salió de su despacho en La Planicie a comerse una carne a la parrilla en el «Rancho Tranquilino», porque su esposa, Herminia Linares Pérez, había viajado a Barquisimeto a un bautizo. Tardó varias horas porque se encontró allí con un amigo, y los dos bajaron una botella de *Vat 69.* Prefirió, entonces, regresar al ministerio a dormir. En cuanto a sus aspiraciones, pudo haberlas, no te olvides que él también era andino, había nacido en La Grita, su madre se llamaba Ana Dolores Fernández, mujer de escasos recursos, pero emprendedora: montó una pensión en Valera, otra en Maracaibo y se vino a Caracas en 1923, cuando el hijo tenía 11 años. Rómulo Fernández empezó su carrera militar como soldado raso en el cuartel del Cuño, ya desaparecido. Logró ingresar en la Escuela Militar. A los 18 años es subteniente. Cordializaba mucho con los soldados a sus órdenes, les escribía sus cartas a la familia y las novias. Se casa en Valencia, su esposa era directora de un colegio de niñas. Hizo cursos de Estado Mayor en Lima, en los mismos años en que estudiaba allí con mi General. Los dos eran compadres, pero el poder es el poder, Franklin.

Como ves, teniente, tu general estaba obnubilado. En cambio, a la oposición se le aclaraba cada vez más el panorama. La expulsión de Vallenilla y Pedro Estrada significó un notable respiro, aun cuando sólo fuese de índole psicológica, al quedar desmembrado el aparataje de espionaje y represión. Se observó al instante que la prensa, los círculos de la industria y el comercio, los universitarios, los intelectuales y, no se diga, los estudiantes y los militantes de AD, Copei, URD y PCV se sintieron con menos temor a demostrar su posición contraria al ahogamiento de cualquier manifestación del libre pensamiento o movilización de calle. Sentí que se habían aglutinado varios centros de conspiración. Uno, era netamente civil, de los partidos, la Junta Patriótica, que se movía en la clandestinidad y azuzaba a los estudiantes, a los trabajadores de algunas ramas (tipografía, construcción, textil, calzado), a grupos de intelectuales y profesores, para que hicieran ruido en las calles y aulas, o firmaran manifiestos. Otro centro estaba formado por civiles y militares de baja graduación, que se reunían en un sitio insospechable, que era el piso 8 del edificio Atlántida, en la avenida La Salle, a escasos 80 metros de la Nunciatura de la Santa Sede y tenían un contacto en la farmacia de una calle muy ruidosa en horas de la noche por los bares y nightclubs muy atractivos que albergaba, la Gran Avenida. Otro foco, del cual no tuve datos precisos en aquellos días fue el de la Marina y las dos escuelas castrenses (Efofac y Militar y Básica), con el oficial Felipe Párraga y otros.

Te falta uno, Franklin, el de los militares que a última hora le dan la espalda al Presidente entre quienes están Romero Villate y Casanova. Son tan astutos que logran entrar en la Junta que sustituye al presidente derrocado. Te digo que José Giacopini fue el único civil que hasta última hora estuvo dispuesto a defender el gobierno. Él contó después que a partir del día 18 convirtió su ministerio en una trinchera de lucha, con armas y provisiones. Dormía allí. Oía a esas horas el ruido de los choques con la policía de grupitos de agitadores muy audaces. Una vez salió en el auto oficial, manejado por un paisano de Michelena, con fusiles y ametralladoras a recorrer las calles. Tomó la avenida Urdaneta y la recorrió completa hacia el oeste, a 60 km/h, sin que ninguno de los semáforos, creo que ocho, cambiaran a rojo, dada la sincronización exacta para evitar los atascamientos. Hizo lo mismo en la avenida Bolívar, con ningún cruce ni semáforos, y sus espacios de lado y lado todavía desolados por lo reciente de su construcción; y luego se dirigió a las dos únicas avenidas de la ciudad orientadas de norte a sur, la Baralt y la de las Fuerzas Armadas, con canales y doble flechado, con sus casas que mostraban en las fachadas y retiros unos toscos muros y puertas y ventanas en forma de huecos cuadrados, y aglomeraciones de ladrillos, todo montado o desmontado a la carrera, en lugar de su pasado aspecto decimonónico, melancólico para unos, y fuera de tono para otros. Todo ser vivo parecía dormir en aquellas horas, pero el recorrido no lo hacía Giacopini en plan de combate, para enfrentarse a tiros con los rebeldes, sino por curiosidad, para saciar su vocación frustrada de guerrero de verdad, porque sentía en sus venas correr los genes de su ascendencia, el general Francisco Linares Alcántara y su hijo Panchito, graduado en West Point, y porque su imaginación, repleta de los detalles más nimios de los combates de las pasadas guerras civiles, lo impelía a oír muy de cerca el estruendo de los balazos y aspirar el olor de la pólvora. Sin embargo, no olvidaba en estas audacias de ahora su vena plena de gracejos y salidas de extravagancias. Son las 12, medianoche, toca a la puerta de un amigo.

—¿Qué, José, te vienes a esconder?

—No, vengo a que me brindes un trago y a conversar.

Siempre en su despacho, conversaba por teléfono a toda hora con el Presidente, que apenas con uno o dos ministros que lo acompañaban en esos tres o cuatro días finales, sentía también la atracción de la facundia de Giacopini. La última vez que hablaron fue el 20, a las 11 pm. Afirma que el 22, después de la huelga de prensa y general del 21, todo amaneció tranquilo.

Perdona, teniente, que te interrumpa. Es verdad, ese día 22 tan tranquilo, cuando pensaba que había fracasado la huelga, aproveché el receso para visitar a Constance. En su casa, me informa la mujer de servicio que la llevaron el día anterior al Centro Médico, allí está hospitalizada. Corrí desesperado. Henri Laforge me dijo:

—Estuvimos llamándote a un teléfono muchas veces, pero siempre sonaba ocupado. Constance quería hablar contigo, lo suplicaba, tenía muchos dolores, desvariaba, había perdido la visión. Desde ayer empezó a vomitar, perdía el conocimiento, lo recobraba, preguntaba por sus hijos, por su hermana, por ti. Tuvimos que traerla, le inyectaban morfina, al rato volvían los dolores, hasta que cayó en coma. Murió hace una hora.

Me desplomé en una silla, lloré, la cabeza me daba vueltas. ¡Le fallé!, decía para mis adentros. Sí, le fallé. ¡Dios mío!, ¿Por qué?

CUARTA PARTE

XXXI

Señor Dios, que siempre has sido mi protector y mi mantenedor, mira el trance en que ahora estoy

El gobierno de mi General de división Marcos Evangelista fue derrocado el 23 de enero de 1958. La calma del día 22, luego de la huelga de prensa, del transporte público y de varios gremios, y de fuertes encuentros de la policía con aguerridos combatientes opositores en diversas barriadas de la capital, parecía augurar un nuevo bajón en la insurrección y el consiguiente respiro en el gobierno. Llamaba la atención, para desánimo de unos y contento de otros, la notoria normalidad en varias ciudades del interior, en especial en Maracaibo, donde la radio trasmitía la noche del 21 las incidencias de un reñido encuentro de beisbol. Ya a las 7 de la mañana, mi General estaba despierto en su despacho, luego de tomar un buen baño, rasurarse, perfumarse con varias gotas de agua de colonia *Jean Marie Farina* y vestirse con su uniforme de campaña, bien planchado y oloroso a almidón y jabón azul. Piensa que ha sido dominada la situación en el terreno militar, y restablecido el orden público. Le han informado que en los choques recientes han fallecido 48 personas y hay unos 250 heridos. Tuvo que sacar anoche varias unidades del batallón Bolívar ante el cansancio de las fuerzas policiales. Se contraría un poco con la noticia que le llega de un movimiento de los buques de la Marina, y piensa que debe haber un malentendido en ese informe, porque hace poco había ordenado al general Llovera Páez que bajara a La Guaira, apoyado con varios tanques, a contener un brote en el destructor Zulia, y detener a varios de sus oficiales, así como dejar sin armas a los otros destructores, Aragua y Nueva Esparta. Al caer la tarde, llama a Giacopini para que, en silencio, ayude a un capitán muy leal de Maracay a retirar de los almacenes de Puerto Cabello un sustancioso lote de armamentos, que podría caber hasta en 50 camiones. Casi a la medianoche, cuando ya están vaciados los almacenes, el capitán le dice a Giacopini que el coronel Pulido Barreto le ha ordenado, por vía telefónica, que no mueva nada hasta nuevo aviso. Giacopini telefonea a mi General, éste le contesta que va a localizar a Pulido, pero don José no atina a saber más nada del asunto. Es que mi General se está quedando muy enredado a medida que pasaba el día, a causa del desmoronamiento sucesivo de varios pilares que eran los que en verdad sostenían su mando. De la tranquilidad por saber apagados los fuegos de la desobediencia civil, pasó al desconcierto por los reportes ambiguos provenientes de los comandos de las ramas de las FFAA. Su respuesta fue terminante: o todo o nada. Por ejemplo, llamó a pedir lealtad al teniente coronel Víctor Garrido Sutil, pero cuando éste le dio una respuesta evasiva, lo mandó a prisión; llamó al coronel Pedro José Quevedo para captar la disposición de la Academia. El grupo de oficiales ganados para la rebeldía estaba inconforme con lo que creían una conducta un tanto apática del coronel Quevedo, porque en verdad, éste mostraba cierto nerviosismo como fue su reacción ante dos hechos muy casuales: cuando alguien, durante la agitada conversación que estaba desarrollándose, tropezó el retrato oficial del Presidente en el escritorio del director, y sonó muy fuerte el estallido del vidrio al caer al suelo, Quevedo exclamó:

«—¡Pero bueno, no me lo tumben todavía!».

Y el otro comentario suyo lo hizo cuando vio a unos cadetes en posición de combate en la azotea:

«—¡Ah, pero ustedes ya se alzaron!».

Los capitanes y tenientes eran jóvenes impetuosos, estimulados por la edad temprana, la preparación física y el peso de sus inmensas pistolas, querían una conducta expedita. Decididos, habían esperado la salida del teatro de la escuela donde Quevedo acababa de ver junto con los oficiales superiores, una película en cinemascope, «El beso del adiós», con Cary Grant y Jayne Mansfield, para decirles que todos pedían el abandono del país del Presidente. Fue en estas circunstancias apremiantes cuando Quevedo, al preguntarle tu General que con quién estaba, recibió la respuesta:

«—Con la Escuela Militar»

El Presidente ordenó que atacaran la Escuela con los tanques. El jefe de los blindados le respondió que cumpliría dicha orden si la recibía por escrito de su superior, el coronel comandante del Ejército. Aquí advino el minuto de quiebre. El coronel no da la orden, y sin la orden los tanques no atacarán. El Presidente reflexiona:

—Son una mierda, lo que saben es culipandear, esto ya no tiene remedio. ¿Yo sólo voy a cargar con los muertos?

Y decide marcharse. Llama al mayor Jesús Cova Rey para que aliste el avión, allá en el aeropuerto de La Carlota. Raudo sale el Cadillac presidencial desde el palacio de Miraflores, hacia la avenida Urdaneta, la Andrés Bello, pasa por La Florida, atraviesa casi todo el este de Caracas y llega a la pista casi a las 2 de la madrugada del 23, donde espera el tetramotor Douglas C-54 Skymaster, llamado «La Vaca Sagrada». Le avisa a su esposa Flor, asilada temporalmente en la embajada de Paraguay, que se venga, recoja alguna ropa, varias pertenencias y cargue a sus cuatro hijas, la menor de un año, y se traiga a la suegra, Angelina Castro. Además, lo van a acompañar en el vuelo su ministro y médico de confianza Pedro Antonio Gutiérrez Alfaro, y su amigo y compinche Fortunato Herrera, su compañero de armas de toda la vida, el general Luis Felipe Llovera Páez, con su esposa Lilia Josefina Maldonado Molina y dos hijos; el primo Antonio Pérez Vivas, y su secretario Raúl Soulés Baldó. Pronto, el avión se eleva sobre Petare, sigue subiendo un rato, hacia el este y, luego, ya alcanzada la altura suficiente, toma rumbo a la República Dominicana. Mi General, durante esos minutos, no despegaría el rostro de la ventanilla, debe estar vacía su mente, tiene 43 años de edad, pero ni siquiera se imagina que le esperan 43 años más de destierro.

¿Y tú, no te fuiste con él?

No, me quedé en Caracas, y así pude contemplar la instauración del nuevo gobierno, con sus arpegios de sinfonía heroica, pero también con su repugnante repartición del despojo.

¿Cómo así, teniente?

De todos los puntos de Caracas salieron ríos de gentes, recorrieron calles y avenidas, se congregaron en la plaza de El Silencio, voceaban consignas las más revolucionarias posibles, prometían que más nunca Venezuela soportaría una dictadura. Los más frenéticos se dedicaron a saquear las casas de los derrocados. Salieron centenares de presos de las prisiones, barbudos, enflaquecidos, casi en harapos unos, vociferantes otros. El edificio de la Seguridad Nacional, de cuatro pisos, en la avenida México, cerca de Los Caobos, fue rodeado por una multitud que clamaba venganza. Varios agentes de tan odiada policía fueron apaleados sin misericordia, algunos fueron linchados. Los periódicos, y los intelectuales pregonaron loas a la libertad, y en sus escritos resonó muy fuerte la palabra democracia. Era un revivir de la ciudadanía, que incluso en mí produjo alegría. El palacio de Miraflores quedó abarrotado por políticos, militares y también por intrusos. Llegaron los dirigentes de la Junta Patriótica, de los partidos clandestinos, pero antes confluyeron los oficiales del ministerio de la Defensa (La Planicie), de la Escuela Militar (Conejo Blanco) y de la Marina (Maiquetía), se metieron en el despacho presidencial, cerraron las puertas con doble llave y deliberaron. Entraban y salían algunos abogados en misión de consulta. ¿Cómo poner orden? ¿Cómo empatar el hilo constitucional roto, o mejor dicho, cómo establecer una nueva institucionalidad que tome lo rescatable del pasado y alumbre lo que va a venir? Luego de una o dos horas, surgió el nuevo gobierno, como Minerva de la cabeza de Júpiter. El brazo armado de la patria, la célula madre, el embrión, el alfa, representado en nueve personajes plenipotenciarios, elabora la inaugural acta mediante la cual se resuelve poner fin a la dramática situación política y abrir para la nación el camino que conduzca a un Estado democrático de derecho. A tal fin, los nueve padres conscriptos nombran una junta militar de gobierno que asumirá todos los poderes del Estado. Hasta aquí, el acto toma las características de una creación prístina que surge de un momento de caos, de desorden, de ruptura de normas y reglamentaciones. Pero, a renglón seguido, es el orden estricto lo que impera, el acatamiento a principios preestablecidos sin ningún espontáneo o deliberado permiso de desviación. Por consiguiente, los autores estampan sus firmas, en primer lugar y sin rubor, los cinco que van a integrar la junta militar de gobierno, a saber, contralmirante Wolfgang Larrazábal, oficial de la marina; coronel Roberto Casanova, oficial del ejército; coronel Carlos Luis Araque oficial de las fuerzas armadas de cooperación, o guardia nacional; coronel Abel Romero Villate, oficial de la aviación; y coronel Pedro José Quevedo oficial director de la Escuela

Militar. Pero, para hacer más explícito el mandato originario, o sea, la fuente nutricia del nuevo poder, firman, con la muy necesaria y previa identificación de su base de origen, y su rango, no importa las repeticiones, por las fuerzas terrestres, el coronel encargado del comando de las fuerzas terrestres; por las fuerzas aéreas, el coronel jefe del estado mayor aéreo; por las fuerzas navales, el capitán de navío jefe del estado mayor de las fuerzas navales; y por las fuerzas armadas de cooperación, el teniente coronel encargado del comando de las fuerzas armadas de cooperación. Y, para designar al presidente de la junta, no hace falta acudir a ninguna ponderación de capacidades, habilidades o nivel de competencia, porque ya la norma castrense lo tiene establecido desde otrora. El contralmirante Larrazábal Ugueto será el presidente de la junta: es el de mayor rango, el de mayor antigüedad. Hasta aquí, el proceso ha marchado bien, pero el cambio de régimen y la promesa de un nuevo estado de derecho son tan sonoros que entre las fuerzas involucradas hay quienes encuentran odiosa la desproporción que ha resultado por lo asentado en dicha acta, si se intenta observar el pasado reciente de los nuevos mandatarios al verlos en carne y hueso, y no adornados con sus uniformes y sus charreteras. Varios oficiales de ojo crítico se disponen a protestar a su modo, y se apersonan en Miraflores en demanda de rectificaciones; y los partidos y estudiantes junto con la masa popular también, a su modo, se echan a la calle. Es que consideran muy irritante la presencia de dos de los verdugos del 1° de enero, Casanova y Villate, pero también, la ausencia de civiles en la junta. Varios militares se reúnen en un salón cerca de la entrada de palacio y deciden ir a La Planicie a convencer a Trejo, y a otros para sacar a Casanova y a Romero Villate. Más de una docena de uniformados allí presentes discuten la cuestión.

—¿Cómo vamos a modificar la junta si ya fue anunciada al país y ha tenido el reconocimiento general? Dirán que esto es una gran tomadura de pelo— dice uno.

—Pues si no salen por las buenas, yo me encargo. Yo tengo tabaco en la vejiga— replica un radicalizado.

Se van a Miraflores. Allí llegan también otros oficiales, entre ellos los que estaban prisioneros antes del 23 en la cárcel Modelo. Tienen que desarmar por la fuerza al soldadito de la Policía Militar que custodia la Prevención del palacio para poder entrar. En el Salón de los Espejos están Larrazábal y los demás miembros de la junta. Trejo expone la petición.

—Calma, Trejo, piensa bien. Si lo deseas puedes ser nombrado ministro del Interior— dice Larrazábal.

Casanova, que estaba atendiendo otro asunto, se voltea hacia los recién llegados:

—¡Muchachos! ¿Qué pasa? Comandante Trejo, ¿qué quieres? ¿Quieres ser ministro de la Defensa? ¿Quieres ser presidente de la República? —se ríe—. Lo que tú quieras.

—Yo no tengo ambiciones personales. Pido que una serie de oficiales que fueron pasados a retiro por haberse alzado sean reincorporados a sus unidades— dice Trejo.

—No hay problemas —asienta Casanova—. Tome nota de esa petición, comandante Sánchez —y se dirige de nuevo a Trejo—: Según tu parecer, ¿quién puede ser ministro de la Defensa?

—Castro León— responde Trejo.

¿Dónde está Castro León? Se había ido para su casa, minutos antes. Sucedió entonces algo contra las reglas. El coronel Pérez Morales se cuadra firme ante Trejo, y le dice:

—Permiso, mi teniente coronel, usted debe ser el jefe del Estado Mayor, y yo su sub-jefe.

—Nunca —responde Trejo—. En todo caso, el jefe eres tú y yo tu sub-jefe.

Se abrazan. Y Casanova, que no ha olfateado lo que se traen estos conjurados, dice:

—Bueno, arregladas las cosas, váyanse para el ministerio, llamen a Castro León, ya está organizado el Alto Mando de las FFAA.

Pero, no se van, llaman aparte a Larrazábal y le recuerdan el objeto de su visita. Larrazábal pide tiempo para buscar alguna solución. Le responden que sea pronto, porque el oficial radicalizado está con unos tanques frente a palacio, a la expectativa. Pero, ¿cómo borrar de la lista a los dos protestados? ¡Muy fácil! Dando los mismos pasos que se dieron para que entraran. Tres de los juntistas y los cuatro representantes de las fuerzas se reúnen a las 7 de la noche del mismo día 23, sacan a los dos militares cuestionados y meten a dos civiles. ¿Con qué argumento? Está a la vista de todos: los siete intocables representan a las FFAA, y la razón de la intervención de la oficialidad en el control del Estado no ha sido otra sino la de orientar el país hacia la institucionalidad, pero nunca con las miras de proceder al reparto de las carteras ministeriales entre ellos mismos, porque el gobierno provisorio debe ejercer en todo momento la totalidad del poder, pudiendo actuar por sí mismo como representante delegatorio de las FFAA, de modo que en lo adelante esa junta queda facultada expresamente para modificar su propia composición cuando así lo aconseje el interés nacional y, por consiguiente, consideran que es de superior conveniencia ampliar la junta y transformarla en junta de gobierno con civiles. Agrego yo, Franklin, que los militares firmantes que crearon dos gobiernos en menos de 24 horas, estaban ya cansados y no querían un nuevo espectáculo de reuniones urgentes y solemnes donde se invoque el poder originario, pero se pierda tiempo y tinta redactando nuevas actas solemnemente constitutivas.

No tan cansados, teniente, porque según lo que has leído y recordado, los señores mandatarios siguieron teniendo el rango de representantes delegatarios de la fuerza armada.

Delegatarios, sí señor.

¿Y qué se hicieron Casanova y Romero Villate?

El «Turco» Casanova siguió como siempre: parrandero y jugador. Él tenía como lema el siguiente versito:

Pasando un puente dijo una loca:
cada quien jode cuando le toca.

Y se fue a San Juan de los Morros a festejar el carnaval como cualquier hijo de vecina. Creo que después tuvo que abandonar el país.

Y Romero Villate añoró siempre su paso por la junta, así fuese por unas cuantas horas. Se ufanaba de haber sido copresidente de Venezuela. Él era muy alabancioso. Al ser despedido de la junta, se fue a su posesión campestre en Rancho Grande, dentro del parque «Henri Pittier», a pocos minutos de Maracay, a vivir su vida hogareña, casado como estaba con la mujer más bella de Maracay y regiones circunvecinas, Ana Hilda García Pasos, hija del coronel Jesús María García, uno de los famosos «Sesenta» que al mando del general Cipriano Castro invadieron por el Táchira para derrocar al presidente Ignacio Andrade en 1899. Doña Ana se acerca ahora a los 90 años, porque nació en 1913, conoció al sabio Pittier, quien le regaló una plumilla para que dibujara lo que era su tema preferido, la flora y fauna del parque. Ella no pudo resistir el asedio de su novio, el piloto Abel, quien joven en los años 40, a veces volaba en el avión de su unidad para planear sobre la morada de ella y lanzarle cartas de amor. En su círculo de amigos, Romero

Villate presentaba a Ana Hilda con el título de ex Primera Dama de la República, no importa que fuese la esposa de un copresidente por unas pocas horas en una junta de cinco integrantes. Era un orgullo desentonado.

¿Por qué no te fuiste con el general?

Porque los sucesos me encontraron desprevenido. Cuando llegué a Miraflores, casi al mediodía, ya había nuevo gobierno, y mi General ya estaba en Santo Domingo bajo la protección de Rafael Leonidas Trujillo. Decido ir, entonces, a la casa de mi General en El Paraíso. La encuentro en desorden, sillas y mesas volteadas, butacas despanzurradas, cuadros descolgados y con los vidrios rotos. Aparentemente, el desorden no implicaba desvalijamiento porque yo recordaba los muebles, las cortinas, los enseres de la cocina y creo que no faltaba nada. Me topo con un oficial de la Guardia Presidencial, el teniente Vinicio Augusto Plaza González, y le reclamo el desorden observado. Me dice que muchas cosas están así por el apuro de la familia al irse, y por la entrada violenta de varios soldados y algunos extraños en horas de la madrugada, pero que nada ha sido robado.

—Mi teniente, he encontrado una maleta de la familia en el segundo piso y la he llevado al cuartel de la Guardia, aquí cerca— dijo.

¿Tú abriste la maleta?

—Sí, mi teniente.

¿Y qué tenía?

—Papeles.

¿Y dinero?

—No.

¿Seguro?

—Bueno, mi teniente, me pareció ver unos billetes, pero con el apuro y la situación, no me fijé bien. La llevé al cuartel de la Guardia Presidencial. Pedí un recibo, pero no me lo dieron. Yo fui quien trasladó a la familia del Presidente a la embajada de Paraguay a asilarse y luego la llevé a La Carlota.

Aquella maleta la había olvidado mi General con el apuro de su partida. Al llegar a Santo Domingo, doña Flor le pide al mayor José Cova Rey que telefonee a Miraflores y reclame su maleta. El piloto se comunica con un oficial y le trasmite el encargo. Alguien ha visto la maleta en la oficina del jefe de la Guardia Presidencial. Doña Flor llama también al teniente Vinicio Plaza, quien al principio niega haberla visto pero seguidamente dice que la vio en unos corredores de la casa, arrimada a una pared, donde había también cuadros y alfombras regados. Pasan tres días, y doña Flor envía un cable a Plaza preguntando lo mismo. Es cuando Plaza dice que entregó la maleta al presidente Larrazábal, pidió un recibo y no se lo dieron. Cuando revisaron la maleta en el cuartel de la Guardia Presidencial, no había nada de dinero, sino papeles, un uniforme de gala de general de división; botas, camisas, pijamas talla 42, interiores talla 38, casi todos de firmas extranjeras, ¡je, je! Yo le había creído a Vinicio, aunque con ciertas dudas, y fui a indagar al cuartel. Allí me informaron que el teniente Plaza no había reportado de inmediato esa novedad, pero que más tarde dijo haber encontrado una maleta. Fue cuando el general también llamó por teléfono, esta vez a las 11:30 am. del mismo día 23 a Miraflores y pidió hablar con el coronel Roberto Casanova, todavía miembro de la junta a esa hora.

—¡Hola compadre!

Casanova se sorprende, y escucha la petición que le hace el ex Presidente de buscar su maleta y guardársela. Enterado Larrazábal, solicita una averiguación. La maleta es depositada entonces en un salón anexo al despacho presidencial de Miraflores. En presencia de los cinco miembros de la junta (Casanova ya no estaba), del secretario Edgard Sanabria, del ministro de Hacienda y de Renny Ottolina, con sus cámaras de TV para filmar el acto, se notó que dentro de la valija sólo aparecieron, según dijo un testigo presencial, un uniforme de oficial de caballería, una gorra de general de división, un látigo y unas acciones del Centro Simón Bolívar. Luego de examinada, fue cerrada, precintada, sellada y lacrada. Fue levantada el acta correspondiente y enviado todo a la Corte Suprema de Justicia, donde todavía debe estar, en los archivos del sótano. En cuanto al verdadero contenido de la maleta se tejieron, como se ve, dos versiones. Una es la versión oficial, según la cual allí sólo había escrituras de bienes raíces, comprobantes de depósitos bancarios, valores negociables, notas escritas a mano de acuerdos financieros, y otros documentos, además del uniforme de gala y condecoraciones del general. Semejante lista, no sé si completa, fue incluida dentro del documental de pruebas en el juicio seguido a mi General. No había, por tanto, ninguna clase de dinero. Pero, hay otra versión, y es la que, paradójicamente, suministra mi General, en una carta que mi General envía, ya estando en Miami, en octubre del mismo año de 1958, al cónsul venezolano en esa ciudad, al difundirse en Venezuela el rumor de que la maleta contenía una cantidad fabulosa de dinero en dólares, que no aparece en ningún inventario levantado al efecto. Mi General afirma en su carta que en la maleta estaban guardados los siguientes valores: alrededor de tres millones de bolívares (Bs. 3.000.000) en bonos del Centro Simón Bolívar; alrededor de cien mil dólares ($ 100.000) en billetes, y alrededor de trescientos mil bolívares (Bs. 300.000) en billetes de 500, 100, 50, 20 y 10 bolívares. Yo creo que mi General decía la verdad, y lo creo porque dicha carta se convirtió en un arma de doble filo, un filo que demostraba que algunos inescrupulosos

(¡nunca se sabrá quiénes fueron!) se apropiaron del dinero (¡botín de guerra, Franklin!); y un filo que se volvió contra él, al convertirse la carta en confesión de parte, que relevaba de pruebas a los jueces que lo estaban juzgando en Caracas en 1964. Estuvo poco tiempo en la República Dominicana.

¿Por qué, si su gran amigo fue siempre «Chapita» Trujillo?

Creo que ni siquiera buscó casa, se hospedó en el hotel El Embajador, no le gustó el país, por su atraso, por el poco desarrollo de sus fuerzas armadas, por el hervidero de conspiraciones que allí se fraguaban contra el mismo Trujillo y contra el gobierno de Rómulo Betancourt, y que podían ir contra él.

No entiendo.

Pues entiéndelo. Pedro Estrada tuvo que abandonar la isla ante una maniobra de baja estofa que Jorge Maldonado Parilli, el jefe de la SN anterior a él y destituido por incompetente, teje ante «Chapita» al decirle que Estrada, odia al dictador dominicano por ser demasiado bruto e inútilmente sanguinario. Es que Maldonado Parilli, corroído su espíritu por eso que llaman «la tristeza que mina y reconcome» pregonaba ante quien quisiera oírle que don Pedro (no lo llamaba así, sino «el ente») poseía un comportamiento sádico con su correspondiente contrapartida masoquista. Además, mi General hizo buenas migas con el embajador gringo, Joseph Farland, quien le ofreció todas las facilidades para obtener la residencia en los Estados Unidos. Hacia marzo de 1959 ya estaba en Miami. La ciudad lo deslumbró. Empezaba la construcción de atrevidos rascacielos; canales e islas estaban siendo increíblemente conectados por vías y puentes y viaductos con líneas de una soltura audaz, surgían como hongos sus hoteles, crecía el tropel de automóviles a toda hora, y yates y veleros se bamboleaban con suavidad en unos atracaderos que parecían los bordes pulidos de unas mesas de billar, y aumentaba la población que hablaba español. Mi General se hospedó en el hotel Fontainebleau, con tan buena suerte que allí se relacionó con los correderos de terrenos e inmuebles, de modo que la inmensa fortuna que había podido salvar mediante sus depósitos en bancos extranjeros y por la intermediación de sus amigos gestores, la invirtió en la compra de unos terrenos aledaños al Indian Creek Drive, cerca del hotel, los cuales muy pronto multiplicaron por varias veces su valor y se llenaron de hermosos condominios, hoteles y desarrollos turísticos de un lujo superlativo. Te diré, Franklin, que con el transcurso de los años allí compraron y se residenciaron notables figuras del *jet set*, como Julio Iglesias, y su hijo Enrique, el senador George Smathers, el jeque Mohammed al-Fassi de Arabia Saudita, ese animador vulgarón de TV llamado Don Francisco, el multimillonario Carl Icahn, cofundador de Calvin Klein, y otros. ¡Gigantesca resultó la ganancia! Conservo una foto de mi General en una mansión, 4609 Pine Tree Drive, que le costó US$300.000, también cerca del hotel, en la que se le ve rozagante, muy distendido, en el borde de la piscina, vistiendo camisa deportiva azul manga corta, *shorts* blancos, y zapatos blancos de tenis, sin medias. Unos tres o cuatro meses después de vivir en Miami me llamó por teléfono:

—¿A ese teniente cómo le va? Le invito a que venga a mi casa. Tenemos muchas cosas que hablar. Pásese varias semanas aquí, le va a gustar.

Tomé el avión. Abrazos, regalitos que les traje a doña Flor y a las niñas. Conversamos, conversamos. Un día me dice:

—Quiero que vayamos a Bradenton, un lugar muy agradable en la costa oeste de La Florida, cerca de la capital del estado. Te contaré un lío en que me he metido.

¿De faldas?, le pregunté. Estábamos solos.

Los ojos le brillaron.

XXXII

¿Qué se fizo de tanta hembra placentera?

Había pasado una semana en Bradenton con una mujer que lo trastornó. Yo la conocí, alta, de gran alzada gracias a unas largas pantorrillas y unos turgentes muslos que parecían modelados con delicadeza por el torno mágico del Supremo Hacedor, como él decía en su prosa rebuscada cuando quería expresar algo de mucha intimidad; frondosa cabellera castaña, perfil rotundo como el de las mujeres pintadas por el joven Picasso (¡otra vez una comparación suya!), senos generosos y regazo con la placidez de las adolescentes. Tendría unos 23 años.

¿Quién era? ¿De dónde salió?

Se llamaba Marita Lorenz, alemana, de Bremen. Supe que su padre era un capitán de la marina mercante de nombre Henrich Lorenz, y su madre decía ser una actriz norteamericana, Alice June Lofland, emparentada, además, con Henry Cabot Lodge. Tenía dos hermanos, el mayor, Joachim Lorenz, licenciado de Fullbright; y el menor, Philip, pianista y pupilo del famoso Claudio Arrau. Padre y madre llegaron a ser valiosos agentes de espionaje durante la II Guerra Mundial, al servicio de los Aliados. Sospechosos, fueron internados, junto con la hija Marita, en el campo de concentración de Bergen-Belsen, en 1944. Sobrevivieron a la guerra y se residenciaron en los Estados Unidos, donde mantuvieron sus nexos de trabajo con los servicios de contrainteligencia. Formalmente, Henrich seguía en su oficio marinero, al frente del vapor de turismo Berlin IV, y fue así como en un viaje a La Habana en febrero de 1959, sube a bordo, para conocer la lujosa embarcación, el comandante barbudo Fidel Castro, vencedor, apenas un mes antes, de la tiranía batistera. El capitán Lorenz lo recibe y le presenta a su hija, Marita, que todavía no había cumplido los 20 años de edad. Era un pimpollo que incendió las entrañas de aquel joven victorioso de 32 años, con un verano sexual de más de dos años, apenas atenuado con las carantoñas de Vilma Espín, Celia Sánchez y una que otra campesinita de la Sierra Maestra. Como se acostumbra entre los mandatarios, Fidel no expresó de inmediato el golpe de gracia que aquella belleza le propinó sino que comisionó a uno de sus tenientes para que obtuviera el teléfono y la dirección de la muchacha en Nueva York. En mayo, Marita está en La Habana, sola, hospedada en el hotel de cinco estrellas Habana Riviera. Ramos de flores, citas, y Marita se convierte en secretaria trilingüe de Fidel. El romance dura ocho meses y termina de manera abrupta cuando Marita queda embarazada, y es obligada, así se dijo, a abortar. A partir de aquí, la historia adquiere visos de truculencia. Los detalles lo sé porque están relatados en varios libros, uno escrito por Marita, titulado *Lieber Fidel - Mein Leben, meine Liebe, mein Verrat* (*Querido Fidel - Mi vida, mi amor, mi traición*), publicado en 1993, y que va a ser llevado al cine; y otro, escrito por Ted Schwarz, titulado *Marita: From Castro to Kennedy: Love and Espionage in the CIA.*

Aquí no se conocen esos libros, teniente, y menos la película.

Según el relato, Marita quedó profundamente afectada por el desenlace de sus amoríos con Fidel. Tal estado de ánimo es aprovechado por la CIA para reclutarla en una operación que tenía por finalidad la liquidación física del comandante. Marita vuelve entonces a La Habana, busca a Fidel, y una noche en una de esas casas especiales que tiene el régimen para estos casos se encuentran los dos. Marita lleva un veneno, pero el momento es tan tenso que se quiebra y no intenta el acto. Fidel sospecha y la increpa, la acusa de que venía a matarlo, Marita confiesa, y eso le salva la vida. Al año siguiente, 1961, Marita viaja a Miami, no sé por qué razón y es cuando conoce a mi General.

¿Cómo se conocieron?

No sé con exactitud, pero tú sabes, Franklin, que uno, en estos menesteres, tiene acceso a varios papeles, a varios canales de información, y en ese fisgoneo yo ayudaba, modestamente, a mi General en aras de su protección. Claro que esto que te voy a decir no se lo conté, pero está registrado en un informe del FBI sobre el tráfico de blancas, que llegó a mis manos por esos vericuetos que se traman en el exilio. Tengo la impresión de que Marita, a causa de su vida dispendiosa (bebía, malbarataba el dinero, vestía con lujo excesivo) soportaba una crónica escasez de dinero, y arañaba entonces en fuentes a ella asequibles para sobrevivir. Miami, en aquellos años, era un *boom*, emigraban allí miles y miles de cubanos, y acudían turistas de variada pelambre, desde modestos norteamericanos jubilados, hasta potentados en busca de negocios y de placeres. Tengo entendido que un tal «Pepe» Acosta, empleado veterano del hotel Bel Aire, en Miami Beach, famosa guarida del mafioso Santo Trafficante, vio en Marita un buen partido y se la presentó al chulo profesional Rubén Prats, «Rubencito», quien montaba fiestas en un enorme apartamento de lujo en Biscayne Boulevard con el atractivo de despampanantes *latin girls* y beldades de otros climas que servían de anfitrionas para altos personajes sedientos de aventura. Y fue Rubencito quien una vez, en mayo de 1961, llevó allí a Marita, en la misma oportunidad en que fue a divertirse un rico personaje, de nombre Mr. Díaz, amante de féminas excepcionales. Pues bien, sucedió que el chulo Pratts quedó muy disgustado con Marita porque ésta abandonó temprano el apartamento y se negó a darle los $75 de participación que le correspondían de los $100 que Mr. Díaz se había comprometido a dar por cada hembra. El lío tuvo una cola que desconozco, pero a mi parecer, Marita dijo la verdad al decir que no había recibido nada, porque sólo aceptó de Mr. Díaz el ofrecimiento que éste le hizo de encontrarse de nuevo, al invitarla a pasar varios días en su chalet, con toda clase de comodidades y lujos. Ya habrás sospechado que el tal Mr. Díaz no era otro que mi General.

Y doña Flor, ¿aceptaba esas escapadas del esposo?

Yo también, Franklin, con mucho tacto, le pregunté a él algo parecido, y me contestó así:

—Teniente, en la vida hay varias clases de amor. Hay el amor del alma, que es el más puro, el que nos lleva al altar, el que juramos se mantendrá hasta la separación por la muerte. Todos lo experimentamos aunque sea una vez en la vida. Es el amor de los años juveniles, pero también es el amor que en casos bien contados, pero sublimes, se prolonga tanto que convierte a los enamorados en una sola alma, un solo espíritu palpitante, no importa las desavenencias y los tropiezos, porque a medida que corren los años se va despojando de la hojarasca del físico, de la vestimenta, del solo requiebro, del fluido hormonal, de la obligación del anillo en el anular. Ese amor presidió mi relación con Flor durante una década. Hay el amor fósil, aquel que en vez de mantenerse en su cualidad original va siendo sepultado por las capas solidificadas de la lava del volcán inicial, tan duras como el basalto, a causa de la rutina, de los hijos, de los años, de las pequeñas infidelidades, del celo perturbador, y queda como una lámina, pero queda, reconocible por lo demás. El amor fósil está allí, quieto, agazapado, momificado, sostenido por los puntales del hogar, de los hijos, de la costumbre, pronto a sentir la eventualidad de alguna concurrencia pasajera. Hay el amor mercenario, que no es propiamente amor pero es pregonado así por los amantes de una noche, de un momento, es fugaz, no deja huellas, apenas un recuerdo de satisfacción o de gula colmada. Y hay el amor que nace de la pasión erótica, es sólo erotismo, estalla a causa de una atracción física arrasadora o de un detonante tan poderoso como el poder, la fama, la gloria. En los jóvenes nace por la atracción de la fama del astro del cine o la TV, el ídolo del deporte, la beldad de moda. Pero, es el poder el formidable imán. Así lo viví yo, con Marita y con otras. ¿Qué otra alternativa queda, teniente, sino rendirse ante semejante destello que brota de mi personalidad, de mi historia? Marita merecía mis caricias por su entrega, que no desentonaba de su condición de mujer coqueta, pizpireta y casquivana.

La verdad es que aquella aventura traspuso ciertos límites. La semana en Bradenton dio lugar a un embarazo. Y esta vez, la preñez terminó en el parto de una niña, nacida en un hospital de Nueva York en marzo de 1962. La niña es hoy una muchacha alebrestada. Se llama Mónica Mercedes Pérez Jiménez Lorenz, estuvo casada con Francisco Letelier, el hijo del embajador chileno Orlando Letelier, asesinado en Washington, en 1976. Hace poco, Mónica apareció como activista de la extrema izquierda latina de la ciudad de Los Ángeles, al lado del venezolano Fernando Carrillo, galán de TV, hijo de un antiguo miembro de la extrema izquierda venezolana, llamado Nery Carrillo. Su foto en los panfletos incendiarios la muestra con la cabellera ensortijada que desborda la boina negra con una estrella roja al frente, atuendo que le da la imagen de un Che Guevara equívoco, de salón. La relación de Marita con mi General terminó pronto, como era de esperarse, aunque ella acudió a un abogado, de nombre Roy Cohn, para lograr que mi General le pasara los fondos suficientes para la manutención de la niña. Cohn emplazó al padre a constituir a tal fin un fideicomiso por $ 20.000. Mi General, aunque deseaba un varón, mostraba amor por Mónica y aceptó de buenas maneras la indemnización correspondiente. Marita llegó incluso a contratar los servicios de una criada, de nombre Willie May Taylor, que también hacía de nodriza de la niñita cuando la madre emprendía sus frecuentes viajes de aventuras. Tal subvención no duró mucho, porque cuando se avizoraba la extradición de mi general, Marita temió que el fideicomiso naufragara y acudió a un abogado, de nombre David Walters, quien entabló una demanda para que el reo reconociera la paternidad de la niña. ¡Marita metió la pata, Franklin! El convenio en que se basaba el fideicomiso establecía de manera muy clara que ambas partes quedaban obligadas a mantener en total anonimato la paternidad de Mónica. El pacto quedó roto, y la amenaza de la extradición volvió polvo la promesa pecuniaria, y cada quien siguió su propio destino. Hacia 1969, Marita estaba casada con Mark Yurasits, agente del FBI, con quien tuvo un hijo, Mark. Su última hazaña digna de mención fue la participación suya, nunca bien fundamentada, en el círculo donde se movía Lee Harvey Oswald, el asesino de John F. Kennedy.

¿Y qué pasó, teniente, cuando tu General fue extraditado y más nunca regresó a Miami?

Marita y su hija vinieron a Venezuela. No pudieron verlo en la cárcel Modelo. Por el contrario, las dos tuvieron que pasar nueve meses en la selva guayanesa al enredarse no sé por cual causa el viaje turístico que intentaron hacer. Y ya en Madrid mi General, Marita hizo dos intentos por verlo pero no pudo de ninguna manera. Es que la vida de Marita resultó ser un caleidoscopio de calamidades y sinsabores, Franklin. Hasta hace poco vivía en Queens, ya septuagenaria, conservando apenas un celaje de su antigua y magnética belleza. Un cronista de *Vanity Fair* describía su figura un tanto melancólica, fumando un cigarrillo Parliament, ataviada con jeans y chaqueta negras, un jersey con cuello de tortuga, y su cara redonda maquillada con tonos pálidos, al modo de una máscara de kabuki, apenas suavizada por sus ojos brillantes y unas cejas finamente pinceladas. No hablemos más de ella, por favor. Mi General volvió a sus asuntos de refugiado, que no auguraban nada bueno, a causa de la insistencia del gobierno venezolano de abrir una causa contra él que condujera al castigo de su acción dictatorial como gobernante, incluso a la extradición. Sobre él llovían muchas acusaciones. Un periódico de Florida publicó que suministraba $500 mensuales al jefe de la policía de Miami Beach para su protección. Tuvo que ir a la oficina en Miami del fiscal del estado, Richard Gerstein, para aclarar que él gastaba $ 1.025 mensuales en el contrato de agentes privados para que lo protegieran de cualquier intento contra su vida, y para que pudieran testificar que su actividad en Florida era muy normal: el hogar, nadar, remar, ejercicios de tiro al arco, y jugar dominó y bochas (bolas criollas) con sus amigos. De vez en cuando, una escapada a New York con su esposa e hijas, la última a ver el musical *My Fair Lady*. Por lo demás, era de trato afable con los vecinos, no exhibía ninguna complicación en sus modales, trotaba muy de mañana, vestía siempre pantalones bermudas, zapatos de tenis y gorra de marinero. Cualquier transeúnte desorientado podía creer que era un jubilado regordete, calvo, miope, inofensivo. Ahora bien, la espada de la justicia se cernía cada vez más cerca sobre su cabeza.

La Procuraduría General en Venezuela, con el doctor Pablo Ruggeri Parra al frente, amasaba folios y folios para demostrar sus crímenes contra las personas y sus desfalcos del erario público. Un primer intento de lograr su retorno a Venezuela se hizo a mediados de 1959. El 21 de agosto fue arrestado mi General, pero apenas estuvo 10 días en prisión porque el famoso, pero también muy costoso bufete de Covington & Burling logró su libertad bajo fianza con el pago de US$25.000, que más tarde se elevó a 100.000. Así aliviado, confió en que podía salir airoso de las acusaciones que se le hacían, pues los movimientos de sus manos, que en el leguaje de los bajos fondos se conocían con el apelativo sonoro de «tocar el piano al revés» permanecieron siempre ocultos al usarse empresas fundadas por accionistas tramposos para contratar con el Estado los proyectos millonarios de sus planes de inversión, empresas que luego firmaban los respectivos subcontratos con las firmas que en realidad iban a ejecutar dichas obras. Además, nunca él, por supuesto, aparecía en ningún documento o grabación a la hora en que sus testaferros pedían, directamente y sin ambages, el acostumbrado soborno. Menos aún se preocupaba mi General por aquellas acusaciones a su parecer ridículas, como la levantada por haber usado a un triste jardinero, llamado Polidoro, en la construcción de un pozo en el jardín de una casa de su esposa Flor en El Peñón, y haberle pagado con el dinero de una partida del erario público. En fin, todas aquellas acusaciones de delitos de asesinatos, prisiones, fraude electoral y violaciones de los derechos humanos no iban a proceder porque en un juicio de extradición las leyes norteamericanas no contemplaban los cargos de naturaleza política. No obstante, lo que podríamos llamar el antejuicio, y las conversaciones políticas entre telones continuaban a paso lento, pero continuaban. En junio de 1961, un tribunal distrital ordenó que le fuera decomisado su pasaporte y que se apretara la vigilancia de sus movimientos para evitar cualquier cambio de domicilio o salida del país. Y en diciembre de 1962, tuvo que volver a la cárcel. A partir de allí el pleito en tribunales marchó de modo inexorable hacia una condena. En agosto de 1963 fue aprobada la sentencia aprobatoria de la extradición a Venezuela. Fue un mazazo terrible. Rechinando los dientes, mi General masculló al oír la sentencia:

—Bueno, así es, supongo.

Los días que pasó en prisión en la cárcel del condado de Dade fueron calamitosos. Se le ha descrito inmerso en un profundo estado de postración, muy abatido, casi todo el tiempo acostado en su camastro, comiendo mal, rumiando su angustia. El trato de los guardias y la comida que le sirven le provocaban disgusto y rechazo. Perdió en pocos días 9 kilos. No se cansaba de maldecir al embajador yanqui en Santo Domingo que lo convenció de refugiarse en Estados Unidos.

—Ese coño de su madre me hizo pisar una concha de mango.

Era un sábado cuando fue trasladado al aeropuerto internacional de Miami. Fue escoltado por una caravana de seis vehículos. Baja del automóvil y camina entre una fila de 30 agentes policiales. Otros 12 detectives lo acompañan. Se despide de amigos y de su hija mayor. (La esposa y sus otras tres hijas se han quedado en casa). Cuando la portezuela del avión se ha cerrado llega Marita Lorenz, a despedirse y quizás preocupada por la suerte de su pensión. La imagen de mi General, regresando prisionero a Venezuela después de una docena de años de floreciente y vertiginoso ascenso hasta tocar los cielos del poder, ha quedado para la posteridad: bajando por la escalerilla del BOAC, en medio de un poco de personas que lo acompañan, se le ve delgado y más joven, gracias a los kilos que ha perdido; su estampa no es la marcial de años atrás, sino la de un señor ágil, con sombrero borsalino, traje gris, con saco bien tallado de tres botones y pañuelo blanco asomándose en el bolsillo del pecho, pantalones de perneras estrechas, zapatos de dos tonos, más bien parece un bongosero cubano o un caballero de postín. Es trasladado a la Penitenciaría General de San Juan de los Morros, a unos 140 kilómetros de Caracas. Pasa allí, tranquilo, su primera noche en un calabozo especialmente construido para su reclusión.

Pero, teniente, ¿cuál fue, en realidad, la acusación que había contra él? ¿Qué cargos le formularon?

XXXIII

A fin de cuentas...
tenía como sesenta y tres maneras de encontrar dinero

Los abogados defensores de mi General alegaron que la prisión de San Juan de los Morros lo colocaba en un estado de indefensión porque estaba muy lejos de Caracas. El tiempo pasado en el recorrido de ida y vuelta al juzgado de la capital consumía muchas horas, y el consiguiente agotamiento físico del reo perjudicaba su salud y obstaculizaba la necesaria armazón óptima de la defensa de acuerdo con la marcha del juicio. Hubo, entonces, que construir un calabozo especial en la cárcel Modelo, situada en la barriada Pro-Patria, al oeste de la capital, y a menos de media hora de la sede del tribunal. Se levantó un verdadero bunker cerca del gran portalón y el pasillo de entrada de la cárcel, con paredes gruesas, muy sólidas y blindadas, cerraduras especiales, circuito cerrado de televisión, un espacio abierto para satisfacer el pedido de un gimnasio, y también una pequeña habitación, adicional al dormitorio, para lo que se llamaba en el lenguaje carcelario la «visita íntima», que en este caso sería usado un día a la semana, o cada quince días, para el desahogo de mi General con una «meretriz de distinción», un rótulo inventado por él. Aunque a veces se colaba alguna mujerona un tanto ajada, atraída por el infortunio del condenado.

¿Y doña Flor?

Mi General la había enviado con las hijas al Perú, no vaya a ser que sufra alguna provocación en el país.

No era un privilegio muy especial, teniente, porque los guerrilleros presos en la isla de Tacarigua por aquellos días disfrutaban también de la «visita íntima», aunque lo hacían con putas ordinarias recogidas por el Servicio Social en algunos burdeles de Maracay y llevadas a la isla luego del obligatorio examen médico, y la garantía del pago del placer mediante una alcancía *ad hoc* mantenida por los prisioneros.

Lo visitaban destacadas personalidades, políticos, abogados, periodistas, militares en situación de retiro, amigos, familiares. A causa de la frecuencia de tales visitantes, y por su deseo de conservar la figura y matar el tiempo, pasaba muchas horas en su gimnasio. Los guardias del penal cuentan que muy temprano en la mañana ya escuchaban los golpes secos, repetidos, contra el cuero del *putchingball* y la respiración jadeante del prisionero, durante 15 minutos, media hora, a veces más. Gracias a este entrenamiento, pudo mostrar sus habilidades de boxeador ante un visitante inesperado, el ex campeón mundial de peso pesado Joe Louis. El «Bombardero de Detroit» quedó admirado de su agilidad y, sobre todo, de cómo podía balancear su cuerpo y agitar sus puños al combinarlos con los soberanos puntapiés que daba al saco, a punto casi de desfondarlo. Lo malo, Franklin, es que Joe Louis declaró a los periodistas que lo esperaban a las puertas del penal:

—Con razón, estuvo pateando a su pueblo durante 10 años.

Hubo un retraso inesperado de dos o tres días para el traslado de mi General a la Modelo, porque a última hora el mayor García, jefe del comando de la Guardia Nacional, ordenó sellar la luz del techo del patio del calabozo con una reja fina pero muy sólida que impidiera el paso por esa brecha de cualquier persona o bulto.

—No nos puede suceder un imprevisto —argumentó el mayor García—. El general tiene mucho dinero y maneja muchos recursos afuera. Hay que recordar que Benito Mussolini, cuando fue derrocado su gobierno y encerrado en prisión en el Gran Sasso, un lugar escarpado en lo más alto de los Apeninos, fue al fin rescatado por Otto Skorzeny, el audaz coronel «Cara Cortada» de los nazis, mediante el aterrizaje silencioso, en aquel paraje inaccesible, de varios planeadores cargados con soldados de un muy especial grupo de asalto. No es descartable que un nuevo Otto, a bordo de un helicóptero, rescate con sigilo y audacia al general ex presidente.

Fue una jactancia aquella especulación, pero provenía del militar jefe de la cárcel, y hubo que obedecerle. Mi General entre barrotes, y en Venezuela, era la culminación de un proceso que tuvo sus inicios en la acusación que se le hizo, en julio de 1959, ante la Corte Federal, el máximo tribunal de la República. Ahora en 1963, el fiscal es Antonio José Lozada, y aquella Corte se llama Suprema de Justicia.

—El prófugo ha robado y ha asesinado— dijo el fiscal.

Y coloca sobre la mesa folios tras folios de acusaciones. Allí se asienta que la fortuna inicial del acusado, estampada en su primera declaración jurada de bienes, se eleva para

1949 a Bs. 105.000 (una casa, el automóvil Nash, y acciones en algunos entes). Al sumar sus sueldos hasta enero de 1958 y agregar otras entradas posibles, resulta que su fortuna obtenida por medios lícitos es calculada en Bs. 1.283.233. Sin embargo, al efectuar una sencilla operación de sumar que incluya los bonos, acciones y recibos encontrados en la famosa maleta; más el dinero que estaba enmascarado en las personas interpuestas como Napoleón Dupouy, Antonio Pérez Vivas, y César González, unos 17 millones; más lo que estaba a nombre de Fortunato Herrera y de tres entes mercantiles, como Polinversiones, Tierras del Tamarindo y Edificio Washington; más lo que estaba a nombre de la mujer y los hijos de Fortunato; más algunas otras propiedades, resulta una cifra bien escandalosa: un poco más de 40 millones de bolívares. Agréguese a esto, en fin, el dinero contante y sonante, dos millones de bolívares, cifra variable porque son los billetes y monedas que cargaba encima. El fiscal mencionaba, a continuación, los delitos políticos, que, según los códigos, eran aquellos cometidos por medio de la asociación ilícita de varias personas y ¿qué otra cosa no era sino eso la Seguridad Nacional y su sección Político-Social que, en vez de ejercer las funciones de seguridad y protección de los ciudadanos, se dio a la tarea de perseguir y atropellar a los desafectos del régimen mediante la figura llamada agavillamiento?

—Se formó entonces una cadena siniestra que comenzaba con los agentes represivos de la SN, seguía con los mandos del ministerio de Relaciones Interiores y terminaba en la cabeza del acusado —dice el fiscal—. ¿Pruebas? Aquí están: Pedro Estrada telefonea al acusado y le comunica: «—Coronel, ya liquidamos a uno, se llama Ruiz Pineda, nos falta el otro... Sí, mi coronel... sí, mi coronel».

Y como si estuviera mirando al acusado, asentaba:

—Estos indicios graves hacen del acusado el autor intelectual de la muerte de Leonardo Ruiz Pineda, Germán González, Antonio Pinto Salinas, Luis Hurtado Higuera, ¡y hasta de Carlos Delgado Chalbaud! Sigo: él es el autor intelectual, el cooperador inmediato, el instigador, el auxiliador necesario y el aprovechador del delito cometido con la alteración de los resultados de las elecciones del 30 de noviembre de 1952. Claro está —agrega— no era él solo, a su lado estaban colaboradores del delito, banqueros, comerciantes, industriales, médicos, abogados, ingenieros, periodistas, cuerpos armados irregulares.

Mi General, cuando tomó la palabra, hizo su defensa con unas sencillas argumentaciones, que a pesar de que las entendí, no sé si tuvieron la consistencia suficiente como para inclinar el fiel de la balanza a su lado. Y, no se diga, para desarmar a sus detractores. Me dijeron que eran sofismas disfrazados de silogismos, pero mi entendimiento no llega hasta allí. Estas son sus palabras:

—Se ha intentado demostrar que me enriquecí considerablemente durante el tiempo que desempeñé la presidencia de la República, bien sea en forma directa o mediante personas interpuestas. Pero, en el supuesto negado que ello hubiese sido demostrado, ello no es prueba ni directa ni indirecta de haber yo perpetrado el delito de peculado. ¿Por qué? Porque un enriquecimiento por sí mismo no es ni siquiera elemento integrante a la hora de tipificar el delito de peculado, por el cual se me acusa. Es que era imposible, desde el punto de vista físico y hasta moral, que yo cometiese el delito de peculado porque —y lo seguiré repitiendo hasta la náusea— yo no estaba encargado de la recaudación, custodia o administración de dinero o de otros objetos inmuebles, razón por la cual menos podían estar en mis manos. Esas no eran mis funciones. Tampoco estaban bajo mi disponibilidad jurídica o legal los bienes señalados en los papeles que consiguieron en mi famosa maleta olvidada.

Para mí, teniente, esa fue una defensa basada en subterfugios. Yo entiendo que la defensa se aprovechaba de la restricción que tenían los jueces, en el sentido de evitar que el juicio cayera en el terreno de la política. ¿Por qué el fiscal no nombró a ningún militar entre los colaboradores más cercanos de la labor presidencial y que jugaron, además, el sucio papel de terceras personas involucradas?

¿Tú eres pendejo, Franklin? ¿Dónde estabas tú?

Yo, teniente, soportaba mi tristeza. Ya no tenía a Constance. Todo lo que aconteció a partir de la madrugaba del 23 de enero pasó ante mis ojos como una linterna mágica con sus ilusiones ópticas, sus figuras disolventes, sus movimientos falsos y estereotipados. Me encerré en el ambiente estúpido de los recuerdos. No olvido lo que apenas una vez sucedió, que salimos a bailar, fue en el agasajo que se le hizo a una delegación de artistas belgas, en el bar «Mi Vaca y Yo». Con ella estaban Henri y los hijos. —¿Bailamos?, le dije. Había mejorado mucho su salud. Fue la primera ocasión en que sentí el roce de sus muslos, y ya de vuelta a su casa, escuché otra vez sus historias, todavía temprano en la noche, yo con unos tragos encima y picando unas pestañas de salmón crudo bañadas en salsa de rábano con cebollín y alcaparras. No abrigo recuerdos trágicos, teniente, sino un tanto melancólicos, quizás sosos. Es que me siento reconfortado cuando llegan a mi memoria momentos que pasamos juntos, por ejemplo, cuando fui por primera vez en mi vida a oír un concierto de la música clásica más antigua, llamada barroca. Era *La Pasión según San Marcos*, del compositor alemán Keiser. El coro, las arias, los versos recitados, junto con varias proyecciones en pantalla de escenas del juicio, el vía crucis y el descenso de la cruz, crearon un ambiente de otra época allá en la iglesia de San Francisco. Fue tan impactante que llegó un momento, unos segundos apenas, en que quedé transportado a la escena misma del juicio y estuve a punto de gritar con el coro: «—¡Crucifícale!». Constance me miró con un gesto de agrado. Por el contrario, muerta ya, cuando me reúno con antiguos amigos de la época dictatorial, no me siento a gusto, no los comprendo, y eso me disgusta, y me escabullo. Cuando tenía que contrariar, sonreía; cuando tenía que indagar, callaba; cuando tenía que discrepar, tomaba el saco y me marchaba. Es que viví el ideal de antes como un sueño, una visión elevada. Sí, teniente, estaba un tanto vacío, o mejor, desconcertado. ¿No te parece curiosa esa amalgama de presos de diversas y hasta contrapuestas tendencias que había en las prisiones? ¿Cómo me explicas que en la Modelo estuviesen encarceladas figuras tan apartadas y rivales unas de otras como tu General en su gran celda, Morales Luengo, Cabrera Sifontes y el «Chino» Sucre, acusados del intento de magnicidio del presidente Betancourt en el pasillo especial, y más allá, Luis Emiro Arrieta, y como cincuenta redomados extremistas de la izquierda subversiva procubana y prosoviética? Otro tanto sucedía en el cuartel San Carlos y en la isla del Burro. No encuentro respuesta, y por eso me aburrían las reuniones a las que me invitaban, en un apartamento en Colinas de Bello Monte, adornado con caricaturas de Zapata, un chinchorro multicolor y unas taparas barquisimetanas, unas pimpinas de barro de Margarita, y calentado el ambiente con una botella de ron, varias de cerveza, y un tocadiscos con las canciones de Carlos Puebla, Atahualpa Yupanqui y, cuando apretaba la salsa, el ritmo ansioso de Ismael «Maelo» Rivera. La realidad era que la ausencia de Constance fue un castigo para mi amor inocente. Padecí el llanto que no cesaba, el vacío que se ahondaba, el alcohol que no calmaba, el rezo que se evaporaba, la angustia en la garganta, el temblor en las manos, el sueño abolido, el estallido de una granada muy adentro, y la vida en atropellada fuga, dejando apenas una hoja sangrante.

Lo que te quería explicar, Franklin, es que el voluminoso cartapacio de acusaciones levantado por el Fiscal sufrió las vicisitudes de los enredos de la política y la diplomacia a la hora de solicitarse la extradición del ex Presidente. Mi General, por su lado, contrató para su defensa los servicios de muy prestigiosos litigantes. Y el gobierno venezolano hizo lo suyo, mediante la inversión de una suma descomunal para obtener la extradición: 7 millones de dólares, o más. En ese tejemaneje, John Kennedy gana la presidencia de los Estados Unidos, y su secretario de Estado, Dean Rusk, se convierte en un personaje de mucha influencia en la suerte del juicio, a tono con la nueva conducta oficial hacia la América Latina. Al final, se llega a una solución que parece salomónica: la extradición es acordada, pero a condición de que al general se le juzgue por los delitos de malversación y enriquecimiento ilícito, y en ningún caso por delitos de tipo político como son los señalados por la Fiscalía cuando incluyó la desaparición o muerte de personas y las triquiñuelas de los resultados electorales. ¿La razón? Las leyes de los Estados Unidos no permiten a su gobierno conceder la extradición cuando se aleguen motivaciones políticas para ello. Mi General afrontó el juicio con dignidad. Él se sentía honrado por su gestión de Estado. Nunca consideró, al menos públicamente, que las comisiones y las artimañas de sus interpósitas personas fueran un robo y desfalco del Erario. En cambio, la Fiscalía fue implacable en acusar de ladrón a mi General. El juicio tuvo momentos tormentosos. Uno fue el alegato de defensa esgrimido por mi General: una violenta requisitoria del régimen instalado a partir del 23 de enero, recogida en un libro de gran circulación, *Frente a la infamia*. La Corte Suprema de Justicia no las tuvo todas consigo, a causa de varios tropiezos en la selección de sus jueces, porque siete de ellos renunciaron o se inhibieron. En fin, los delitos esgrimidos en la sentencia definitiva fueron los de peculado, lucro continuado (sin los agravantes genéricos de premeditación, fraude, abuso de confianza, y de autoridad). Sus bienes fueron embargados y pasaron a la Nación. Una lista incompleta habla de los siguientes valores e inmuebles: 31 casas, terrenos, haciendas y otros bienes inmuebles; 40 entre otros bienes, como acciones dinero en bancos, autos, caballos, yates, loterías, acciones de clubs, etc., entre los cuales figuraban 1 Cadillac, 1 Lincoln Continental, 1 Rolls Royce, 1 Mercedes Benz, y 1 camioneta Mercedes Benz. También se contaban los 19 caballos pura sangre de carreras del Stud Cañaveral, dos de los cuales fueron los ganadores del clásico «Simón Bolívar» del hipódromo venezolano, con una bolsa millonaria, en dos años sospechosamente seguidos: en 1953 ganó «Los Altos», y en 1954 ganó «Carril». Otros datos curiosos: la primera comisión que obtuvo mi General fue en 1951, estimada en Bs. 125.000, proveniente del contrato por Bs. 15,7 millones para la construcción de los tres viaductos de la autopista Caracas-La Guaira. Y la más jugosa la obtuvo en 1956: Bs. 3.677.360, por intermedio de Fortunato Herrera, gracias a la expropiación de terrenos para la construcción de la carretera a Oriente. Si contamos el dinero obtenido en dólares, hay que citar los $785.000 de comisión que ingresaron a su bolsillo, según dijo el fiscal, gracias al contrato por $31.350.000 para la construcción de seis destructores, firmado con la compañía italiana Ansaldo.

En total, sumaron diez los contratos en los cuales mi General obtuvo comisión, además de tres casos de expropiación y venta forzada de terrenos. El reo fue condenado en agosto de 1968 a 4 años, 1 mes y 15 días, por lucro continuado. El tiempo en prisión excedía el de la condena y por esa razón, mi General abordó un avión de inmediato, que lo llevó a Madrid. No salió trasquilado, como querían sus enemigos. No hubo juicio político. No quedaba con ninguna deuda con la justicia. Su defensa fue aplaudida por mucha gente. Su regreso al país como un reivindicado honorable estaba a pedir de boca.

XXXIV

¿Os comparáis a Hércules?

El partido que organizaron los seguidores de tu general, un año después de ir al destierro, fue un verdadero saco de gatos. ¿De dónde salieron aquellos especímenes que conformaron su junta directiva, que obtuvieron el voto popular (¡casi medio millón de votos!) para convertirse en senadores, diputados y concejales a poco de abandonar el país su sagrado mentor? Allí está Pablo Salas Castillo, quien fue llamado el 2 de diciembre de 1952 para presidir el nuevo conteo más que fraudulento de los votos, y de ese modo anular el triunfo de la oposición. Decía ahora que aquello no fue fraude sino la correcta cristalización del «*concepto que tenían en aquella oportunidad los dirigentes del país de que no debía interrumpirse la obra de gobierno gigantesca que se estaba haciendo. Lo que hubo fue, simple y llanamente, una decisión de las Fuerzas Armadas*». Y agregaba que en un reciente viaje a París con el ex Presidente general de división, éste le había dicho:

—En caso de que por todos los medios se me impida ser candidato presidencial, yo tengo una fórmula que oportunamente la haré conocer a los venezolanos...

Y agregaba, con el natural comedimiento del subordinado, que le pareció indiscreto preguntarle en qué consistía esa fórmula. El general debió llevársela a la tumba. Otro, de ese partido llamado «Cruzada Cívica Nacionalista», era un boticario de la barriada de Lídice, bebedor diario de varios litros de cerveza, apenas mascullaba con sus amigos algunas palabras entre eructo y eructo. Los diarios de debate no registran ningún derecho de palabra suyo durante los cinco años de su curul. Otro era un chofer de taxi, de quien apenas se recuerda la violenta reacción que tuvo al no poder estacionar a diario su vehículo en todo el frente del palacio municipal al ser declaradas como zona peatonal las cuatro calles alrededor de la plaza Bolívar. Otro era un teniente retirado que repetía, entre sesión y sesión, que podía dar un golpe de Estado en menos de una hora si encontrara uno o dos colaboradores para captar a tres de los tenientes que comandaban la tropa que se apostaba a las puertas del Capitolio cuando el presidente de la República entregaba su memoria anual, acompañado por el tren ejecutivo, los magistrados de la Corte Suprema de Justicia, el arzobispo de Caracas, representantes del cuerpo diplomático y el congreso en pleno. Una sola orden suya, tres ráfagas de ametralladora disparadas al techo del recinto, y todos, todos los nombrados, se rendirían a sus pies. Otro era un comerciante minorista del mercado de Coche que decía estar seguro de su reelección por demostrarlo así la siguiente cuenta que hacía: un cartel de gran tamaño con su foto en *close-up* y una leyenda que llamase a votar por él se colocaría en diez lugares estratégicos de la vialidad de la ciudad por donde circulara un promedio de 20.000

vehículos diarios, con dos personas a bordo. Supongamos que la mitad de estas 40.000 personas fijara su vista en el cartel. Supongamos que sólo el 1% de ellas quedara impactada por la oferta de su figura y decidiera votar por él. Era lógico, entonces, que en 90 días de campaña, obtendría 18.000 votos, cifra que confirmaría su segura reelección. Otro era un habitué de la plaza Bolívar, lugar donde ejercía su oficio de corredor de hipotecas sobre viviendas al 1% mensual de interés, ahora parlamentario, que fue increpado con gritos destemplados por una persona sentada en las barras del hemiciclo, que lo acusaba de haberle pagado una deuda con un cheque sin fondos. Otro era, en fin, un simpático poeta de salón, llamado Erwin Burguera, que perfilaba su autorretrato y el de muchos parlamentarios, con estos versos, sacados de los miles que componía, en lugar de los discursos y labor en comisiones de trabajo a que estaba obligado:

Cómoda forma de soñar sentados
Oh profundos debates de ronquidos
Nirvana de terribles resultados
Grandes concentraciones de dormidos
Rebaños de durmientes diputados
En muy limpios comicios elegidos
Sólo para lucir glúteos sudados
O traseros bastante entumecidos.

No fue raro, entonces, el descalabro que sufrió la tendencia política del ex Presidente al fraccionarse en 15 grupos, a cual más chocante e inoportuno. Queda en el aire, teniente, una interrogante aún no bien aclarada: ¿Por qué tanta gente votó por él para elegirlo senador de Caracas? ¿Por qué hubo necesidad de aprobar una enmienda de la Constitución para evitar que se postulara a la presidencia de la República?

Mi General no sabía los rudimentos de la política y nunca se preocupó por formar un partido que lo apoyase, o por rodearse de un grupo selecto de asesores que le indicase el camino en las variadas coyunturas que suele deparar el trajín del muñequeo cortesano, tan lleno de astucias y litigios. Él intentó hacer algo, y regresó al país, estimulado por la votación que obtuvo en 1968. Lo hizo sin muchos aspavientos, pero las muestras de simpatía que generó su presencia, el entusiasmo de sus paisanos andinos cuando pisó la comarca nativa, asustó al gobierno y a los partidos de la coalición. Como sacado de la manga, apareció un abogado de apellido Rodríguez Corro y le dictó auto de detención por el asesinato en Barranquilla del teniente Droz Blanco. Diez días duró su presencia aquí. Pudo subir a un avión con rapidez y volvió a Madrid... ¡para no marchar jamás!, como dice la zarzuela.

Y tú, ¿lo viste de nuevo?

¡Cómo no! Me invitó a visitarlo cuando ya eran sólidas las raíces que había echado en España. Cansado por el largo viaje y el cambio de horario, recalé primero en el hotel Intercontinental, en el Paseo de La Castellana. Muy de mañana, en taxi, salí a su casa. Después de recorrer todo el Paseo y tomar la autovía a Burgos, pasar por el kilómetro 12 ó 14, por Las Tablas, y varios terrenos sin construir, llegué a La Moraleja. El auto recorre la calle Cuesta de la Sierra y toma la calle llamada Paseo de los Gaitanes. Aquí es donde está la casa de mi General. Contemplo el paisaje, muy verde, con frondosos castaños, encinas, arces, pinos, plataneros y los infaltables madroños, que ocultan las casas, de las que se ven apenas gráciles chimeneas y torres. Pero, no encuentro la casa, es una calle muy larga y he olvidado el número. El taxi llega hasta el final y retrocede, y nada. Muy pocos son los vehículos que circulan, y casi no hay peatones por estos lares. En una de las vueltas que da el taxi, ordeno al conductor que se detenga, me bajo y espero. Pasan unos diez minutos y, por fin, veo a un hombre en shorts y botas *Nike*, sudoroso, que pasa haciendo jogging. Le digo que se detenga y le pregunto con cierta timidez si sabe dónde está la casa que busco.

—¿La casa del dictador venezolano? Está cerca, vaya más adelante, es la Nº 84, la más grande de todas. Cuando la estaban construyendo creímos que era un complejo lo que estaban levantando, dada la cantidad de grúas, bulldozers y obreros que concentraron allí.

Mi General, vestido con un chándal deportivo rojo y azul, me recibe con muchas muestras de aprecio. Conversamos un rato, bebemos un trago, me muestra parte de la mansión, y me lleva al cuarto de huéspedes.

—Estás en tu casa —me dice—. Quiero que pases varias semanas aquí, para que me ayudes a ordenar mis papeles, actualices mi correspondencia, y me sirvas de contacto con algunas personas. Yo dispongo de una secretaria, muy eficiente, tengo un numeroso cuerpo de servicio, recibo la prensa nacional, algunas publicaciones de Venezuela, creo que estoy al día en relación con la situación internacional y la marcha de los sucesos allá, pero tu presencia va a facilitar muchas cosas que tengo pendientes.

Aquellas semanas se convirtieron en años, y mi ayuda en simples escarceos sobre cuestiones de aquí y de ahí, sin mucha trascendencia. En cambio, conocí a mi General más a fondo, y con otras facetas, muy distintas de los atributos fulgurantes que el poder comunica.

¿Era un castillo su casa?

Casi, Franklin. Estaba protegida en su fachada por una reja de hierro forjado de más de dos metros de alto, reforzada con malla metálica. El portal, las ventanas y otras puertas tenían también rejas. Todo había sido ideado, diseñado, por él. Dirigió el trazado de los planos según el principio de la simetría absoluta, sin desmedro de las líneas arábigas y castellanas que se adivinaban en el decorado y en las molduras de varias ventanas y columnas. La parcela que compró medía 15.000m^2 y sobre ella levantó 3.000m^2 de construcción Adentro, amplios salones, cinco dormitorios principales, espacios luminosos, techos elevados a generosa altura, un comedor para 20 personas, una bodega repleta de buenos vinos. En el garaje cabían 20 coches, entre ellos los Cadillacs y Rolls Royces adorados por mi General. Un gimnasio, una galería de tiro, un baño de sauna, una sala de peluquería, una piscina climatizada y otra al aire libre, más grande, y albercas decorativas, una de ellas cruzada por un gracioso puente de madera. Caminerías, faroles, vegetación abundante, pinos, chopos, rocallas, encinas, cipreses, palmeras enanas. Patos, cisnes, multitud de pájaros. Si se baja al sótano se aprecia la compleja maquinaria que suministra y regula la energía a la edificación, y una suerte de refugio antiatómico, con despensas, frigorífico, ventilación adecuada, a fin de hacerlo grato y realmente habitable. El mobiliario era de épocas diferentes, Luis XV, Luis XIV, barroco, rococó, *art déco*, y años 50. No vi ninguna pintura de autor venezolano. Creo, Franklin, que aquella mansión era bastante parecida a la que vimos en un viaje al lago de Como, por su amplitud, su arquitectura, sus diversos niveles, su bosque con flores de calas, geranios, rosas, magnolias, camelias, hortensias, azaleas, rododendros y sus árboles gruesos y altivos: cedros, cipreses, pinos, castaños. Era más extensa su superficie, unos 70.000m^2, y más antigua la mansión, que fue llamada Villa Carlota, en honor a su propietaria, la desgraciada emperatriz de México.

Estás equivocado, teniente. Se trata de otra Carlotta, hija de la princesa Marianna. Fue un regalo de bodas de la madre a la hija, quien da su nombre a ese castillete, un verdadero museo. Lo digo porque me lo contó Constance, con lujo de detalles, una vez que tuvo la idea, fugaz como todo lo de ella, de hacer juntos un viaje a Italia.

Gracias por la corrección.

No hay de qué. Y te pregunto: ¿viajaba con frecuencia el general?

Sí, a Francia, a Italia, en el interior de España. Recuerdo mucho la visita a Mallorca. Nos hospedamos en el hotel Valparaíso, él y familia ocuparon la suite 508, lujosísima. El ambiente era delicioso, adelante la bahía de Palma de Mallorca, más allá la montaña de Bellver, y el barrio de La Bonanova. Por causalidad, estaba pasando allí sus vacaciones veraniegas la familia real, y se destacaba en la bahía el yate «Fortuna», del rey Juan Carlos. Mi General estaba de incógnito, con una camisa multicolor muy chillona, shorts, sandalias, pero siempre bajito, calvo, grueso, y sus grandes anteojos con montura de carey. Allí nos tropezamos con el periodista Joaquín Soler Serrano, quien reconoció a mi General casi al instante, gracias a su prolongada residencia en Caracas, donde fue columnista de la revista *Momento* y cobró renombre con la proyección de sus originales entrevistas de televisión a grandes exponentes de la literatura y el arte como Jorge Luis Borges, Octavio Paz, Salvador Dalí, Bernardo Bertolucci, Rafael Alberti, Julio Cortázar, Antonio Gala. Le pidió a mi General una entrevista. Él se negó. Soler insistía, él se negaba, decía que contra él había muchos prejuicios y que le iban a tergiversar sus declaraciones y ¡cuidado, hasta podrían censurarlas! La insistencia de Soler terminó por hacerlo ceder y puso como condición que la entrevista se hiciera en su casa en Madrid y que consistiera en una rueda de prensa, con destino a Venezuela. Pasaron varios meses y, al fin, concurrieron a La Moraleja varios reporteros y columnistas venezolanos, atraídos por la curiosidad de saber cuál sería la inclinación del ex Presidente hacia los candidatos presidenciales, muy variados y ninguno con sólido respaldo, según las encuestas, en vista de la crisis de popularidad que soportaban los principales partidos. Acudieron a la cita, además de Soler, Oscar Yanes, en nombre de Venevisión, Rafael Poleo, por el diario *El Nuevo País*, el reportero José Emilio Castellanos, y el columnista Tulio Hernández. Yo le redacté a mi General, después, una especie de minuta de las principales preguntas y respuestas de la rueda. La perdí, pero puedo repetirte algunos de los puntos principales que recuerdo. Anota:

—*¿Cuál va a ser su candidato? ¿A quién de ellos recomendaría, entre sus seguidores?*

Casi todos formularon una y otra vez, al derecho y al revés, esta pregunta. Mi General no recomendó a nadie.

—*¿Qué problemas debe afrontar el próximo presidente para solucionarlos?*

—La vivienda. Yo me encontré con 75.000 ranchos en la zona metropolitana de Caracas. Allí moraba una clientela para los cementerios, las cárceles, los hospitales, los prostíbulos. Extirpé 58.000 ranchos y los sustituí por viviendas confortables. En segundo lugar, crear fuentes de trabajo, en vez de abultar la nómina de los empleados públicos. Fue tal el aumento de las fuentes de trabajo que hubo que importar, durante mi mandato, a 200.000 inmigrantes.

— *¿Qué papel le asigna usted a las Fuerzas Armadas?*

—Ellas tienen que ser la institución modélica que garantice y ejecute el progreso del país.

—¿Cometió usted asesinatos?

—Tengo limpia mi conciencia. Duermo tranquilo.

—¿Nunca le pasó por la mente liquidar a algún enemigo suyo?

—A los Kennedy les dieron en la mera torre. Eso me ahorró algunos centavos, porque yo hubiera dado lo que fuese por la eliminación física de John Fitzgerald.

—¿Tuvo inconvenientes con el gobierno de los Estados Unidos?

—Yo no quería ir a la cumbre presidencial de Panamá porque reuniones de ese tipo son un fastidio. Pero, el presidente Eisenhower me llamó y me rogó que asistiera. Fui, hablé 5 minutos nada más, y propuse la creación de un fondo de ayuda a la América Latina para erradicar la pobreza. Para dar el ejemplo, dije que mi gobierno contribuiría de inmediato con $33 millones. Eso disgustó a Eisenhower y me acusó de impertinente y aguafiestas.

—¿Y con Colombia?

—Rescaté, *manu militari*, el archipiélago de Los Monjes. Ordené al Estado Mayor que los bombarderos calentaran los motores en Maracay, por si acaso.

—Si ocurre un movimiento en Venezuela y lo llaman a usted, ¿iría?

—Probablemente no, por las siguientes razones: me siento realizado, vivo tranquilo, es más costoso vivir en Venezuela que en Madrid, ya no tengo el vigor para soportar la carga tan pesada que sería la Venezuela que encontraría, estoy acostumbrado a vivir una vida grata y placentera, busco el bienestar para mí y los míos.

—¿Es muy rico? ¿Conserva su uniforme de general de división, para el caso de una pelea?

—La fortuna que tengo la hice en el exterior. He multiplicado por cuatro lo que logré sacar de Venezuela. Me saquearon mi ropa, mi casa y otras propiedades.

—Una curiosidad: ¿por qué usted admira tanto a Kemal Ataturk?

Porque construyó la nueva Turquía con disciplina y mano de hierro. Yo les decía a mis subordinados: ¿saben ustedes cómo Mustafá Kemal Pachá Atatürk erradicó la sífilis, que hacía estragos en su país? Hizo obligatorio el tratamiento con salvarsán a todo el que tuviera una cruz en su examen de sangre, y el que violara la disposición sería fusilado en el acto. Desapareció la sífilis y no tuvo que fusilar a nadie.

La rueda siguió con otros temas, ya de menor importancia: que un golpe de Estado se justifica, pero a posteriori, por sus ejecutorias. Que su régimen no se desmoronó, sino que cuando vio que sus compañeros de armas no lo entendían y empezaron los oficiales más mediocres a tomar mando, y que tendría que fusilar a algunos, dio la orden de preparar el avión y se fue. Que se quitaba el sombrero ante el Rómulo Gallegos escritor autor de *Doña Bárbara*, pero que como presidente no, porque él prefería su casa a Miraflores. Que las novelas no tratan cosas que realmente existan, y un gobernante, un servidor público, como decía que era él, no debe distraerse de sus deberes con esas cosas de la ficción.

Aquí publicaron varias veces esas y otras declaraciones del ex Presidente, pero no tuvieron el impacto de antes. En serio, teniente. La opinión de analistas y observadores de la cosa pública consideraron que estaba repitiendo al pie de la letra lo mismo que había dicho años atrás. Su enfoque de los hechos era estereotipado. Un profesor de la Universidad de Mérida, Alfredo Angulo Rivas, fue a Madrid a obtener de su propia boca los trazos esenciales de su pensamiento, y no le satisfizo lo que él le expresó, a pesar de las indudables simpatías del profesor por muchos de los aspectos más relevantes de su gobierno. Escribió que el general declaraba según un guión que desestimaba las preguntas.

Es verdad eso, Franklin. A cada rato, en la rueda de prensa, mi General interrumpía al periodista con esta excusa: «—¡Déjame terminar!».

Y concluía el profesor con esta frase de antología:

—El lenguaje en las relaciones de poder es menos un instrumento para expresar el pensamiento, y más un medio para ocultarlo.

A medida que pasaban los años, mi General tiñó su observación de la situación de Venezuela con los colores que la distancia los hace desvaídos, y con la melancolía que suministra la pérdida de las cosas buenas. Buscaba distraerse apelando a creencias y golpes de la buena suerte. Adquirió una costumbre vamos a llamarle vana, la de jugar a los premios de la lotería. Una vez que fuimos a Alcalá de Henares a visitar la casa de Cervantes, no en su carro sino en el tren de cercanías, porque quería pasar de incógnito, se paró ante un quiosco de la ONCE (Organización Nacional de Ciegos de España) en la estación de Atocha, para comprar un número.

—Deme uno que termine en 14—preguntó al vendedor.

No entendió la respuesta.

—No entiendo. Ese que termina en 14— repitió.

—¿Dónde está?

—Detrás suyo.

El vendedor, que es ciego, estira la mano hacia el vidrio de atrás del quiosco y toca uno.

—Ese no, el que está a su izquierda...No, ese no, suba, un poco más arriba. Si, ése.

El ciego le extiende el número. Mi General le paga 1.000 pesetas.

—Teniente —me explica—, he jugado este número varias veces. En una ocasión gané 10.000 pesetas. Le regalé el premio a mi servidumbre.

Creo que no dejó nada escrito desde que pisó tierra española, salvo una muy discontinua correspondencia con amigos y ciertos personajes. Le entró con furor a temas que antes fueron extraños para él, como el espacio sideral, y la numismática. Rara vez conversó con figuras notables de España. Me contó que al llegar a Madrid fue visitado por Camilo José Cela. Vivía en ese entonces, en un edificio de ocho pisos, de líneas modernas, con mucho mármol, grandes salones y terrazas, en la glorieta Rubén Darío 2. Mi General le agradeció la visita, pero de allí en adelante no volvieron a verse, bien sea por cortedad de mi General o por no querer recordar el fracaso que tuvo el proyecto suscrito entre él y el escritor; o bien por aprensión del propio Cela, quien no perdonó nunca la catarata de críticas de que fue blanco a causa del estupor que en la intelectualidad venezolana generó la única novela, *La catira*, que pudo escribir el español, de las diez que pactó con el régimen, serie que llevaría el título genérico de *Historias de Venezuela*, ambientadas en el llano, el frailejón, la cachucha y el pumpá (gorra y sombrero de copa) de Caracas, el oro cochano, el negrito mundano y el petróleo. Las críticas se exacerbaron cuando fue revelada la suma de adelanto de US$40.000, que con toda generosidad le pagó a Cela el gobierno. Estando en Madrid, me contó un venezolano de lengua vitriólica, y de quien no recuerdo su nombre, que Cela intentó torpedear, en venganza, algunos intentos hechos por la embajada venezolana y por algunos de nuestros escritores, de establecer contactos más estrechos con los escritores españoles. Sucedió que el embajador Arturo Hernández Grisanti habló con algunos de los escritores que eran asiduos concurrentes del café Gijón para que recibieran a sus homólogos que trabajaban en ese entonces en la embajada. Tal sugerencia llegó a oídos de Cela, quien decidió boicotear las visitas y les comunicó a sus contertulios que los tales venezolanos no eran más que unos mediocres. Quien primero fue al café Gijón en Recoletos 21, fue Salvador Garmendia. Tomó un taxi, entró, se sentó, pero nadie se acercó a saludarlo ni a retribuir un gesto de él de cordializar. Le siguió el poeta sinvergüenzón Jesús Henrique, salió de la embajada en la calle del Capitán Haya, siguió por la avenida General Perón hasta el Paseo de La Castellana y bajó a pie hasta el Paseo de Recoletos, pero igual vacío soportó. Le siguió el pintor y poeta Carlos Contramaestre, se armó con un ejemplar de su poemario *Tanatorio*, tomó el Metro en Cuzco, se bajó en Colón, entró en el café, pero igual vacío soportó. Igual vacío soportaron el poeta nativo de Tucusiapón Luis Camilo, la periodista muy leída Edith Gracián, el sindicalista Moisés Gamero. Hasta que le llegó el turno a la escritora Eloísa Lerter, que a la sazón gozaba del éxito en Venezuela de su obra teatral *Vida con mamá*. Ella no quería ir, era una ridiculez ese acercamiento, pero al fin la convencieron. Nomás apareció su pequeña y tambaleante figura en el café Gijón, con su miopía buscando una silla que no encontraba cuando Camilo José Cela se levantó y con la mordaz y estruendosa voz que lo caracterizaba exclamó:

—¡Señores, desde su museo en A Coruña nos visita Emilia Pardo Bazán!

Varios encuentros tuvo mi General con Humberto Fernández Morán, el científico creador del cuchillo de diamante, utilizado en las exploraciones de las redes más íntimas del cerebro, ganador de muchos premios en universidades de Estados Unidos, Francia, Alemania y Gran Bretaña, creador también de la criomicroscopía. Impresionado hasta el ensoñación por sus conocimientos, mi General, siendo Presidente, no escatimó un solo centavo para complacer su deseo de montar en el país un centro de primera categoría en el campo de la investigación exhaustiva de las funciones cerebrales, y compró, completo, el laboratorio del Karolinska Institutet, de modo que en poco tiempo se alzó en los Altos de Pipe, a media hora de Caracas, un fantástico complejo de edificios, laboratorios, instrumentación de alta tecnología, junto con residencias y vías de acceso para facilitar el tránsito y el arraigo *in situ* de un personal de altísima especialización que comenzó a formarse a su amparo y gracias a las enseñanzas de celebridades mundiales que acudieron al llamado de Fernández Morán, a quien los sectores oposicionistas y varios colegas suyos, envenenados por la mezquindad, llamaron el «Brujo de Pipe». Las críticas adquirieron la dimensión de un huracán cuando mi General lo nombró, en los estertores de su gobierno, ministro de Educación. Apenas diez días duró en ese cargo, que en verdad no le cuadraba.

No te deslumbres tanto con el sabio, teniente, porque casi todos sus laboratorios quedaron embalados o no funcionaron, y sus relaciones con el personal se agriaron por su carácter despótico y venático.

Confieso, Franklin, que el hombre era impactante. Claro que muchas de las cosas que hablaba yo no las entendía y varias de sus conversaciones con mi General las perdí por mi aturdimiento. Mi General estaba muy interesado en los asuntos siderales, el espacio cósmico, la estratosfera, las galaxias, los huecos negros... Una de aquellas conversaciones que fue iniciada por mi General y que contó con la aprobación del doctor Fernández Morán en cuanto a los cálculos expuestos, fue la referente a cuál era el peso del planeta Tierra. Apoyándose en un cálculo hecho por el físico Henry Cavendish en el siglo XVIII y que mi General repitió en la medida en que los recursos a la mano le permitieron, dijo que la Tierra pesaba 6 cuatrillones de kilos, o sea, 6.000.000.000.000.000.000.000.000 kilos. Su amigo dijo que estaba de acuerdo, aunque esa no era su especialidad. Mi General se sintió muy complacido, y durante un rato estuvo mirando la impresionante fotografía del globo terráqueo, visto desde el espacio sideral, que estaba colgada en la pared detrás de su escritorio. Fernández Morán agregó:

—General, todavía ignoramos la verdadera extensión del Universo y muchos detalles de la organización de la materia. ¿Qué son los neutrinos? Le recomiendo que se suscriba al *Journal of Astrophysics*. Lea al astrofísico británico Arthur Eddington, algunas de sus obras están traducidas al español.

Al científico le parecía que su IVNIC de los años 50 (Instituto Venezolano de Neurología e Investigaciones Cerebrales) se había convertido en un mediocre IVIC (Instituto Venezolano de Investigaciones Científicas), a causa del abandono de su personal, de la intromisión de la política y de los serios recortes que sufrió su presupuesto. Otro gallo cantaría, agregaba, si su protector hubiera sido un nuevo Juan Vicente Gómez. Se quejaba, y así me lo dijo, de lo deteriorado que estaba su salud y que vivía con su esposa en una buhardilla situada en Lidingoe, un lugar cerca de Estocolmo. Pero, lo que más me intrigó de él fue que varias veces, en las conversaciones con mi General o conmigo, se autocalificaba de «mutante». ¿Qué quería decir con eso?

XXXV

De cómo visitó las regiones de la Luna

Muchos años vivió el general. Por lo que expresó en esa rueda de prensa en Madrid, se creía un Matusalén.

Casi acertaste, Franklin: se creía un Moisés.

¿De verdad? No lo creo.

Créelo. Fue natural que al llegar a los 80 años, su salud se resintiera. Sus ímpetus de macho tropical se aquietaron. Supe de apenas una o dos escapadas, en esos tiempos, a un tablao de flamenco, que era lo que más le gustaba, bien sea La Candela, o Casa Patas, o Café de Chinitas. Le encendía sobremanera una buena bailadora, con su traje negro o de lunares, muy ajustado al cuerpo, con bordados y encajes en cuello y hombreras y mangas, y una cola de abundantes faralaes para jugar con ella, alzándola, recogiéndola, adelante, atrás; bien sintonizada con el conjunto de voz, guitarras, cajón, tacones y palmas. Qué gusto se daba cuando la cantaora Ginesa llenaba el espacio con su voz:

Yo soy Rosalinda,
que así me pusieron
porque al ser nacida
una linda rosa
n'el pecho tenía.

Eran los últimos bostezos de la marchitez. Se convirtió más adelante en paciente del hospital «Ramón y Cajal». Allí lo operaron de cataratas, y le colocaron el primer *bypass* de tres que luego portó. Dejó de usar anteojos, pero su faz adquirió una expresión de atolondramiento, por los ojos muy abiertos. Y su conducta experimentó algunos desacomodos. Poco a poco, todo su corazón lo ocupó el planeta Marte. Compró un telescopio para aficionados, con los diámetros de los espejos y lentes recomendados por los expertos, cámaras fotográficas especiales, modelo de lo que llaman re-flex, con objetivo de 50 mm, cable disparador, y trípode, además de películas ASA de alto contraste a fin de captar imágenes de alta definición. Lee con regularidad la revista de la NASA, la revista española *Tribuna de Astronomía,* y pasa horas metido en Internet buscando revistas especializadas y las páginas de *Science@NASA* del Centro Marshall para Vuelos Espaciales de la NASA (*Marshall Space Flight Center*). Me mostró una fotografía de Marte, compuesta por cien imágenes tomadas por el satélite Viking Orbiter, a 2.000 km de distancia, en 1980.

—¿Qué sabes de Marte?— me preguntó.

Casi nada, le respondí. Me agarró del brazo y subimos a su «Observatorio» particular. Por más de dos horas disertó, como un profesor, sobre el planeta de su predilección:

—A simple vista, Marte se reconoce en las noches limpias por su brillo anaranjado, casi rojo, sobre todo en los meses que van de junio a septiembre. Dista de la Tierra, cuando está más cerca, unos 70 millones de kilómetros, pero puede alejarse a más de 400 millones de kilómetros. Es más pequeño que la Tierra, su radio ecuatorial mide casi la mitad del nuestro. Su temperatura media es de —63°C (—81°F), aunque es posible medir máximas de 20°C (68°F) y mínimas de —140°C (—220°F). Su atmósfera es irrespirable: 95% de CO2 (dióxido de carbono) y apenas 0.13% de oxígeno. Prácticamente, carece de agua, pues sólo se han observado nubes de vapor y pequeñas escarchas en el suelo. El día dura también 24 horas, pero el año consta de más de 650 días. Todos los biólogos y doctores de física y astronomía del mundo son unánimes al afirmar que no hay vida en Marte, a causa de la radiación ultravioleta del sol, la ausencia de agua del suelo y otros factores químicos que no dejan campo para el más elemental organismo vivo. Sólo muy pocos sugieren que pudo haber vida hace cientos o miles o millones de años atrás. Yo estoy entre estos visionarios de anacronía, como yo los llamo. Me explico...

Se detuvo, porque me vio cabeceando, somnoliento y aturdido con tantas cifras.

—Mañana seguimos. Vamos a dormir— dijo.

Varios días después, subimos a observar el cielo. Tenía el rostro demudado, la respiración silbante, un sudor turbio en la frente. Lo colosal era que estaba ataviado con pectoral, efod, manto, túnica de malla, tiara, cinturón. Buena parte de la vestimenta era de lino fino, teñida de oro, jacinto y grana. Parecía trasportado a otro mundo.

—Yo estoy convencido de la presencia, ahora o tiempo atrás, de vida en Marte. Hace poco, salió la noticia de un hecho trascendental: en un meteorito marciano fueron hallados microfósiles correspondientes a probables cuerpos vivos. Yo pienso que a menudo nuestro planeta es bombardeado por partículas cósmicas, invisibles al ojo humano, pero que portan genes capaces de crear vida en la Tierra. Voy más allá. Creo que hay seres humanos que poseen un ancestro marciano. Su existencia en la historia de la humanidad, sus hazañas, sus hechos más simples, sus obras, su vida como terrestres pueden tener la explicación más valedera si nos remitimos a su origen, su embrión, su radiación sideral proveniente de Marte. Ahí está el caso de Moisés. Y ahí está, humildemente hablando, mi caso.

Mis ojos estuvieron a punto de salir de sus órbitas. Quedé helado.

—Moisés vivió más de 120 años, y se conocen de él apenas 30 o 40 años de su vida, vividos de modo frenético. Yo tengo 80 años, quizás viva 30 o 40 años más, y apenas 10 o 15 los he vivido en trance de creación, de actividad fundacional, generadora de hechos. Esa es la característica del ser marciano: una vida larga, y un destello de luz enceguecedora. Moisés fue sacado de las aguas, yo de la montaña. Yahvé comisionó a Moisés para que salvara al pueblo de la opresión de los egipcios y llevarlos a una tierra que manara leche y miel. A los 80 años no había hecho algo que fuera digno de mención: él decía que su boca y su lengua no le obedecían, y ¿cómo, entonces, podría conducir a todo un pueblo? A mí, algo divino que no sabía qué era me encomendó la tarea de conducir a mi país a un puesto de dignidad, prosperidad y fortaleza. Se me tildó de apocado, de tímido, de tener la boca torcida y no saber discurrir en público. Yahvé hizo caer sobre Egipto las diez plagas devastadoras (sangre, ranas, mosquitos, tábanos, peste, úlceras, granizo, langostas, tinieblas, muerte de los primogénitos) para que pudiera abandonar esa tierra el pueblo de Moisés, quien separó las aguas del mar Rojo. Yo liberé a mi pueblo de las plagas de los partidos y abrí y horadé las montañas para que circulara por todo el territorio el bienestar y la cultura. A cada paso que daba Moisés a favor de su gente, oía lamentos y protestas. Cayó para ellos el maná del cielo, pero a menudo se apoderaban de casi todos las añoranzas de la vida pasada en opresión que muchos hacían circular en su desesperación. ¿Cuántas veces no se levantaron las críticas a mi gobierno no importa los portentos que hacían mi equipo y mis ideas? Moisés subió al Sinaí y trajo las tablas de la Ley. Yo subí a la Sierra Nevada y al Ávila en busca del progreso de mi patria, y denuncié las perversiones del ayer y de ahora, labradas en mi decálogo de la vergüenza (delincuencia, ranchos, desempleo, burocracia, deuda pública, inmigración clandestina, penetración partidista de las instituciones, deterioro de los servicios, coloniaje económico, incapacidad para la recuperación del territorio y para su defensa), para que fueran extirpadas. A Moisés le dijeron que su pueblo se inclinaba al mal, ¿qué puedo yo decir del mío que me expulsó y me desterró? Moisés condujo al pueblo de Israel por el desierto durante 40 años para llegar a la tierra prometida. Yo conduje a mi pueblo durante casi 10 años, y pedí 10 más, quizás 20. Moisés tenía 120 años cuando reunió a los ancianos y oficiales de todas las tribus frente a la tierra prometida. Sabía que iba a morir y dijo que después de su muerte era posible que obraran perversamente y se apartarían del camino que él les había señalado. Subió al cerro de Nebo y Yahvé le dijo: «Esta es la tierra que prometí a Abraham, a Isaac y a Jacob. Vela con tus propios ojos, pero no entrarás a ella». Yo llamé a mis oficiales de suma confianza, intuí en muchos la execración y me fui, no vi la nación que quería ver, y las tragedias se abatieron sobre ella.

Mi General se lanzó al suelo y lloró, lloró mucho. Pronto, llovieron sobre él nuevos males. Le diagnosticaron diabetes, le injertaron un marcapasos, le extirparon un gran lunar muy negro (los médicos lo llaman nevus) en la sien derecha, cerca de la ceja, pues sospechaban su naturaleza maligna, pensaron que el temblor que se apoderó de su mano derecha era causado por una incipiente enfermedad de Parkinson.

¿Estaban con él todos sus familiares en ese trance?

Estaban doña Flor, las cuatro hijas, dos yernos (Eduardo Valero, casado con Margot, la hija mayor; y Emilio Carnicero Ortiz de Solórzano, casado con Flor de María, la hija menor); diez nietos y tres bisnietos. No cuento el personal de servicio, con enfermeras y paramédicos que lo atendían. Hay un hecho un tanto curioso, ahora que me hablas de los familiares de mi General, que fue el noviazgo fugaz de una de sus nietas, romance que estuvo a punto de hacer ingresar a mi General en los rangos de la nobleza española. Él se opuso a tales relaciones de Flor, y me lo dijo en tono muy rotundo.

—Mis hijos merecen un puesto muy destacado en la sociedad, pero yo no quiero ni por un instante que me vayan a comparar con el presidente Antonio Guzmán Blanco, quien casó a sus hijas Carlota con el duque de Morny, y Mercedes con el marqués de Noé. Él fue un rastacuero, yo no, que he vivido en Madrid con modestia, a pesar de mi fortuna.

Flor Valero tuvo amores con el príncipe de Asturias, él todavía soltero, pero que venía de unos amores contrariados con la modelo noruega Eva Sannum. Flor tenía 25 años, era alta, rubia, psicóloga, de blonda cabellera ensortijada. Su padre era el empresario Eduardo Valero, quien años después creó una fundación con el nombre del finado, y su madre, Margot, es la hija mayor de mi General, relacionista pública de una multinacional farmacéutica. La implacable prensa del corazón madrileña ha publicado fotos de Flor con el príncipe Felipe y otros amigos, en restaurantes y clubes, y también la han visto a ella en Marbella, donde sus padres tienen un yate. Y fue ella la que, al final, desmintió la idea de un romance.

—Somos amigos, nada más—, dijo ella.

Pasado el minifollón del presunto romance, la calma volvió a La Moraleja, pero no por mucho tiempo. Mi General sufrió un infarto. Agonizando, miró hacia todos lados, buscando, no sé, un micrófono, una cámara, una pluma. Los ojos, muy hundidos, blanquearon de tanto girar, y falleció, después de pasar una semana en coma. Unos minutos, y ya olía. Una de sus hijas, alterada por el dolor, exclamó:

—Prefiero que haya muerto así, lejos de Michelena, pero no haciendo equilibrios, empapando de lágrimas la sotana de un monseñor.

Su muerte pasó casi inadvertida, teniente. Quizá porque ocurrió días después del atentado de las Torres Gemelas de Nueva York. Apenas, salió publicado el obituario gubernamental, y dieron la noticia algunos despachos de las agencias noticiosas. Uno que otro comentario de ocasión apareció en la prensa.

La familia contrató el mejor tren funerario, y el cortejo fúnebre salió de La Moraleja a las 5:30 pm., hacia el cementerio de La Paz, situado en el Km 20,700 de la carretera de Colmenar. Fue enterrado, después de una misa de «corpore insepulto», en la tumba 27 de la manzana 21, sector 2.

¿Qué pasó, con los herederos, el testamento, las propiedades del general?

He sabido poco. Las hijas se mudaron de la mansión Nº 84. Sé que la familia Valero-Pérez vive ahora en otra casa en la misma urbanización, pero no tan grande. Y parece que varias de las hijas, no sé cuáles, reclaman a la madre, doña Flor, unas sumas que llegan a millón y medio de euros. Por otro lado, apareció de improviso la primera hija de mi General, aquella que nació en Lima en 1941, de nombre Nelly Gladys Pérez Cava. Ella reclamaba un quinto de la herencia, obtuvo amparo de un tribunal, pero, al final, creo que el Tribunal Constitucional desestimó esta demanda porque la susodicha no presentó pruebas de paternidad concluyentes. Por último, el palacete de La Moraleja fue vendido, después de varios meses en oferta, por 12 millones de euros. El nombre del comprador no se ha publicado, pero es un ciudadano norteamericano, administrador de la compañía Hotelera Playa Golf. Según declaraciones de Gonzalo López, coordinador de dirección de la inmobiliaria *Promora*, el comprador ha contado con el apoyo de IAG

Internacional y va a reformarla para habitarla, y construir en el terreno dos casas para sus hijos.

¿Qué más pasó?

Nada más. Pronto regresé a Caracas. Al rato viajé a Michelena, a honrar su memoria. Visité el museo montado en su casa natal, inaugurado en vida de él todavía, con recuerdos y papeles, imágenes nostálgicas y algunos detalles de interés, y vi su estatua gigantesca, de más de 7 metros de altura. Como era Semana Santa, recorrí siete monumentos y lugares, en gracia del descanso de su alma: el templo de María Auxiliadora de los Pecadores, la capilla de El Carmen, el templo de Santa Rita de Casia, la capilla de Nuestra Señora del Perpetuo Socorro, la Casa Betania, el Cementerio y el gran templo parroquial de San Juan Nepomuceno, que evocaban el via crucis de Jesús, desde el Huerto hasta su martirio en el Calvario. Descansé un día en el caserío Boca de Monte, a 21 kilómetros de Michelena y 14 del páramo del Zumbador, 2.400 metros de altitud, 14°C de temperatura. Emprendí, entonces, una travesía muy original por su innegable sabor turístico aunque también combinada con un culto a la región, que creo no existe similar en ningún otro país del mundo. Es la «Ruta de los Presidentes», pero de los nacidos en el estado Táchira, y no otros, no importa que hayan sido constitucionales, provisionales, interinos o montados en la silla por un rodeo de golpe o cualquier otra artimaña. Partiendo de las cercanías de la frontera con Colombia, recorrimos La Mulera en San Antonio (cuna de Juan Vicente Gómez); Capacho (cuna de Cipriano Castro); Palmira (de Carlos Luis Araque); Colón (de Ramón J. Velásquez); La Grita (de Emilio Constantino Guerrero); Queniquea (de Eleazar López Contreras); San Cristóbal (de lsaías Medina Angarita); Rubio (de Carlos Andrés Pérez) y, por supuesto, Michelena.

Regresé a Caracas, invadido por una simpática mezcla de ruralismo y añoranzas. En el avión, viendo tan cerca el cielo estrellado, me acordé de la exclamación de mi General, aquel día de su éxtasis cósmico:

—Llegará un día en que un Moisés astronauta golpee con su bastón una piedra de Marte, y ¡brotará agua!

XXXVI

Finis

¡Buenos días a todos! ¿Cómo amanecieron? Así fue mi saludo, el de todos los días. Me abrió Petrona, la fiel cartagenera, auténtica ama de casa del teniente, la que siempre me recibía con agrado los jueves, sábados y domingos cuando iba a la tertulia acostumbrada con mi amigo el teniente, y me servía, las veces que llegaba sin desayunar, una suculenta arepa de huevo que nunca pude probar en otro lugar de Caracas. Estaba llorosa.

—Acaban de llevarse al teniente para el hospital —me dice—. Tuvo un ataque, un derrame, según dice su sobrina Pragedes. Todos nos asustamos cuando casi derriban la puerta de la casa, no sé quiénes, hubo un tiroteo, era medianoche, asaltaron una casa cerca de la esquina, robaron, mataron a una señora, hirieron al marido y a un niño, no es la primera vez que atracan por aquí, pero lo de anoche fue horroroso. El teniente se despertó, saltó de la cama para buscar algo en el escaparate, no sé si tenía ahí un arma, pero no dio tres pasos, cayó al suelo, temblaba, los ojos en blanco, la señorita Pragedes trató de reanimarlo, no pudo, pesaba mucho, tomó el teléfono y llamó al servicio de ambulancias «Rescarven», lo trasladaron al hospital más cercano, el «Jesús Yerena», en Lídice, pero los aparatos estaban en reparación, no le hicieron nada, y de ahí lo pasaron al hospital Militar, él tiene seguro como teniente retirado.

Quedé sin respiración.

—La señorita Pragedes llamó otra vez, que si usted llegaba le dijera que no se preocupara, que era un derrame cerebral, pero podía recuperarse. Ella le dejó una nota y estos papeles.

Pragedes es la sobrina del teniente. Cursaba creo que tercer año de Comunicación Social, y varias veces se acercó a oír nuestras conversaciones, tomaba unas notas, a veces dejaba con disimulo un pequeño grabador en la mesa, en otra ocasiones ponía en el reproductor un CD con buena música, y me dijo un vez que estaba redactando un trabajo o una tesis. Me senté, aturdido, en una silla del recibo, y empecé a leer los papeles de Pragedes. Leía a la carrera, saltaba algunas páginas:

«Señor Franklin: He estado tomando apuntes de algunas de las conversaciones tan interesantes que usted y mi tío sostienen a menudo en casa. Lo hago con el objeto de preparar un trabajo que pueda convertirse en tesis, donde se destaque la importancia del testimonio oral en la reconstrucción de momentos y hechos tanto históricos como del acontecer diario, vistos ante todo con un lente periodístico. Me ha cautivado la constancia de sus conversaciones, primero en el recibo de la casa, pero luego abajo donde colocaron ustedes una mesita entre la cocina, el lavandero, el tinajero, el cuarto de servicio y la cerca que separa nuestro corralito del corral de la casa de al lado. Cambiaron de lugar cuando a mi tío le empezaron a fallar las piernas, le era doloroso bajar y subir los 22 escalones, y tuvo que mudar todos sus macundales para la habitación donde dormía Petrona, detrás de la cocina. Mi tío era el que más hablaba, al menos en las ocasiones en que yo los pude escuchar, daba muchos detalles, pero fallaba al olvidar algunos nombres de personas. Usted no era tan locuaz, aunque era más preciso y adornaba sus palabras con alusiones a la música, la poesía. Tenía usted un defecto, y era que con frecuencia dormitaba, mi tío no se daba cuenta y seguía hablando. Quizás ponga a mi trabajo un título parecido a éste: «Aproximación a la importancia del testimonio oral en la reconstrucción de las relaciones políticas y militares de Venezuela durante la segunda mitad del siglo XX», y le adelanto algunos pasajes de lo que he escrito...

....

Resumen: La revisión de las diferentes posiciones mediante las cuales se enfoca la reconstrucción más o menos verídica de un acontecimiento pasajero, o local, o un periodo histórico, nos lleva a considerar diversas formulaciones opuestas o diferentes...

....

Palabras claves: Ejército, partido político, constitución, golpe de estado, democracia...

....

Abstract: The analysis of the existing positions regarding of the very reconstruction....

....

Introducción: Ya en su obra clásica SOBRE LA GUERRA, *el militar e historiador prusiano Carl Philipp von Clausewitz (1780-1831) estudió exhaustivamente los nexos tan variados y estrechos...*

....

Antecedentes: Resultan escasos los estudios que traten de establecer de modo sistemático y ordenado las relaciones que se anudan entre la política y las fuerzas armadas. Ya en el siglo XVIII, José de Oviedo y Baños (1671-1738)...

...

Contenido:...

Señor Franklin: guardo en la memoria las últimas palabras que entre ustedes se cruzaron anteayer no más:

—Siempre me fascinó ese embrujo que brota del poder. Tú, ¿qué dices, Franklin?

—¿Yo? Más que por los sinsabores de mi vida triste, quedé atrapado por la belleza de un ser.

Los dos enmudecieron, envueltos por la penumbra de la tarde que moría.

Franklin oía la caída de la gota de agua en el bernegal.

El teniente miraba la cola del pavo real».

Fin

ÍNDICE